SANS Toi

MARY CALMES

DREAMSPINNER PRESS

MARY CALMES

Publié par
DREAMSPINNER PRESS

5032 Capital Circle SW, Suite 2, PMB# 279, Tallahassee, FL 32305-7886 USA
www.dreamspinnerpress.com

Édition e-book en français : 978-1-64080-848-5
Édition imprimée en français : 978-1-64080-849-2
Première édition française : mai 2018
v 1.0

Édité aux États-Unis d'Amérique.

Lee, Ellis et Lisa,
sans chacune de vos interventions, ce livre n'aurait pas existé.
Je ne pourrai jamais assez vous remercier.

I

CET HOMME était un porc, et je n'étais pas le seul à le penser. Rosa Martinez, qui vivait en face de chez les Peterson, était d'accord avec moi. En fait, toutes les femmes qui vivaient dans notre cul-de-sac étaient du même avis. Oliver Peterson, dont la femme venait de le surprendre – encore une fois – en train de la tromper, était dégoûtant. Ce n'était pas vraiment qu'ils aient déjà deux enfants qui les gênait, mais plutôt le fait qu'elle soit actuellement enceinte d'un troisième.

Sam, l'amour de ma vie, mon partenaire, mon mari, et l'homme qui élevait de petits êtres humains avec moi, s'était contenté de secouer la tête la veille au soir et de m'embrasser jusqu'à ce que je sois à bout de souffle, après m'avoir dit pour la millième fois de ne pas m'impliquer. « Laisse les voisins tranquilles » ; ce n'était pas « Housewives de... je ne sais où », nous n'étions pas dans une émission de télé-réalité. Je lui avais expliqué, en mangeant le repas de chez McDonald's qu'il avait rapporté à la maison plutôt que de me laisser cuisiner – car nous avions convenu, après la dernière fois, que cela n'arriverait plus jamais – que j'étais forcément impliqué parce que j'étais son ami, à elle.

— Non, m'avait-il dit pendant que nous mettions les enfants au lit. Tu te sers de ce mot si librement. C'est une *connaissance*, Jory, ce n'est pas une amie.

— C'est ma voisine, Sam, et son mec est un salaud, et si elle a besoin de mon aide pour quoi que ce soit, je vais la lui offrir.

— Je ne te dis pas de ne pas être gentil avec elle, mais ne fourre pas ton nez dans leurs affaires.

Je l'avais ignoré.

— Jory Harcourt !

Je lui avais lancé le regard le plus indigné dont j'étais capable.

— Et alors quoi, je suis trop curieux maintenant ? Je suis le voisin fouineur ?

Il avait levé les bras en l'air en signe de défaite.

Je lui avais lancé un grognement hautain, parce que je pensais qu'il allait sortir de la chambre pour vérifier la maison, s'assurer que toutes les

1

portes étaient verrouillées, que les brûleurs de la cuisinière étaient éteints, mais je m'étais alors rendu compte qu'il n'avait pas bougé.

— Quoi ?

— Tu es très mignon.

J'avais plissé les yeux.

— Les hommes de trente-cinq ans ne sont pas mignons.

— Tu seras toujours le gamin de vingt-deux ans tout droit sorti d'une boîte de nuit que j'ai vu la première fois, allongé dans la rue, avec un Beagle penché sur lui.

— Je pensais que George était un Jack Russell.

— Non, avait-il dit en se dirigeant vers moi. Un Beagle.

— Va-t'en.

Je lui avais souri, essayant de le chasser de la pièce.

— Assure-toi que la horde de zombies ne puisse pas nous atteindre.

Mais au lieu de partir, il m'avait attrapé et plaqué contre le mur de notre chambre. Avec sa bouche brûlante mordillant mon cou, ses mains me déshabillant frénétiquement et son entrejambe dur pressé contre mes fesses, mon esprit s'était vidé complètement. Il était impossible de me concentrer quand cet homme et ses cent kilos de muscles essayaient de m'emmener dans notre lit.

Mais ce matin, en traînant dans ma cuisine – je n'avais jamais été et ne serais jamais du matin – et en voyant mes voisins sur leur perron, Christie Peterson souriant timidement, son mari renfrogné, j'eus simplement envie de sortir et de lui en mettre une. Je devinai à quoi je devais ressembler : en robe de chambre, avec un T-shirt et un bas de pyjama dessous, des pantoufles lapin aux yeux brillants et joyeux, j'étais la parfaite caricature du voisin fouineur, dans tous les sens du terme.

Quelqu'un se racla la gorge derrière moi.

— Tu ne dois pas aller travailler ? demandai-je avec insistance.

Nous étions mercredi, pas samedi.

Un rire chaud et rocailleux s'ensuivit.

— Tu ne crois pas qu'étant donné que tu as maintenant un enfant à la maternelle et l'autre au CP, tu pourrais peut-être penser à retourner travailler dans ton bureau ?

Visiblement, ma santé mentale était remise en question parce que je travaillais toujours à la maison. J'espérais que le regard que je lui lançai en me retournant, les yeux plissés, traduisait mon mécontentement.

Il se remit à ricaner.

2

Cette fois, je me renfrognai complètement devant le Superviseur Adjoint des US Marshals qui se tenait près de moi, contre l'évier de la cuisine. Nous étions tous les deux en train de regarder les Peterson.

— Pourquoi tu dis ça ?

— Dire quoi ?

Je grognai.

Il plissa ses belles lèvres pour ne pas sourire.

— Sam ?

— Sans raison.

— Crache le morceau.

Il s'éclaircit la gorge.

— Je pense juste que le fait d'être à la maison toute la journée te donne peut-être l'impression de tourner comme un lion en cage, et que tu aurais besoin de revenir dans le monde réel et de parler à des adultes.

Je poussai un soupir exaspéré.

— Sam, ce n'est pas parce que je ne vais pas au bureau que je suis affamé de contacts adultes. Je parle à Dylan et à Fallon tous les jours. Ce sont mes partenaires d'affaires, ils ont besoin de moi et ils me tiennent au courant de ce qu'il se passe au bureau.

— D'accord.

— J'envoie plus d'e-mails que les deux combinés !

— J'en suis sûr, dit-il en glissant sa main sur ma nuque, puis la serrant doucement, la massant et m'attirant vers lui. Je crois juste que sortir de cette maison pendant la journée te ferait du bien.

Je repoussai sa main et fis volte-face vers lui.

— Je vais à l'épicerie, au parc, je dépose les enfants à l'école, je vais les chercher... Quand est-ce que je ne vois pas des gens ?

Il grogna, leva les yeux au ciel et posa sa tasse de café dans l'évier avant que ses yeux d'un bleu sombre ne se retournent vers moi.

— Non, couinai-je presque en essayant de m'enfuir.

Vraiment pas assez vite.

On aurait pu croire qu'un grand homme ne pourrait pas bouger comme ça, avec autant de rapidité, mais l'athlétisme et la force de Sam Kage n'auraient jamais dû être sous-estimés. À quarante-six ans, il était tout aussi puissant que lorsque je l'avais rencontré la première fois et je comprenais enfin pourquoi on disait qu'on se bonifiait avec l'âge. Cet homme était plus beau que jamais, et il se sentait parfaitement bien dans sa peau, si satisfait, si heureux à la fois personnellement et professionnellement.

J'étais si fier de lui et le lui disais tout aussi souvent. C'était un père extraordinaire, un mari merveilleux, un fils génial et le genre d'ami que n'importe qui aurait été heureux d'avoir. J'étais partial parce que je l'aimais, mais je voyais malgré tout la façon dont les gens le regardaient et je connaissais la vérité. Quatre ans après ses débuts à son nouveau poste en tant que Marshal, il était désormais responsable de la succursale de Chicago et supervisait cinq adjoints et trois autres employés. J'avais cru qu'en évoluant, il deviendrait shérif, mais apparemment tout ce qu'ils avaient fait, c'était ajouter le titre de « Superviseur » à son poste. Shérif, c'était un poste complètement différent. Cela n'avait aucun sens, d'un point de vue occidental. Dans tous les films que j'avais vus, l'adjoint devenait shérif. Comme toujours, Sam s'était contenté de secouer la tête.

En contournant l'îlot central de la cuisine, je pensai une demiseconde que je pourrais lui échapper, mais quand il m'attrapa, m'attira d'un coup sec et me plaqua contre le réfrigérateur, je me rendis compte à quel point j'avais eu tort.

— Tout ce que je voulais dire, commença-t-il en posant une main sous mon menton et relevant ma tête, c'était que comme tu as des enfants de six et quatre ans désormais, tu pourrais passer une demijournée au bureau plutôt que de travailler à temps plein à la maison. Ça pourrait être sympa, après les avoir déposés, de prendre une bonne tasse de café et d'aller au bureau, pour *voir* Dylan et Fallon en vrai et leur parler face-à-face.

J'étais bien trop intéressé par sa bouche pour l'écouter. Il avait le genre de lèvres faites pour embrasser, charnues et sombres, et quand il souriait, elles se recourbaient d'une façon à vous briser le cœur. Non pas que le reste de ses traits à la beauté sauvage ait été sans attrait. Les pattes d'oie profondes aux coins de ses yeux d'un bleu sombre et brumeux, son long nez droit, sa mâchoire dure et carrée, et ses épais sourcils cuivrés étaient un régal. Et sa voix, au téléphone ou en personne, profonde et rauque, presque rocailleuse, pouvait submerger mon corps d'une onde de chaleur. Mais la bouche de cet homme, sa forme, sa sensation… j'en étais vraiment fan.

— Est-ce que tu m'écoutes ?

Je redressai mon mètre soixante-quinze pour faire face à son mètre quatre-vingt-treize, et il se pencha en même temps. Nos lèvres se rencontrèrent puis s'entrouvrirent, et sa langue s'y glissa profondément pour goûter la mienne.

Les bruits provenant de nos spectateurs – qui faisaient semblant de s'étouffer et de vomir – et quelqu'un tirant sur ma robe de chambre souffla tout à coup la chaleur de cette étreinte. Sam ricana en rompant le baiser, et nous baissâmes tous deux les yeux vers les petites personnes qui se tenaient près de nous.

— C'est dégoûtant, m'assura Kola avec un regard noir qu'un enfant de six ans n'aurait jamais dû avoir, plein de jugement et de répulsion.

— Pourquoi ? demandai-je d'un air narquois.

— Il y a des germes dans ta bouche, m'informa-t-il d'un air hautain. C'est pour ça que tu as dit à Hannah de ne pas lécher Frisquet.

— Non, je lui ai dit de ne pas lécher Frisquet parce que le chat n'aime pas qu'elle le lèche.

— Il lèche son corps.

— C'est vrai, acquiesça Hannah, notre petite fille de quatre ans. Kola a raison.

— Mais il ne veut pas que *toi* tu le fasses, assurai-je à ma fille en me tournant vers elle.

— Comment le sais-tu ? m'interrogea Kola.

— Ouais, répéta Hannah Banana, soutenant toujours son grand frère. Comment le sais-tu ?

Je dus réfléchir.

Kola attendit, les yeux plissés.

Hannah attendait également, l'un de ses sourcils noirs et parfaits légèrement relevé. Ça, c'était nouveau. Elle me regardait de la même façon que le faisait son père, comme si j'étais un idiot.

— Ne léchez pas le chat ! Personne ne lèche le chat ! ordonna Sam quand le silence s'étira trop longtemps.

Je me mis à rire ; seul mon mari était capable de créer de telles règles.

Il baissa les yeux vers son fils, Mykola Thomas Kage, six ans presque quarante, si plein de questions et d'opinions.

Nous l'avions adopté quand il avait trois ans, dans une agence des Pays-Bas. Quand nous avions fait le dernier voyage pour le ramener à la maison, il nous avait vus depuis la fenêtre du bureau du directeur de l'orphelinat et avait couru jusqu'à la porte pour nous rencontrer. Nous étions restés là-bas deux semaines et il avait déjà commencé à appeler Sam « Daddy », ce que Sam adorait follement entendre. Mais même si on avait enseigné à Kola le mot américain signifiant « père », ce n'était pas le sien, ce n'était pas celui qu'il avait entendu en grandissant et qu'il avait attendu d'utiliser sur quelqu'un qui lui appartiendrait. Alors il avait essayé sur moi celui qu'il connaissait.

Pa.

Un mot si simple, mais qui signifiait tant.

Je l'avais entendu dans les rues lors de notre visite, ainsi que le plus formel *vader*, et j'avais vu des gamins courir vers leurs pères en l'utilisant. Ce n'était pas le *papa* que je connaissais, ni le *papy* dont les petits-enfants du père de Sam se servaient pour lui parler, mais simplement *pa*. Quand Kola m'appelait ainsi, je répondais, et son visage, la façon dont il s'illuminait, sa joie aveuglante et absolue, était un véritable cadeau.

Sam était *Daddy*, et *Daddy* représentait la nouvelle vie de Kola et sa nouvelle famille aux États-Unis, et j'étais le réconfort de l'ancienne. J'étais *Pa* et c'est lui qui m'avait nommé ainsi. Bien sûr, le nom qu'il avait choisi finalement n'avait pas eu d'importance. Il aurait pu m'appeler simplement Jory, ça m'était égal ; c'était mon enfant, et c'était tout ce dont je me souciais. Il était légalement et complètement à moi et à Sam, et c'était tout ce qui importait. Nous étions bien, tous les trois, jusqu'à ce que la première agence que nous avions contactée quand nous avions débuté le processus d'adoption nous appelle pour nous dire qu'une petite fille de Montevideo était prête à l'adoption. Je les avais complètement oubliés, parce que je pensais qu'ils n'avaient jamais fait le nécessaire, mais cela ne s'était pas avéré être le cas. Vous aviez des nouvelles d'eux quand ils avaient terminé, et c'était enfin le cas.

J'avais été surpris, Sam incertain, jusqu'à ce que le gentleman professionnel, mais pas aimable et certainement pas chaleureux, nous glisse la photo sur son bureau. Il avait besoin de savoir si nous voulions la petite fille sur cette photographie.

Oui, nous voulions vraiment de cet ange.

Notre famille était passée de trois à quatre avec l'arrivée de cette petite sœur avec laquelle Kola n'avait rien voulu avoir à faire, jusqu'à ce que nous nous retrouvions tous à la maison sous le même toit. Il nous en avait voulu d'être allés la chercher à l'aéroport, il avait détesté l'entendre pleurer dans la voiture et avait été vraiment agacé que Sam la porte plutôt que lui. Les gamins sont si drôles. Dès que Kola avait compris qu'Hannah prévoyait de nous partager avec lui, qu'elle n'était pas là pour prendre sa place, que rien ne changeait du point de vue de l'amour et qu'il y aurait simplement quelques ajustements en matière d'emploi du temps, il avait décidé qu'il l'aimait bien. Et maintenant, alors qu'il avait six ans et elle quatre, leur lien était visible.

6

Ils se disputaient comme chien et chat… mais seulement parfois. Elle pleurait, il boudait, ils se poursuivaient et se rudoyaient, mais neuf fois sur dix, je la trouvais, le matin, dans sa chambre à lui. Quand nous sortions, il lui tenait la main, il arrangeait les choses quand elle ne le pouvait pas et il était suprêmement patient quand elle essayait de communiquer avec lui. J'étais genre : « Crache le morceau, gamine, » mais Kola hochait simplement la tête et attendait jusqu'à ce qu'un incident au sujet d'un insecte sur une fleur soit entièrement expliqué dans des détails atrocement minutieux.

Il l'époussetait si elle tombait, lui rappelait de prendre ses mitaines et son bonnet, et on pouvait compter sur lui pour traduire ses moindres souhaits aux autres personnes si Sam et moi étions absents. Dylan Greer, ma meilleure amie, était vraiment surprise parce qu'elle était certaine que parfois Hannah Banana, ou simplement B comme nous l'appelions, était possédée. Mais Kola expliquait simplement qu'elle voulait du lait ou un crayon ou une lampe de poche. Et il n'avait jamais tort. C'était un excellent grand frère et elle l'adorait.

Hannah Regina Kage – son deuxième prénom venait de la mère de Sam – avait le plus adorable petit nez de la planète. Je me penchais pour l'embrasser parfois et finissais à la place par lui mordiller le nez. Cela la faisait couiner de plaisir. Me mettre ses orteils dans la bouche était aussi source de fous rires. Même à un an, elle avait un rire franc. Il n'était pas timide ou doux. Elle était petite, mais elle l'exprimait comme une grande. Les gens entendaient ce son profond et guttural, et étaient enchantés. J'avais été sous son charme dès le premier regard.

Dans notre quartier de River Park, les gens nous regardaient encore quand nous nous promenions. Et la plupart se posaient des questions sur Kola quand ils se rapprochaient, car avec ses yeux cobalt un peu enfoncés, ses traits européens et ses cheveux brun foncé, il ne ressemblait ni à Sam ni à moi. Mais Hannah, qui était à moitié uruguayenne, avait clairement été adoptée. Ce qui était drôle, toutefois, c'était que les gens se demandaient parfois si Gentry, qui avait les yeux charbon de mon frère Dane plutôt que le brun doré d'Aja, ma belle-sœur, était vraiment le fils de sa mère. Je me demandais toujours pourquoi les gens se souciaient de le savoir. Si votre gamin est bleu et que vous êtes orange, on s'en fout tant que vous aimez et chérissez ce gamin bleu, non ? Les gens m'étonneront toujours.

— Pa.

Hannah avait les yeux levés vers moi, comme si j'étais l'idiot du village.

7

— Quoi ?

— Si Kola ne peut pas lécher Frisquet, tu ne peux pas lécher Daddy.

J'eus une horrible image de moi, en train de tailler une pipe à Sam, à cet instant-là et il le sut probablement. Voilà pourquoi il m'attrapa et me recouvrit la bouche d'une main.

— Vous voulez bien finir votre petit déjeuner, tous les deux ?

Ils partirent alors, non sans jeter des regards par-dessus leur épaule.

Sam écarta sa main, mais se pencha et m'embrassa. Je reçus ce baiser joyeusement et, bien sûr, on entendit encore des bruits de vomissements.

— Kola Kage ! le réprimandai-je en riant toujours. Tu veux bien arrêter ça ?

— Beeeeeurk, couina Hannah.

Quand je les regardai, Kola mélangeait ses flocons d'avoine avec du beurre et du sucre brun et appuyait dessus avec sa cuillère pour imiter des bruits de rots.

— Mange, lui ordonnai-je.

— Je rends ça comestible.

Comestible. Satané gamin et son fichu vocabulaire.

— Laisse les Peterson tranquilles, soupira Sam comme s'il vivait un calvaire.

— C'est ce que je fais.

Je me mordis la lèvre inférieure.

— Jory… m'avertit-il.

J'essayai d'avoir l'air innocent.

— Daddy, dit Kola derrière nous en regardant Sam.

— Ne léchez pas le chat, répéta Sam en s'agenouillant pendant que son fils grimpait dans ses bras et posait les mains sur son visage. D'accord ?

— D'accord, acquiesça Kola.

— OK, soupira Sam en serrant Kola contre lui pendant au moins une minute.

— Ça veut dire quoi, « homobe » ?

— Je ne sais pas.

Sam bâilla, s'écartant pour que père et fils puissent se regarder.

— Où est-ce que tu as entendu ça ?

— Pa a dit à Tata Dyl que les parents de Jake ne veulent pas qu'il vienne jouer à la maison parce qu'ils sont homobes.

Sam acquiesça.

— C'est « homophobes » et ça veut dire que les parents de Jake ne veulent pas qu'il vienne ici parce que tu as deux pères.

Kola plissa les yeux en regardant Sam.

— Pourquoi ?

— Certaines personnes n'aiment pas ça.

— Pourquoi ?

— Eh bien, je pense que certaines personnes ont peur de ce que cela signifie.

Il secoua la tête.

— Qu'est-ce que ça signifie ?

— Que si l'on peut avoir deux pères, peut-être que les choses changent.

Son air renfrogné lui fit froncer ses petits sourcils. C'était adorable.

— Je ne comprends pas.

— Tu comprendras quand tu seras plus grand, mon pote.

— C'est bête.

— En effet, acquiesça Sam en le serrant de nouveau dans ses bras. Mais je suis désolé.

— C'est rien.

Il serra Sam en retour, ses deux bras enroulés autour de son cou.

— Stuart et sa maman vont venir au cinéma samedi prochain avec moi, Pa, Hannah, Oncle Evan, Bryce, Seth, Dyl, Mica, Mabel, Tess et son papa aussi, donc c'est Jake qui va manquer quelque chose.

— Qui est-ce qui vient, déjà ? le taquina Sam.

— Stuart et sa maman viennent avec…

— Arrête, interrompis-je Kola. Ton père t'a entendu la première fois.

Sam grogna et leva les yeux vers moi.

— Comment se fait-il qu'on ne m'invite pas au cinéma ?

— Premièrement, lui dis-je en souriant, les Chipmunks te donnent de l'urticaire, et deuxièmement, tu ne pars pas pêcher avec Pat et Chaz ce samedi-là ?

— De quel samedi est-ce qu'on parle ?

— Nous partons demain à Phœnix pour la réunion de famille et nous rentrerons à la maison dimanche.

— Oui, je sais ça.

— D'accord, donc je ne parle pas de ce samedi-là, puisque nous ne serons pas en ville, mais du suivant.

9

— Oh, alors c'est vrai, dit-il en souriant de toutes ses dents. Je serai en train de pêcher. Désolé de ne pas pouvoir venir au ciné, bébé.

— Menteur, dis-je d'un air impassible.

Il ricana.

Mais ça allait être amusant. J'y allais avec mes deux enfants, mon pote Evan allait amener ses fils Bryce et Seth, et Dylan allait embarquer ses deux enfants : son fils aîné, Mica, et sa fille Mabel, qui était de l'âge de Kola. Il était regrettable qu'ils aient fait un autre film d'*Alvin et les Chipmunks*, mais tous les gamins mouraient d'envie de le voir, alors nous avions organisé cette journée. J'attendais encore d'avoir des nouvelles d'Aja pour voir si elle venait également. Je savais que Robert et Gentry étaient tout aussi intéressés par ces rongeurs nourris à l'hélium que le reste de nos enfants, alors, comme ce n'était pas le cas d'Aja, un jour de congé pourrait lui faire du bien.

Aja, qui travaillait dans le domaine des écoles publiques quand elle avait épousé mon frère, d'abord en tant que principale, puis directrice adjointe des écoles, s'était retrouvée dans l'impossibilité d'effectuer le moindre changement à ce niveau-là. Aja ne pouvait pas modifier les règles ou allouer des fonds, mais au lieu de devenir amère en voyant ce qu'il se passait autour d'elle, l'apathie et l'ignorance délibérées, elle avait décidé d'y remédier. À son poste actuel de vice-doyenne de l'éducation à l'Université De Paul, en formant et inspirant la prochaine génération d'enseignants, elle préparait des esprits brillants au monde réel et leur apprenait également à avoir la peau dure. Elle les armait, les motivait et s'assurait qu'ils sachent qu'elle serait toujours une ressource pour eux, même après avoir obtenu leur diplôme. Entre tout ça et élever deux enfants, être une épouse, participer à une myriade d'événements sociaux avec son mari, on obtenait une Aja Harcourt épuisée. J'avais envie de l'aider à se décharger un peu. Avant de rentrer à la maison après avoir déposé Kola et Hannah, qui allaient tous deux à la même école Montessori près d'Oak Park, j'appelai Aja de la voiture et lui offris d'emmener ses deux petits avec nous, plutôt qu'elle ne se joigne à nous. Elle me traita immédiatement de saint.

— Jory, j'ai besoin de temps juste pour Dane et moi.

— Et si je passais prendre Robbie et Gen vendredi prochain après l'école et qu'on les gardait jusqu'à dimanche matin ? Nous irons tous prendre un brunch et tu pourras les récupérer. Ça te laissera vendredi soir et tout le samedi. Qu'est-ce que tu en dis ?

Elle fut si reconnaissante que je crus qu'elle allait pleurer.

— Alors c'est oui ?

— *Oh mon Dieu*, oui, c'est oui !

— Je croirais m'entendre.

— Merci, bébé.

— À quoi sert la famille ?

— Mais je ne fais confiance qu'à toi.

— Ce n'est pas vrai.

Je souris au téléphone en quittant la petite rue dans laquelle je me trouvais pour m'engager au milieu de la circulation sur Harlem Avenue en direction de la maison. Je parcourus peut-être trois mètres avant de devoir piler net, comme tout le monde dans cette rue aussi.

— Oui, mais depuis que Carmen a trouvé le boulot de ses rêves à parcourir le monde et que mes parents ont déménagé en Floride et Alex au Delaware, Sam et toi êtes la seule famille qu'il me reste ici.

— Tu as plein d'autres copines, lui dis-je en essayant de comprendre quel était le problème du 4x4 devant moi.

— Je sais, mais je me sentirais obligée de vérifier avec les autres, et je n'ai pas besoin de vérifier avec Sam et toi. Il tuerait n'importe qui qui s'approcherait de mes enfants, et tu t'inquiètes plus que moi.

— Je ne m'inquiète pas.

Elle ricana au téléphone.

— Ça manquait de dignité, lui dis-je en me mettant à l'aise contre le dossier du siège conducteur du minivan noir et élégant que j'adorais.

Tous les gens que je connaissais avaient des 4x4, qui détruisaient l'environnement, j'en étais certain. Mon minivan ne faisait pas partie des plans de Satan et j'adorais ma voiture, qui proclamait que j'étais marié avec des enfants, tout en étant conscient de leur sécurité. J'avais hâte que Kola commence les entraînements de football au printemps, parce qu'alors notre image du bonheur domestique serait complète. J'avais déjà choisi mon sweat-shirt.

— C'est ta faute, gloussa Aja.

— Tout ira bien, lui dis-je en remarquant un homme marchant vers ma vitre.

C'était bizarre qu'il marche au milieu de la rue et pas sur le trottoir, mais comme nous étions au milieu des embouteillages, il ne risquait pas de se faire écraser.

— Hey, les gamins aiment le Mountain Dew et les Oreos, exact ?

11

— Ils restent avec toi pendant deux jours. Fais-leur manger ce que tu veux.

Je riais encore en raccrochant, mais quand le 4x4 devant moi fit brusquement marche arrière, s'écrasant contre mon pare-chocs avant, je me mis à crier en écrasant le klaxon. Mais la voiture ne s'arrêta pas : elle continua à faire grincer le métal et je me rendis compte qu'il, ou elle, essayait de manœuvrer pour grimper sur le trottoir à ma droite.

Je pris une photo de la plaque d'immatriculation avec mon téléphone, remerciant le Seigneur que mes enfants ne se trouvent pas avec moi, et j'étais sur le point d'appeler la police pour signaler un accident quand je vis la porte passager du 4x4 s'ouvrir. Ce qui était déroutant, c'est que la petite femme qui en sortit précipitamment avait les clés dans la main. C'était comme si elle avait été derrière le volant, mais n'avait pas voulu sortir du côté conducteur. Quand elle ouvrit la portière arrière à la volée, j'aperçus un petit siège auto : elle avait un enfant en bas âge.

Je sortis rapidement et fis le tour de mon van, le type derrière moi klaxonnant, se penchant par la vitre et m'ordonnant de retourner derrière ce putain de volant alors que je me précipitais vers elle.

Elle fit volte-face avec une bombe lacrymogène à la main.

— Attendez ! Je suis là pour vous aider.

Elle me regarda, les yeux écarquillés, plaqua la bombe lacrymogène contre mon torse et me dit de surveiller pour voir si le type revenait, afin de pouvoir sortir son fils de la voiture. Elle avait été trop effrayée pour ouvrir sa propre portière.

— Quel type ?

— Je ne sais pas, un timbré. Je crois qu'il a tué l'homme dans la voiture devant la mienne, pleura-t-elle. Je crois qu'il a une arme ou… oh mon Dieu !

En me retournant, je vis un homme se diriger vers nous.

— Bougez vos putains de voiture !

— Grimpez à l'intérieur ! ordonnai-je à la femme. Verrouillez les portières !

Elle grimpa sur la banquette arrière avec son gamin et j'entendis la portière se verrouiller derrière moi, l'homme s'avançant rapidement à ma rencontre.

Il avait une clé à molette à la main, pas un pistolet, mais puisque je pouvais courir si besoin, je passai très rapidement de terrifié à agacé.

— Qu'est-ce que vous faites, bordel ? lui aboyai-je dessus. Vous terrifiez cette dame !

— Bougez vos voitures ! Toute cette rue est pleine de putains de voitures !

Il ne me regardait même pas ; je doute qu'il ait pu me dire où il était ou ce qu'il faisait. Peut-être que toute cette violence routière lui avait fait péter un câble ; peut-être que c'était autre chose. Je ne le savais pas et je m'en fichais : il se promenait avec un outil pour s'en servir comme arme. C'était la seule chose qui me préoccupait. La dame du 4x4 avait paniqué parce que son gamin se trouvait dans la voiture et que ce type semblait fou. Si mes enfants s'étaient trouvés avec moi, j'aurais eu la même réaction.

— Arrêtez, lui ordonnai-je. Ne vous approchez pas.

Il continua à s'avancer vers moi et leva la clé à molette comme s'il envisageait peut-être de m'éclater le cerveau avec. Je le visai avec la bombe lacrymogène et m'assurai d'atteindre son visage.

Il poussa un cri assourdissant et douloureux, mais ne lâcha pas l'outil.

— Qu'est-ce que vous faites, bordel ?

C'était le type qui m'avait crié dessus un peu plus tôt et dont la voiture était bloquée derrière la mienne.

— Vous venez juste d'attaquer ce type ? rugit-il avant de me frapper.

Je m'effondrai durement, cognant contre le van et rebondissant dessus, mais de là où je me trouvais, je pus voir le type que je venais d'asperger se diriger vers lui.

Lui filant un coup de pied, je fis perdre l'équilibre à l'homme qui venait de me frapper et il s'effondra par terre près de moi.

— Putain, qu'est-ce que vous...

— Attention ! hurlai-je quand le type avec la clé à molette s'en prit à nous.

— Oh merde, cria-t-il en s'écartant de moi, se déplaçant pour pouvoir courir.

— Lâchez votre arme !

— À plat ventre !

Normalement, les policiers ne sont pas mes personnes préférées, même si j'en ai épousé un. En règle générale, ils m'attrapent en train de faire des trucs que je n'aurais pas dû faire, mais ne voient pas tous les autres en train de parler sur leurs téléphones portables, brûler les feux rouges et faire des excès de vitesse. Mais en cet instant, en voyant leurs uniformes, en

13

remarquant leurs armes sorties et en entendant les ordres qu'ils rugissaient, je me sentis réconforté.

Le type lâcha sa clé à molette et tomba à genoux.

— Au sol, sur le trottoir !

— Vous m'avez sauvé la vie, dit le type qui venait de me frapper.

— Je…

Mais quelque chose heurta l'arrière de ma tête, et tout devint noir.

MON MARI, mon frère, ma famille et mes amis diraient que oui, Jory Harcourt est un aimant à ennuis, mais je pense que c'est plus une coïncidence qu'autre chose quand le destin décide de me jouer des tours. Surtout cette fois alors que je rentrais chez moi après avoir déposé mes enfants, un trajet que j'effectue du lundi au vendredi, normalement sans incident. Comment étais-je censé savoir que je me retrouverais dans le collimateur d'un fou ?

— Un quoi ? me demanda le policier qui prenait ma déposition à l'hôpital.

— Un aimant à ennuis, lui dis-je en soupirant profondément.

— Comment avez-vous été assommé ?

— Je suppose que la dame à qui j'ai dit de rester dans son 4x4 a ouvert la porte très vite et comme j'étais assis juste à côté de sa voiture… voilà.

Il acquiesça.

— Je vois.

— Voilà pourquoi les vans sont mieux, les portes coulissent, l'éduquai-je.

Son sourire fut condescendant.

— Je…

— Jory !

Le cri rebondit contre les murs et je grimaçai.

L'officier sembla surpris.

— Qui était…

— Écartez-vous, lui ordonnai-je, inspirant assez pour pouvoir crier. Par ici !

On écarta le rideau quelques instants plus tard et Sam se trouvait là, la mâchoire tendue, les muscles saillant dans son cou, les yeux sombres et un trop plein de choses à apaiser à la fois.

— Inspecteur Kage ?

Sam se tourna vers l'agent.

— Oh, non. Marshal.

Il essaya de sourire à mon homme qui fulminait.

L'attention de Sam se tourna de nouveau vers moi et je souris en levant les bras vers lui. Se déplaçant rapidement, il parcourut la courte distance qui nous séparait et me hissa en l'air, m'écrasant contre lui.

Ce n'était pas doux ; tout ce geste était brusque et dur.

J'adorais ça.

— Tu m'as fait peur, dit-il en me serrant fort.

Je savais que je lui avais fait peur et que c'était la raison de cette étreinte. Je me blottis contre lui, enfouis mon visage au creux de son cou et glissai mes bras sous la veste, sur sa chemise impeccable. Il sentait bon, une légère trace d'eau de Cologne, d'assouplissant et de chaleur masculine. Je gémis doucement du fond de ma gorge.

— Tu sais que ces appels me retirent des années de vie ?

— Quels appels ?

— Les appels qui disent : « Jory est à l'hôpital ».

J'acquiesçai et j'entendis le grondement dans sa voix avant qu'il se décale et regarde mon visage. Ses yeux m'inspectèrent, s'assurant que j'étais entier et en sécurité.

— Je vais bien, dis-je quand il leva la main et la glissa dans mes cheveux pour les agripper, penchant ma tête vers l'arrière en examinant mon œil droit et ma joue.

— Ouais, mais tu n'as pas l'air d'aller bien, dit-il d'une voix basse et menaçante. Qui t'a fait ça ?

— Il y avait un type derrière moi et il n'a pas compris pourquoi j'avais pulvérisé l'homme à la clé à la molette et il...

— Stop, me coupa-t-il en laissant retomber sa main de mes cheveux et tournant la tête vers le policier. Parlez.

À son changement de ton, je compris qu'il ne s'attendait pas à ce que moi, je parle, mais apparemment l'agent.

— Allô ? aboya Sam froidement.

— Oh, oh, bafouilla le type avant de raconter à Sam les événements de la matinée.

— Donc la dame du 4x4 l'a assommé quand elle a ouvert sa portière ?

Il essayait de s'assurer d'avoir bien tout compris.

— Oui.

Sam grogna.

15

— Elle est vraiment désolée. Elle m'a dit que votre partenaire lui avait sauvé la vie.

Cela n'améliorait rien, du moins pour Sam.

— Mon van est...

— Nous nous occuperons du van et nous louerons une voiture jusqu'à ce qu'il soit réparé. Ne t'inquiète pas pour ça.

— Non, je sais, lui aboyai-je dessus.

Parfois, enfin la plupart du temps, Sam me traitait comme un invalide. Cela arrivait de plus en plus dernièrement, comme si j'avais besoin qu'on prenne soin de moi, tout comme les enfants, parce que je ne pouvais pas réfléchir par moi-même ou raisonner.

— Je voulais juste savoir où avait été remorquée ma voiture... Monsieur l'agent.

Je dus me tourner vers l'homme en uniforme et l'épingler du regard – ma question lui était adressée, à *lui* –, mais il regardait toujours Sam pour voir s'il pouvait me répondre.

— Monsieur l'agent ?

— Je peux trouver où...

— Non, dis-je pour faire taire Sam, les yeux écarquillés en attendant. Où est ma voiture ?

— Nous, hum...

Il toussota en me tendant une carte de visite coincée dans son calepin.

— Nous l'avons fait remorquer dans un garage du centre-ville et...

— Arrête ça, aboya à son tour Sam en lui arrachant la carte des mains. Reste assis là et je vais aller trouver ton médecin et déterminer si tu as une commotion cérébrale ou bien...

— Sam...

— Quand on sera rentrés à la maison, alors on s'inquiétera de ce foutu van.

— Je peux...

— Arrête, m'ordonna-t-il encore.

Et puisque je ne voulais pas faire de scène, je me figeai et me mis à regarder fixement l'horloge au mur.

L'agent marmonna quelque chose et s'en alla, et Sam me dit qu'il devait aller se renseigner auprès des autres personnes ayant assisté à l'accident et qu'il veillerait à me faire sortir en même temps.

Je restai silencieux.

— Tu vas bouder, maintenant ?

Je tournai la tête et j'étais sur le point de dire quelque chose quand il leva la main.

— Je ne veux pas me battre avec toi. Laisse-moi juste faire ça pour toi.

— Je ne suis pas un enfant, Sam. Je peux m'occuper de ma propre voiture. Je peux faire…

— Donc je ne devrais pas être là ? Je n'aurais même pas dû venir ?

— Non, j'ai juste… Récemment, j'ai l'impression que c'est le « Sam Show » et non plus le « Sam et Jory Show ». Tu fais tout et je ne comprends pas pourquoi ça arrive.

Ses yeux fouillèrent mon regard.

— Sam ? Est-ce que tu crois que je suis impuissant ?

Le regard noir que je reçus aurait terrifié la plupart des gens. Mais c'était le type qui m'aimait et, comme toujours quand je m'arrêtais pour me servir vraiment de mon cerveau, je compris ce qu'il se passait vraiment. Il était terrifié.

Je l'avais complètement effrayé ce matin-là et puisqu'il prévoyait déjà le pire, c'était presque comme s'il s'était *attendu* à avoir de mauvaises nouvelles. Et ça avait été le cas… Il s'était attendu au pire.

— Tu penses que Kola, Hannah et moi pourrions être enlevés.

— Quoi ? Non, dit-il doucement, sans trop de force. Non.

C'était vraiment un menteur.

— Je suis désolé, dis-je rapidement en posant les mains sur son torse musclé, incapable de m'empêcher d'agripper sa chemise, de m'accrocher à lui.

Oui, il se montrait surprotecteur, mais pas pour les raisons que je pensais. Il ne pensait pas que j'étais stupide ; il ne voulait simplement pas nous quitter du regard, nos enfants et moi, sous aucune raison. Jamais. Et puisqu'il essayait de ne pas m'étouffer, il faisait exactement le contraire.

— Je n'ai pas réfléchi.

Il inspira.

— De quoi est-ce que tu parles ?

— Plus tu travailles, plus tu vois de choses, plus tu te rends compte que ça, ce que nous avons, ce n'est pas la norme. La plupart des gens n'ont pas droit au bonheur que nous avons, la maison que nous avons, de sorte que tu deviens trop protecteur et étouffant.

17

Il fronça les sourcils et je lui souris en enroulant mes jambes à l'arrière de ses cuisses. Il se rapprocha, les mains posées sur le lit d'hôpital étroit, de chaque côté de moi.

— Tu crois me connaître ?

J'acquiesçai, mes doigts relâchant sa chemise.

— Oui. Je te connais bien.

Il se pencha et je passai un bras autour de son cou pour l'attirer contre moi. Son souffle effleura doucement mon visage avant que sa bouche ne se pose sur la mienne.

J'adorais l'embrasser. N'importe quand. N'importe où, aussi longtemps qu'il me laissait faire et qu'il en avait envie. J'étais à lui, disponible.

Il glissa sa langue dans ma bouche, l'accouplant à la mienne, l'enroulant, la frottant, la poussant et la pressant. Nos lèvres ne se séparèrent jamais, pas une seule fois, même pour respirer. Je sentis ses bras s'enrouler autour de moi, m'écraser contre son torse et me serrer. J'avais empoigné ses cheveux d'une main et le gémissement que je ne pus étouffer était bas et douloureux. Quand il me repoussa tout à coup, rompant ce contact brûlant et dévorant, mon geignement de protestation fut bruyant.

Il était rouge et haletant, les lèvres gonflées, ses pupilles dilatées en me dévisageant.

Je respirais fort, mes poumons cherchant de l'air, et je lui souris.

— Merde.

Il réussit enfin à prononcer un mot.

Mon sourire était malicieux.

— Tu n'es pas censé m'embrasser au boulot.

— C'est toi qui m'as embrassé, lui rappelai-je.

— Merde, répéta-t-il.

Et il déglutit difficilement en se redressant, s'écartant de moi, luttant manifestement pour reprendre le contrôle de son corps.

— Tu peux me sauter dans ta voiture.

Son froncement de sourcils apparut rapidement, tout comme mon sourire malicieux.

— Quoi ?

Je souris encore plus.

— Un US Marshal ne « saute » pas son époux dans la voiture.

Je relevai un sourcil.

— Tu en es sûr ?

18

Il me désigna du doigt.

— Je vais te ramener à la maison et te sauter dans notre lit.

— Oh oui, pitié.

J'agitai les sourcils à son attention.

— Reste assis là, grogna-t-il. Et attends que j'aie signé les papiers pour que tu puisses sortir d'ici et qu'on aille chercher les gamins.

— Pas aujourd'hui, Marshal, lui dis-je.

Il eut l'air surpris.

— Tu n'as pas prévu d'aller chercher les enfants aujourd'hui ?

— Non, ta mère passe les chercher et nous allons dîner là-bas.

Il plissa les yeux.

— Tu sais qu'elle aime tout planifier, dis-je gaiement.

— Donc si je comprends bien, soupira-t-il, nous serons dans l'avion avec eux demain, puis avec eux dans un centre de villégiature de jeudi à samedi, puis avec eux encore dans un avion dimanche pour rentrer à la maison, mais nous dînons quand même avec eux ce soir parce qu'ils ne nous verront pas assez ?

— Ta mère aime coordonner les choses et tu le sais, alors laisse tomber.

— Pourquoi ?

Il était agacé.

— Pourquoi aime-t-elle planifier les choses, ou pourquoi est-ce qu'on lui fait plaisir ?

— Le deuxième, grogna-t-il. Pourquoi fait-on ça ?

— Parce que nous l'aimons, dis-je comme si c'était évident.

— Non, tant pis pour ça. Je vais l'appeler et lui dire que nous…

— Pourquoi est-ce que tu veux faire des vagues ? Pourquoi bouleverser l'équilibre délicat de tout ce que fait Regina ?

J'adorais sa mère, Regina Kage, de tout mon cœur, et parmi tous les autres – ses propres enfants, leurs conjoints et tous ses petits-enfants combinés – elle et moi nous entendions le mieux. Les raisons pour cela étaient doubles : premièrement, parce que je n'avais jamais eu de mère et que celle-ci était comme une drogue pour moi ; et deuxièmement, surtout, parce que je n'avais jamais essayé de la faire changer. Nous ne nous disputions jamais ; je lui permettais de tout réorganiser chez moi si elle le voulait, de faire des suggestions parentales – parce que, franchement, ses enfants s'en étaient bien sortis, alors pourquoi discuter ? – et par-dessus tout, quand elle

19

faisait des histoires, si elle en faisait, j'étais à sa disposition pour lui donner un coup de main. Nous nous en sortions bien.

— Jory…

— Laisse tomber, Sam.

Il leva les yeux au ciel, mais nous savions tous les deux qu'il ne dirait rien. Personne ne disait rien à Regina Kage. Nous faisions tous exactement ce qu'elle voulait. C'était la matriarche, après tout.

— Sérieusement, par contre, on devrait annuler, tu n'es pas…

— Je vais bien, et d'ailleurs, je pense qu'elle a imprimé les plans de vol et qu'elle veut s'assurer que j'aie le mien.

Il était dégoûté, mais quand il secoua la tête, il m'offrit le sourire que je voulais, celui qui disait « *Tu es trop fort et j'abandonne* » et que j'adorais.

— Alors, dis-je doucement en le déshabillant du regard.

Mon Dieu, j'adorais le regarder. Ses épaules larges accentuées par sa veste de costume, sa chemise taillée sur mesure moulant son torse massif et l'ombre d'une barbe qui recouvrait sa mâchoire carrée et ciselée, même s'il s'était rasé ce matin avant le travail.

— Quoi ? demanda-t-il de sa voix était rauque en me dévisageant.

— Tu vas me ramener à la maison ?

— Oui.

— Et rester avec moi ?

— Ouais. Je veux m'assurer que tu vas bien.

Je plongeai dans ses yeux que j'aimais autant aujourd'hui que la première fois qu'il m'avait embrassé, il y a des années.

— Tu prends encore soin de moi.

Il grogna et ce fut très masculin, un véritable grondement d'ours.

— Et ?

— Et c'est agréable.

Je lui souris, agrippant doucement sa cravate.

Il soupira et j'aperçus la trace d'un sourire.

— Bon, je reviens.

— Attends, dis-je avant qu'il puisse partir.

— Pourquoi ? Quoi ?

— Fais-moi un bisou.

— Non.

Il ricana puis se pencha et m'embrassa le front avant de quitter la pièce.

J'étais perdu dans mes pensées, chaque neurone que je possédais absorbé par Sam Kage et ce que j'allais faire avec un après-midi seul avec lui, quand on appela mon nom.

— Monsieur Harcourt ?

Quand je me retournai, un médecin se trouvait là et je me dis presque instantanément que ce n'était pas juste. Il ressemblait à ça et était brillant ? Normalement, on était intelligent ou mignon, pas les deux. Il avait même de beaux yeux bleu-vert. Je le remarquai parce qu'ils étaient exactement de la nuance de turquoise que j'aurais voulu avoir en grandissant. J'avais détesté mes yeux bruns passionnément. Maintenant, les choses étaient différentes. Ma fille et moi avions presque la même couleur d'yeux bruns, d'un chocolat profond, avec des traces dorées, et l'homme qui se réveillait dans le lit avec moi chaque matin ne manquait jamais de mentionner qu'en matière d'yeux, les miens étaient de sa couleur préférée.

— Monsieur Harcourt ?

— Ouais, désolé, dis-je en lui souriant rapidement. C'est moi.

— Bonjour.

Il sourit chaleureusement en se rapprochant, m'offrant sa main.

— Je suis le Docteur Dwyer, et…

— Jory, tu…

— Sam ?

Mon médecin appela mon homme par son prénom.

Sam se tenait là, l'air complètement abasourdi.

Les deux hommes, mon partenaire et le docteur, se figèrent en se regardant fixement.

Qu'est-ce que c'est que ce bordel… ?

Le Docteur Dwyer avait été interrompu par le retour de Sam qui avait apparemment été très surpris de le voir en surgissant dans la chambre.

Je continuai à les regarder chacun leur tour, me sentant plus bizarre à chaque seconde écoulée.

— Kevin, dit enfin Sam.

L'homme s'avança d'un pas, et le sourire, la lueur de son regard, le frisson qui parcourut son long corps mince de nageur n'auraient pu être confondus avec autre chose qu'une joie absolue, frémissante, à faire battre son cœur et couler son sang plus vite. Qui qu'il fût, il était follement surpris et ravi de voir Sam Kage.

21

J'attendis et me rendis compte que j'avais cessé de respirer.

Qui était cette créature céleste, ce médecin qui regardait Sam comme s'il était la plus belle chose qu'il avait jamais vue de toute sa vie ?

— Tu...

Sam inspira vivement.

— Qu'est-ce que tu fais là ?

— Bon sang, hoqueta le médecin en se précipitant vers lui, les bras levés, prêt à me le reprendre, le récupérer.

Sam se déplaça plus vite, le rejoignant à mi-chemin, si bien qu'avec son élan coupé court, le bon docteur fut arrêté net dans sa lancée, obligé de s'arrêter si vite qu'il faillit en perdre l'équilibre. Sam se pencha vers lui, le serra dans ses bras d'une façon masculine, lui tapotant brièvement le dos, *paf-paf*, puis il le repoussa et s'écarta, abandonnant pratiquement un docteur Dwyer désorienté, les bras vides, l'air perdu.

— Content de te voir, dit Sam rapidement en se rapprochant du lit et prenant ma main en même temps. Jory, voici le Docteur Kevin Dwyer. Nous nous sommes rencontrés en Colombie quand je bossais là-bas à la répression des drogues, après que Dom fut entré en protection des témoins. Il était avec Médecins Sans Frontières à cette époque. Qu'est-ce que tu fais ici, à Chicago ?

Des années plus tôt, Sam m'avait laissé récupérer à l'hôpital pour traquer un cartel de la drogue en Colombie sur un conseil de son partenaire corrompu. Nous avions été séparés trois ans, et à un moment donné, il avait rencontré ce bon docteur.

Le Docteur Dwyer ressemblait sérieusement à quelqu'un qui venait de se prendre un coup de poing dans le ventre ou qui venait de se faire renverser par un camion. Il était difficile de savoir lequel le décrivait le mieux à cet instant.

— Je... dit-il avant de s'arrêter, puis ses yeux se tournèrent vers moi. Jory ?

Je lui souris.

— Oui.

Il acquiesça.

— Sam m'a beaucoup parlé de vous.

Et pourtant Sam n'avait jamais, *jamais* mentionné Kevin Dwyer devant moi.

— Est-ce que vous êtes sortis ensemble ? demandai-je au docteur, parce que je ne voulais pas tourner autour du pot.

— Jor…

— Non, dit-il en coupant Sam. Nous avons vécu ensemble pendant trois mois.

Et mon monde implosa.

II

— Parle.

— Je ne suis pas un chien, Sam.

Il marmonna quelque chose dans sa barbe.

— Pardon ? demandai-je en me rendant compte que ma voix était trop forte.

— J'ai dit…

Il soupira et ce n'est que quand je lui jetai un coup d'œil que je me rendis compte que ses phalanges blanchissaient sur le volant. Il le serrait trop fort.

— Je sais que tu es énervé, mais j'aimerais que tu me parles maintenant.

— Pourquoi devrais-je être énervé ? C'était il y a longtemps, non ?

— Ouais, c'était il y a longtemps, grogna-t-il en passant ses doigts dans ses épais cheveux cuivrés.

En vieillissant, ses cheveux devenaient plus foncés, ce que je trouvais intéressant.

— Mais tu y penses et tu y penses beaucoup, et si tu pouvais simplement me dire ce que diable il se passe dans ta tête, ce serait bien.

Je n'étais pas encore prêt à mettre mes pensées en paroles.

— Jory, dit Sam doucement.

Mais ça ressemblerait à une accusation, et il fallait que ça ne le soit pas.

— J'ai menti, hein ?

Il l'avait fait.

— Pourquoi est-ce que j'ai fait ça ?

Je pouvais me souvenir de la discussion si clairement. Je l'avais interrogé dans ce restaurant sur le nombre de types avec lesquels il avait couché quand nous avions été séparés. Les questions avaient commencé quand je lui avais demandé s'il y avait eu des femmes et ensuite, quand il avait répondu qu'il n'y en avait eu aucune, c'était passé aux hommes. C'était il y a sept ans.

— Jory ?

Je regardai par la vitre plutôt que vers lui.

— Qu'est-ce que tu aurais fait si je t'avais dit ce soir-là que j'avais couché avec quatre types, mais que le cinquième… je l'aimais bien ?

Je fermai les yeux. L'entendre désormais était douloureux. L'entendre alors… je me serais enfui.

— Ça n'a duré que trois mois.

Une part de moi voulait vraiment entendre cette histoire et une autre ne le voulait pas.

— J'étais blessé et il m'a retiré une balle, m'a recousu et m'a fait une piqûre. Quand je l'ai revu une semaine plus tard dans un bar, je lui ai offert un verre pour le remercier.

Je pouvais voir maintenant comment cela avait progressé.

— J'étais vraiment saoul, les choses n'allaient pas bien… Une année s'était écoulée déjà et nous n'étions pas plus proches…

Il s'interrompit.

La pluie coulait le long de la vitre en petits ruisseaux.

— Il était tard et il m'a offert de me laisser dormir chez lui parce qu'il habitait tout près.

Mon corps devint brûlant puis gelé.

— Quand nous sommes arrivés là-bas, quand la porte s'est refermée, il voulait plus que ça, et je… Tu comprends. Je n'ai pas besoin de te le dire.

Je comprenais.

— C'était agréable d'avoir cette normalité au milieu de toute cette folie, d'avoir un petit endroit où je pouvais simplement respirer.

— C'était un sanctuaire, dis-je en retenant mon souffle.

— Non, dit-il d'une voix basse et rocailleuse. C'était simplement un endroit sans sang sur le trottoir, sans gamins de dix ans s'entre-tuant dans la rue et sans fillettes qui devraient planifier des soirées pyjama au lieu de faire le trottoir et de se shooter… Ce n'était pas *horrible*.

— Je pensais que tu étais dans la jungle.

— J'étais partout, J.

— Je vois.

Il se rangea le long du trottoir, se gara, activa les feux de détresse et se tourna vers moi. Je ne le vis pas, mais je pus entendre le siège en cuir craquer.

— Nous devrions rentrer à la maison, Sam.

— Regarde-moi.

Je tournai la tête sur le côté.

Il tendit la main et agrippa mon menton ; ses doigts glissèrent sur ma peau et son pouce glissa sur ma lèvre inférieure.

— Notre maison, la tienne et la mienne, c'est ça mon sanctuaire. Ce que j'avais avec Kevin... je veux dire, j'étais au milieu d'un putain de gigantesque bordel dans un pays étranger, et j'étais fatigué et seul, mais ce n'est pas une excuse pour ce que j'ai fait.

— Qu'est-ce que tu as fait ?

— Pendant une minute, juste une seconde, j'ai cessé de réfléchir.

Je ne comprenais pas.

— Sam ?

Il releva la main gauche pour la joindre à la droite, encadrant mon visage, lissant mes pommettes de ses pouces.

— Je me sentais si mal de me servir de Kevin... Je me suis vraiment comporté comme une merde avec lui. Je le baisais, je mangeais sa bouffe, je dormais dans son lit et je le traitais comme une pute.

Je me dégageai de ses mains et il les laissa retomber.

— Voilà comment ça se passait, et quand je me suis rendu compte de ce que je faisais, j'ai essayé de m'excuser auprès de lui et d'y mettre fin, et...

— Il n'a pas voulu, l'interrompis-je.

— Non.

Sa voix gronda dans son torse.

— Il n'a pas voulu.

— Parce que ce que tu pensais être horrible, c'était un fantasme bandant pour lui.

— Je n'irais pas...

— Il t'aimait parce qu'il pouvait recoller les morceaux, il aimait être le type qui se soumettait à toi, il aimait être celui que tu remettais à sa place et à qui tu donnais des ordres. Il voulait que tu restes dans son lit.

— Ouais.

Il s'éclaircit la gorge.

— Et ?

— Et quoi ?

— Je veux entendre la fin, Sam.

— Et je te veux sur mes genoux

Il me fallut une seconde, parce qu'il avait changé de sujet si rapidement.

— Quoi ?

— Si je dois mettre mon âme à nue, je te veux sur mes genoux.

Je secouai la tête.

— Non, je ne peux pas faire…

— Très bien, on en a terminé, dit-il en se tournant pour attraper sa ceinture de sécurité.

J'ouvris ma portière.

— Qu'est-ce que tu fais ? aboya-t-il en bondissant rapidement, mais pas assez vite alors que la portière s'ouvrait brusquement.

Je me retournai pour le regarder.

— Je ne vais pas m'asseoir sur tes genoux. Je ne suis pas en train de faire un caprice et tu n'as pas le droit de me traiter comme une *drama queen* ou un gamin grognon. C'est toi qui t'es fait prendre dans un mensonge de ta propre invention. Termine ton histoire ou je sortirai pour rentrer à la maison, et tu pourras retourner au travail et venir me chercher plus tard quand il sera l'heure d'aller chez ta mère.

Ses yeux se rivèrent aux miens.

— C'est ton choix.

— Tu es plus en colère que je ne le pensais.

— Je ne suis pas en colère, lui assurai-je.

— Blessé, alors.

Il n'obtiendrait pas de réponse. Je me contentai d'attendre.

— Ferme la portière, souffla-t-il.

Je me penchai pour attraper la poignée et refermer la portière avant de me tourner vers lui. Je fus surpris par son regard.

— Tu n'as pas le droit de me quitter, chuchota-t-il.

Ses yeux étaient froids et sombres, comme l'eau sous la glace. La transformation était effrayante.

— Sam ?

Ses yeux plissés n'étaient plus que des fentes.

— Je te l'interdis.

Me l'interdis ?

— Sam, qu'est-ce que tu…

— Nous n'étions pas ensemble, tu baisais n'importe quel type qui te le demandait et…

— Sam, ne te mets pas sur la défensive en devenant merdique, d'accord ? Je ne suis pas blessé parce que tu as couché avec quelqu'un, je suis blessé parce que tu as menti au sujet d'une relation avec…

27

— Ce n'était rien ! C'était de la merde ! me hurla-t-il et j'entendis sa douleur et sa frustration, et par-dessus tout, sa peur. Toi... c'était... je n'ai jamais voulu que...

— Arrête.

Je relevai les mains avant de bouger rapidement, débouclant ma ceinture, grimpant par-dessus le levier de vitesse entre nous et sur ses genoux, glissant les miens de chaque côté de ses hanches.

— Bon sang, grogna-t-il, les mains sur mes cuisses, m'agrippant, ses doigts s'enfonçant dans mes muscles quand il m'attira vers lui pour que mes fesses se posent sur son aine, le renflement de son pantalon glissant le long de ma raie. Ne me quitte pas.

Je poussai vers lui, me frottant, ondulant.

— Pourquoi ? Parce que tu veux continuer à me baiser ?

— Eh bien ouais, ça aussi.

Il fronça les sourcils, prenant mon visage dans ses mains, et écarta les cheveux de mes yeux.

— Je ne connaissais pas la différence alors, je la connais maintenant. Tu es tout pour moi, c'est toi ma maison. Si ce n'est pas toi, ça ne sera personne. Je ne peux pas faire de compromis, c'est tout ou rien.

Je soupirai en le regardant.

— Je sais.

Il s'illumina et je le vis alors, et c'était adorable.

— Je t'aime tellement que ça me fait mal.

Et ça, je le savais aussi. Il y avait eu trop d'années entre nous pour que j'aie le moindre doute. Mais il avait menti, et ça ne lui ressemblait pas.

— Qu'est-ce qui t'as fait peur cette nuit-là pour m'avoir menti ?

— Toi.

— Moi ?

— Ouais. C'était flambant neuf, tu me refaisais confiance, et si j'avais tout foutu en l'air et que tu m'avais demandé de partir... Qu'est-ce que j'aurais dû faire, bordel, J ?

Je le regardai droit dans les yeux.

— Il était hors de question de te perdre alors, et pas moyen que je laisse ce truc se mettre entre nous maintenant. Je suis désolé d'avoir menti au sujet de Kevin Dwyer. C'était stupide, j'aurais simplement dû te le dire. Mais tu étais un véritable lapin effrayé, à l'époque.

— Plus maintenant ?

— Non, soupira-t-il. Tu n'es plus ce type depuis longtemps.

Je me penchai vers lui et enroulai mes bras autour de son cou, l'étreignant fermement, glissant mon nez contre son cou, inspirant son odeur.

— Oh, s'il te plaît, murmura-t-il, une main à l'arrière de ma tête, agrippant doucement mes cheveux, l'autre posée au bas de mon dos pour me rapprocher encore. Je suis vraiment désolé de ne t'avoir jamais parlé de Kevin Dwyer, mais c'était il y a longtemps et c'était merdique, je te le jure.

Je resserrai mes bras, me pressai contre lui et l'entendis soupirer contre mon épaule. Il avait besoin de savoir que tout allait bien ; il était impératif que tout soit en ordre chez lui. Il en avait besoin pour pouvoir faire son boulot.

— C'est un très bel homme.

Il grogna, ne faisant pas attention à mes paroles, et inclina ma tête vers l'arrière pour embrasser ma gorge.

— Cette tache de rousseur, ici, elle me rend dingue.

— J'ai dit, répétai-je, c'est un très bel homme.

— Nous savons tous les deux que tu es le seul que je vois.

Et c'était vrai. J'avais été surpris et c'était tout.

— Rentrons à la maison, Marshal ; peut-être que j'aurais le temps de vous sauter avant que mon mari vienne me chercher pour m'emmener dîner chez ma belle-mère.

— Oh oui, pitié, chuchota-t-il avant de m'embrasser et de me serrer plus fort.

SAM S'ENGAGEA dans notre rue, puis tourna à gauche dans l'allée qui se trouvait du côté droit de la maison. Elle longeait la clôture séparant notre propriété de celle des Peterson, où le cirque avait débarqué.

Il y avait au moins dix voitures de patrouille dans la rue et deux autres avec une ambulance dans l'allée. Je n'eus pas l'occasion de mener l'enquête. On me poussa dans ma cuisine par la porte arrière de chez moi, avant de me dire de verrouiller la porte derrière moi. Je me précipitai à la fenêtre et regardai Sam redescendre l'allée vers la rue. Je pouvais voir à travers la clôture grillagée, vers la pelouse des Peterson ; je voyais tous les voisins debout de l'autre côté de la rue et beaucoup de policiers se baladant dans la cour. Je voulais sortir, mais cela aurait été une mauvaise idée, et je me dirigeai donc vers la porte d'entrée pour voir si le courrier s'était éparpillé par terre.

Toute ma vie j'avais eu une boîte aux lettres ; mais ce n'était que depuis que nous avions emménagé dans cette maison que j'avais une boîte aux lettres intégrée à la porte, avec une fente par laquelle on passait tout le courrier. Comme je m'y attendais, mon stupide chat Frisquet – tout blanc, hormis son nez et le bout de ses oreilles, qui étaient noirs – était allongé sur le dos au milieu du courrier, les pattes en l'air. Je n'avais pas la moindre idée de la raison pour laquelle il faisait ça. Sam pensait que c'était peut-être parce que quelque chose de neuf qui ne sentait pas comme lui entrait dans la maison tous les jours. C'était juste bizarre.

— Qu'est-ce que tu fais ? demandai-je à mon ami félin.

J'eus droit à la conversation qu'il entretenait toujours avec moi, un doux feulement avant qu'il ne roule sur ses pattes pour se pavaner et me saluer. C'était un animal « de la seconde chance », ce qui signifiait que quand nous l'avions adopté dans un refuge, il était seul d'un côté de l'enclos des chats. Il se trouvait dans l'une des cages en métal empilées, au lieu de la zone en plexiglas où se trouvaient tous les autres. Je m'étais approché de lui et il avait passé sa patte à travers les barreaux et l'avait posé sur ma tête. Dès cet instant, j'avais été fichu.

« Seconde chance » signifiait qu'il avait été adopté et ramené. Deux fois. Apparemment, il était timbré. Nous étions faits l'un pour l'autre !

J'avais reçu des instructions spécifiques. Sam m'avait dit d'aller au refuge et de choisir un vieux chat à poils longs dégriffé qui serait doux avec les enfants. Il aimait les chats à poils longs, parce qu'il avait été élevé avec. Sa mère avait toujours eu des Persans ou des Himalayens, donc il savait comment s'occuper d'eux, les brossages dont ils avaient besoin, et se disait que ce serait parfait pour les enfants, pour leur enseigner les responsabilités. Un Maine Coon, m'avait-il dit, était aussi parfaitement acceptable.

Cela aurait vraiment été une requête facile, s'il avait envoyé le bon type. Je n'étais pas ce type.

Quand j'avais ramené Frisquet à la maison, il s'était fait pipi dessus dans sa caisse de transport parce qu'il avait peur. Je l'avais pris en pitié, mais même si je voulais qu'il fasse bonne impression, je ne voulais pas ajouter à sa terreur en le baignant. Donc malheureusement, le chat que Sam avait vu pour la première fois empestait l'urine, avait encore des griffes et possédait une sorte de lueur folle dans le regard. Ce n'était pas la meilleure des premières impressions.

Dylan m'avait sauvé en passant avec une sorte de shampooing pour chatons qui ne nécessitait pas d'eau, mais, par la suite, Frisquet sentait davantage la pisse parfumée à la lessive qu'autre chose. Sam n'avait pas été impressionné.

Nous avions l'un de ces Chia Pets qu'on achète au supermarché, parce que Kola en avait voulu un. En gros, c'était une tête recouverte d'herbe et Frisquet avait jeté un seul regard à ce truc avant de décider qu'il fallait la pousser du bureau de Kola et Hannah, et la balancer par terre.

Frisquet s'était retrouvé coincé entre le rebord de la fenêtre et la chaise, calé de sorte que ses pattes se croisaient et qu'il ressemblait à Tom Hanks dans « *Une baraque à tout casser* », quand il est coincé sur le sol dans un tapis.

Il s'était relevé sur ses pattes arrière et avait attaqué le lapin en peluche d'Hannah, Lapinou (tellement original), la faisant hurler.

Il avait crevé le ballon Spiderman de Kola avec ses griffes et avait fait tomber le ventilateur de la cuisine. Tout cela avait été accompli au cours de la première heure où il avait vécu avec nous.

Hannah avait décidé qu'elle voulait un chiot. Kola pensait qu'on aurait dû le libérer dans la nature. Sam m'avait dit que si je le ramenais, j'aurais peut-être droit à un remboursement.

Je leur avais dit à tous que si je le ramenais, il allait mourir.

Hannah, consolant et réconfortant toujours son lapin, avait appelé Frisquet. Il avait sprinté vers elle, effectué un saut périlleux, attrapé le lapin, l'avait mordu et lui avait donné un coup de patte, puis avait bondi pour déguerpir.

— J'espère qu'il ne souffrira pas quand ils le gazeront, avait ricané Sam.

— Chéri, avais-je gémi.

— Il ressemble à un démon des neiges, m'avait dit Kola.

— La neige, c'est froid, m'avait informé Hannah.

— Ouais, quand il neige, il fait frisquet, avait acquiescé Kola.

— Frisquet ! avait couiné Hannah en applaudissant.

— Frisquet Le Chat, avait renchéri Kola en hochant la tête et s'illuminant.

Puis les deux enfants s'étaient mis à chanter :

— Frisquet ! Frisquet !

Et ce satané chat était revenu, ramenant l'une des balles Nerf Blaster de Kola avec lui.

— Regarde, il sait rapporter !

Mon fils était si heureux.

— Petite merde, avait marmonné Sam tout bas, parce qu'il savait autant que moi qu'en cet instant c'était réglé.

J'avais des inquiétudes – comme la façon dont le chat courait, sans raison apparente, d'un bout à l'autre de la maison – mais à ce sujet, Sam s'était contenté de lever un sourcil.

— Il est timbré, comme toi.

J'avais froncé les sourcils à l'attention du Marshal. Nous avions pris rendez-vous pour faire dégriffer le chat, mais la veille de l'opération, Sam avait débarqué avec un assortiment de griffoirs et une énorme maison sur laquelle Frisquet pourrait grimper et s'asseoir.

J'avais patienté pendant que Sam installait le tout dans le salon.

Il s'était éclairci la gorge.

— Nous allons d'abord essayer ça.

Apparemment, quoi que le Marshal ait lu sur Internet à propos du dégriffage, il n'avait pas aimé ça. Donc Frisquet, qui s'était avéré adorer sa pléthore d'alternatives au déchiquetage du canapé, avait gardé les armes avec lesquelles il était né.

Kola l'adorait et Hannah l'appelait sans cesse pour qu'il fasse encore et encore le même tour, et il s'emportait tellement que je pensais parfois qu'il allait faire des ricochets sur les murs. Elle chantait son nom, bondissait sur place et couinait. Ma petite fille était amoureuse.

Mon garçon était amoureux également. Il avait appris à Frisquet à rapporter exprès et pas par accident, Hannah avait appris à Frisquet que faire tomber des choses du comptoir – des fourchettes, des cuillères, des brocolis, des bretzels, et même un pot de yaourt soigneusement vidé – lui permettrait d'obtenir des tonnes de câlins en récompense. Quand elle était collante, le chat l'était inévitablement aussi, et je devais finir par les nettoyer tous les deux. Frisquet ne s'éloignait jamais et ne restait jamais hors d'atteinte ; à la place, il permettait aux petites mains crasseuses de le caresser, peu importe l'état dans lequel elles se trouvaient.

Les enfants aimaient le porter, le mettre dans leurs sacs à dos en laissant dépasser sa tête, ou le promener en laisse, ce que Sam trouvait être le comble de l'absurdité – qui promenait un chat, bon sang ! – et ils dormaient avec lui. Le fait qu'il dorme étendu de tout son long à côté d'eux dans leur lit était hilarant. Et le fait que mes enfants se contorsionnent dans des positions absurdes parce qu'ils ne voulaient pas le réveiller était encore plus drôle. Surtout, que personne n'ose déranger le chat. C'était un membre de notre famille, et même Sam était heureux quand nous l'accueillions tous à la porte lorsqu'il rentrait le soir. Frisquet grondait s'il n'avait pas droit à sa propre marque d'affection, donc Sam et lui avaient leur propre petit rituel. Sam se dirigeait vers le canapé, où le chat courait à sa rencontre et bondissait sur l'accoudoir. Mon mari se penchait et le chat se redressait, et leurs nez se touchaient. J'avais pris une photo une fois pour la montrer à la mère de Sam, et j'étais censé l'avoir supprimée par la suite. Je l'avais toujours.

— Pourquoi est-ce que tu dois marquer le courrier de ton odeur ? demandai-je au chat qui ronronnait bruyamment sous mes caresses.

Pendant que je rassemblais la correspondance éparpillée, la sonnette retentit. Quand je répondis à la porte, l'homme me montra son badge. C'était un badge de Marshal, comme celui de Sam.

— Bonjour, me salua-t-il. Puis-je parler au Superviseur…

— Adjoint White ? dit Sam en surgissant de nulle part et se tenant près de moi.

L'homme lui tendit une enveloppe kraft.

— Ceci est arrivé pour vous, et je me suis souvenu que vous aviez dit que si quelque chose arrivait de Phœnix, de vous le faire parvenir immédiatement.

— Merci, dit-il en l'ouvrant.

Le Marshal fourra les mains dans ses poches, mais ne dit rien.

Je me sentais mal à l'aise de le regarder et me penchai très légèrement pour attirer l'attention de Sam.

Il se tourna vers moi et je fis les gros yeux, et puisque c'était Sam et qu'il me connaissait, ses yeux se tournèrent vers le Marshal sous le porche.

— Vous voulez dire quelque chose ?

Le jeune homme s'éclaircit la gorge.

— C'est juste… Nous… Si vous avez besoin de nous quand vous serez en vacances… Pas que ce soit le cas, mais si ça l'était… Nous pourrions être dans un avion en moins d'une heure, de jour comme de nuit. Que vous le sachiez.

Il plissa les yeux en observant White.

— Personne, à part Sanchez, Kowalski, Ryan, Dorsey et vous, ne sait où je vais, exact ?

— C'est correct, Monsieur.

Sam acquiesça.

— Bien. Donc si quoi que ce soit…

— Nous sommes votre équipe, hein ? dit-il en regardant Sam droit dans les yeux. Peu importe ce dont vous aurez besoin, appelez-nous.

— Compris.

White inspira.

— Vraiment ?

— Oui.

— Parce que vous savez, si l'un de ces Marshals du Nevada n'était pas réglo, alors peut-être…

— Je me rends à une réunion de famille à Phœnix, à *Scottsdale* d'ailleurs, alors pourquoi est-ce que vous…

— Nous n'avons perdu qu'un seul témoin sous vos ordres, dit-il. Et nous savons tous que vous ne vous en êtes jamais remis. Alors quand nous vous voyons, *vous*, Sam Kage, ne pas vous servir des canaux habituels pour vous faire livrer quelque chose, nous savons qu'il se passe quelque chose.

Sam resta silencieux.

— Et vous nous connaissez ; aucun d'entre nous ne dirait jamais à qui que ce soit ce que vous faites ni où vous allez, mais nous voulons que vous sachiez que nous serions prêts à intervenir si vous aviez besoin de nous.

— Je ne suis pas supposé me servir de vous pour suivre des pistes, pour des intuitions et des chasses aux fantômes. Ce serait un détournement de…

— Arrêtez vos conneries. Nous…

— Prenez un autre ton avec moi, Marshal.

White soupira longuement.

— Allons, patron. Je veux juste dire que s'il se trouve que l'un des Marshals de Vegas est ripou, même un seul d'entre eux… Et le témoin se trouve à Phœnix maintenant, donc si quelque chose déconnait… nous serions là, tous les cinq. Il vous suffirait d'appeler. Promettez d'appeler. La dernière fois, c'était…

— J'ai compris, l'interrompit Sam.

Chandler White – je me souvins de son nom après une minute – plissa les yeux et me regarda, avant de sembler comprendre quelque chose, et il sourit largement.

— Oh, d'accord. Vous n'avez pas parlé à votre moitié de ce truc avec Rico, hein ?

Sam grogna, pointa la rue et lui dit qu'il pouvait disposer.

— Ouais, mais… dit-il en affichant un sourire plus niais. Peut-être que je ferais mieux de rester et de raconter à Monsieur Harcourt les détails de cette fusillade si vous ne promettez pas de…

— J'appellerai ! aboya-t-il à l'attention de son Marshal avant de m'attraper le bras, me tirer vers l'arrière et de claquer la porte au nez de White.

J'étais sur le point de dire quelque chose, mais je pus entendre White rire dehors et j'avais d'autres chats à fouetter, de toute façon. Je me tournai vers Sam.

— Non, geignit-il en se détournant de moi, traversant l'entrée et balançant l'enveloppe sur la table basse avant de se laisser tomber à plat ventre sur les coussins moelleux de notre canapé en velours côtelé brun.

— Sam ! hurlai-je en me précipitant à sa suite. De quoi diable est-ce qu'il parlait ?

Il marmonna quelque chose dans les coussins du canapé.

— Samuel Thomas Kage !

Son gémissement fut une pure agonie, avant qu'il tourne la tête sur le côté.

— Je vais bien ; tu vois bien que je vais bien. Qu'importe ?

Je lui donnai une pichenette sur le front et il ricana au lieu de crier.

— Merde.

— Sam !

Un autre geignement avant qu'il sourit. Je ne pouvais voir ses lèvres se recourber que sur le côté gauche, mais cela me donnait malgré tout des papillons dans le ventre.

— Tout s'explique maintenant.

— Oh mon Dieu, qu'est-ce qui s'explique ? pleurnicha-t-il.

— Il y a deux semaines, quand tu es rentré à la maison en rampant presque, à une heure du matin, tu as dit que tu avais eu une journée de merde, pris une douche et tu t'es endormi nu au lit.

— Ouais ? Et alors ?

— Tu as failli être tué ce jour-là, n'est-ce pas ?

Il grogna avant de se lever.

— Qu'est-ce que tu fais ?

— Je reviens tout de suite.

Il sourit malicieusement avant de se pencher et de m'embrasser.

Je le regardai monter l'escalier et levai les mains en l'air.

35

Quand la sonnette retentit à nouveau, j'allai répondre. Cette fois, le badge qui me salua était celui d'un inspecteur.

— Monsieur Harcourt ?

— Inspecteur.

Il essayait de regarder derrière moi.

— Le Marshal Kage est ici ?

— Oui, un instant. Voulez-vous entrer ?

— Merci.

Il sourit avant d'indiquer mon œil.

— Vous allez bien ?

— Je me suis battu avec un conducteur fou tout à l'heure. Vous savez ce que donnent les violences routières.

Il acquiesça comme si je n'avais peut-être pas toute ma tête.

Je me rendis en bas de l'escalier, criai à Sam qu'il avait un visiteur, puis allai laver les assiettes du petit déjeuner qui étaient entassées dans l'évier.

Sam redescendit une minute plus tard, pieds nus, portant un jean effiloché aux coutures et un T-shirt. Je le regardai assez longtemps pour admirer la façon dont le denim moulait ses fesses rondes et fermes et s'accrochait à ses longues jambes musclées. Le coton tendu sur ses biceps, le contraste du T-shirt blanc sur sa peau dorée et ses bras couverts de duvet étaient également à ne pas manquer.

En quelques minutes, il raccompagna l'inspecteur jusqu'à la porte et tira le verrou derrière lui.

— Qu'est-ce qu'il voulait ? appelai-je.

— Parler des Peterson, dit-il en venant se poster derrière moi.

— Ouais, je me fiche de ça, lui assurai-je. Je veux savoir ce qu'il s'est passé avec Rico et toi, et…

— Vos désirs sont des ordres, m'interrompit-il, ses lèvres remontant le long de mon cou et envoyant une vague de chaleur pure de mon ventre à mon cœur, avant de redescendre jusqu'à ma queue.

— Sam.

Je sursautai sous les mains qui tenaient désormais mes hanches.

— Je veux te parler.

Il pencha ma tête de côté, dévoilant la peau au creux de mon épaule.

— Sam, gémis-je en me pressant contre lui, frottant mes fesses contre son entrejambe.

36

Son souffle chaud effleura ma peau. Doucement, lentement, il me mordit et je frissonnai de la tête aux pieds.

— Je... tu... marmonnai-je tandis que sa langue glissait le long de mon cou jusqu'à l'arrière de mon oreille.

Un grondement s'échappa de son torse et je perdis la tête. Il était impossible de ne pas succomber aux bruits qu'il faisait, à la chaleur qui émanait de lui et à son grand corps ferme.

Je coupai l'eau, me retournai avec difficulté parce qu'il était pressé contre mon corps et sautai sur lui.

Il m'attrapa facilement, s'écartant pour que mes jambes puissent s'enrouler autour de ses hanches, mes bras encerclant son cou. Il riva ses lèvres aux miennes, effaçant toutes mes pensées, ne laissant que l'envie, le besoin.

Tandis qu'il me portait de la cuisine au salon, je me tortillai entre ses mains, frottant mon aine contre la sienne, aimant la façon dont ses doigts s'enfonçaient dans mes fesses, les serrant fort. Son souffle se coupa à cette sensation.

— Tu aimes me toucher.

— J'ai toujours aimé ça, répondit-il d'une voix rauque en se penchant pour m'embrasser de nouveau.

Sa langue m'envahit, prenant, ravageant. Il suça et mordilla, et je perdis contact avec tout le reste, hormis l'envie de me presser contre lui, de frotter mon sexe dur et douloureux contre ses tablettes de chocolat et de gémir mon désir du fond de ma gorge.

J'atterris sous lui, sur le canapé, et nos lèvres ne se séparèrent pas, même quand ses mains s'attaquèrent frénétiquement à ma ceinture et qu'il tira pour déboutonner mon pantalon.

Je me cambrai sur le canapé quand il arracha mon Dockers, sentant l'air frais sur mon membre suintant quand il le libéra de mon slip et qu'il rebondit. Ses lèvres s'écartèrent alors et j'aurais protesté, mais elles engloutirent mon gland au même instant.

— Oh putain, Sam ! grommelai-je en me cambrant, m'enfonçant jusqu'à sa gorge qui s'ouvrit pour me recevoir.

Le mouvement était fluide depuis si longtemps, sa technique sans faille : le recul, sa langue tourbillonnante et sa succion dure et féroce. Ses mains sur mes fesses étaient insistantes et je sus ce qu'il était allé faire à l'étage quand j'entendis le bruit du flacon de lubrifiant, juste avant qu'un doigt se glisse entre mes fesses.

37

— Oh mon Dieu, mais baise-moi ! lui criai-je en me tortillant, m'agitant, essayant de pousser son doigt à s'enfoncer plus profondément tout en glissant dans sa bouche chaude.

Deux doigts envahirent mon orifice, pressant tandis que mes muscles commençaient à se détendre et à s'ouvrir pour lui.

— Tu es si serré, murmura-t-il alors que mon sexe s'échappait de ses lèvres. Et tu es tout glissant pour moi.

Je pouvais sentir mon orifice agripper ses doigts, trois désormais, entrant et ressortant, de plus en plus profondément, et enfin se recourbant contre ma prostate.

— Sam !

— Oui, bébé ? demanda-t-il de sa voix rauque et tendue de désir.

— Qu'est-ce que tu attends ?

— Jamais je ne voudrai te faire mal, tu le sais, ça.

Je faillis pleurer.

— Sam !

Il bougea extrêmement vite – retirant ses doigts de mes fesses, plongeant vers l'avant et rejetant mes jambes contre mes épaules. Je sentis l'énorme gland se presser contre mon orifice. Mes talons étaient contre son dos et je me relevai, m'alignant pour son plongeon.

Il essaya de se frayer lentement un passage, de ralentir sa pression, mais j'étais en train de mourir, mon corps tremblant, prêt à exploser. J'allai donc à sa rencontre quand il s'avança et coupai court à sa retenue bien intentionnée.

— Putain ! criai-je quand il s'enfonça en moi jusqu'à la garde.

— Jory.

Jamais, *jamais* ça ne cesserait d'être aussi bon, ça ne cesserait d'être ce que je voulais et ce dont j'avais besoin et envie. J'étais étiré et comblé, et quand il se dégagea pour s'enfoncer de nouveau, encore et encore, ce martèlement devint tout ce qui existait.

J'étais entièrement concentré sur mon anatomie, sur l'endroit où nous étions connectés, joints, et le plaisir palpitant noyait tout le reste : la brûlure, le pincement et mes muscles endoloris. Seul son sexe dur et épais frottant contre ma prostate avait de l'importance, seules ses mains agrippant mes hanches, seul Sam quand il se pencha, et suça, et mordit mes tétons.

— Je vais jouir, gémis-je. Je ne veux pas jouir.

— Tu es si bon.

Sa voix était si basse, plus un grognement qu'autre chose, et je sentis son angle changer et son rythme faiblir.

— Oh putain, Jory, je veux que tu jouisses. J'adore la sensation de ton corps quand tu le fais, comment tu te resserres autour de moi...

Quand il referma son poing autour de ma queue, la caressant, la tiraillant, faisant courir son pouce le long de l'orifice couvert de liquide séminal, je le suppliai d'aller plus fort, plus vite, plus profond.

— Maintenant, gronda-t-il.

Et quand son membre, épais et enflé, dur comme la pierre entre mes reins, effleura ma glande, je criai son nom.

— Oh !

Il tressaillit en moi quand mon orgasme rugit, mes muscles se contractant autour de son membre, le serrant au point de lui faire mal, j'en étais certain.

— Putain, c'est incroyable, tu te resserres si fort, si vite... la chaleur et la pression... putain !

Je jouissais, et tout ce qu'il restait, c'était la libération, l'euphorie quand je giclai sur les muscles ondulants de son abdomen.

— Jory ! haleta-t-il avant de se vider en moi, inondant mes reins serrés, ses mains gardant une emprise mortelle sur mes cuisses et me tenant contre lui même quand il se redressa.

Il se mit à genoux et me souleva du canapé pour me coller contre sa peau.

Nous restâmes ainsi, haletant tous les deux, frissonnant des répliques de nos orgasmes, jusqu'à ce que lentement, prudemment, Sam me ramène sous lui, puis me libère. Je sentis le liquide brûlant couler hors de mes fesses, rouler le long de mes cuisses, avant que son T-shirt ne se retrouve là, à m'essuyer et me nettoyer.

— La pièce sent la sueur et le sperme, grommela-t-il en se penchant pour m'embrasser fort, me revendiquant.

Il suça ma langue un moment avant de s'écarter, toujours son même regard après le sexe, suffisant et satisfait.

— Et tu es tout sale.

— Tu dois toujours me dire ce qu'il s'est passé avec Rico, l'informai-je en faisant éclater sa bulle de bonheur post-coïtal.

Il geignit et se leva, et alors seulement je remarquai que son jean n'avait été descendu que jusqu'à ses genoux.

— Vraiment, tu ne t'es même pas déshabillé ?

— J'étais pressé, grommela-t-il sans pouvoir rester fâché.

— Quoi ?

Il sourit soudain, ses yeux se réchauffant rapidement.

— Je ne me lasserai jamais de te voir tout marqué et rougi après le sexe. C'est sacrément excitant.

Je me levai devant lui, la tête renversée parce que, d'aussi près, je n'avais pas de choix. C'était incroyable qu'il soit si grand et combien je me sentais petit et fragile chaque fois que nous étions l'un devant l'autre. Cet homme était une montagne de muscles puissants, et pas moi.

— Mon amour ?

— J'ai besoin que tu me parles.

— Je te le promets, juste après que tu seras sorti de la douche.

J'ouvris la bouche pour protester, mais ses mains entourèrent mes hanches et il m'attira près de lui. Il pencha le front pour le poser contre le mien et ferma les yeux.

— Sam ?

— Je suis tellement chanceux que tu m'aimes, que les gamins m'aiment, que ce stupide chat m'aime. Ma vie est parfaite et je ne ferai rien pour la compromettre.

— Je sais.

— Je n'aimais pas Kevin Dwyer. Voilà pourquoi ça s'est terminé. Je n'ai jamais aimé que toi.

Nous étions debout ensemble, respirant tranquillement, et je sentis le calme me submerger.

— Laisse-moi voir ce qu'il y a dans l'enveloppe que White a déposée, et alors je pourrai tout t'expliquer, d'accord ?

J'acquiesçai et il embrassa mon nez avant que je me dégage de son étreinte et me faufile à travers le salon, entièrement nu, vers les escaliers.

— Hé !

Je me retournai devant les marches.

— Quoi ?

— Tu es beau quand tu te balades les fesses à l'air.

— C'est charmant, merci, le taquinai-je avant de monter au premier étage.

Je pus l'entendre rire.

III

JE REDESCENDIS une demi-heure plus tard, en jean et avec un léger pull à col roulé. Sam s'était changé et ses cheveux étaient mouillés, donc il s'était visiblement servi de la salle de bains des enfants ou de celle des invités pendant que je me servais de la nôtre. Il avait remis le même jean et son T-shirt avait disparu, heureusement, remplacé par un autre à manches longues. Comme toujours, j'admirai la silhouette de cet homme, et il n'était pas assez plongé dans ses pensées pour ne pas relever les yeux et sourire quand je m'approchai de lui.

— Tu seras heureux d'apprendre que je porte des sous-vêtements propres.

Je ris.

— Merci de me l'avoir dit.

— Allez, viens t'asseoir.

Je m'installai sur la table basse devant lui et il me passa le dossier, que je n'ouvris pas.

— D'abord, Rico.

Il secoua la tête.

— Ce n'est rien. C'est ça, l'histoire.

— Sam, insistai-je.

Il leva les yeux au ciel et s'adossa au canapé, les genoux écartés, ses doigts entrelacés derrière sa tête, et me regarda.

— Tu as promis.

— Très bien. Qu'est-ce que tu veux savoir ?

— Commence au début.

Il prit une inspiration.

— OK. Nous avons entendu parler d'un fugitif qui s'était échappé et nous sommes allés l'appréhender.

— À t'entendre, ça semble si simple.

— C'était simple.

— Visiblement pas.

Il se pencha vers l'avant, ses yeux rivés aux miens.

41

— Tout ce que nous avions à faire, c'était d'entrer et de faire sortir ce gars.

— Mais ?

— Mais…

Il marqua une pause, prenant ma main dans la sienne.

— Nos renseignements se sont avérés merdiques et il y avait plus de types dans la maison que prévu.

— Et ?

C'était comme lui arracher des dents.

— Et ils ont attrapé Rico et pris le dessus.

Je pouvais à peine respirer.

— Que s'est-il passé ?

Son sourire était large ; les rides aux coins de ses yeux devenaient si profondes.

— Qu'est-ce que tu veux savoir, J ? Parce que, visiblement, je vais bien.

— Comment est-ce que tu vas bien ?

— Je vais bien, c'est tout.

— Non, je veux dire, qu'est-ce que tu as dû faire pour aller bien ?

— J'ai tué les hommes qui allaient nous tuer, Rico et moi. Voilà comment ça s'est passé.

Je me jetai sur lui et entendis son profond soupir avant de l'embrasser, de m'ouvrir pour lui et de gémir du fond de la gorge.

Sa langue glissa sur la mienne, la cajolant, la caressant, s'y enchevêtrant lentement et sensuellement. J'enroulai mes bras autour de son cou et il m'attira sur ses genoux, entre ses bras, et je me pressai contre son torse musclé, le tenant serré. Sam était si dominant que chaque fois que je me soumettais, il devait me montrer qu'il était là, puissant et fort, prêt à prendre soin de moi de toutes les manières dont j'en avais besoin. Il était fait de cette façon.

Quand nous nous séparâmes, il s'éloigna juste assez pour pouvoir plonger son regard dans le mien.

— Je rentrerai toujours à la maison, tu comprends ?

J'acquiesçai.

— Tu es à moi, mes enfants sont à moi, et rien ni personne ne m'éloignera de vous. Jamais.

— Assure-t'en.

— Promis.

Je frissonnai.

— Je ne peux pas te perdre.

— Non, chuchota-t-il.

Je me démêlai de son corps, retournai vers la table basse et ramassai le dossier pour ne pas m'asseoir dessus.

— Donc Rico et toi êtes tous les deux sortis indemnes de cette situation.

— Oui.

Il me sourit, posant sa main sur mon genou.

— Tu devrais me dire ce genre de trucs.

— J'essayerai, mais c'est dur. Quand j'en termine avec une journée comme ça, tout ce que je veux faire, c'est rentrer à la maison, prendre une douche et me glisser au lit avec toi.

— Nu.

Je lui souris.

— Bon sang, ouais, nu. C'est la partie la plus importante.

— D'accord, dis-je avant de prendre une inspiration. J'ai paniqué parce que tu ne me l'avais pas dit.

— Tu as paniqué parce que tu avais peur. Tu ne peux pas avoir peur si tu sais comment se termine l'histoire. Tu ne peux pas.

Je pensais qu'il me connaissait.

— Tu aurais pu mourir.

— Mais ça n'a pas été le cas.

— Mais tu aurais pu, insistai-je. Sam. Tu aurais pu.

Il secoua la tête.

— Voilà pourquoi je ne te raconte pas quand je me fais presque tirer dessus.

— Si je dois découvrir encore d'autres secrets aujourd'hui… ah non, attends, il y en a un autre, n'est-ce pas ?

Il geignit.

J'indiquai le dossier.

— Vas-y.

— Je préférerais te parler des Peterson, ricana-t-il.

Et il passa une main sur ma nuque pour pouvoir m'attirer près de lui et m'embrasser encore. Mais j'avais vraiment besoin de lui parler, donc je me tortillai pour me libérer et le repousser.

— Qu'est-ce que tu fais ?

— C'est sérieux.

Ses yeux croisèrent les miens et je soutins son regard.

Après une minute, il soupira profondément et retomba contre le canapé.

— Sam ?

— Je sais. Je sais que c'est sérieux.

— Et ?

— Et donc je te promets de te parler et de ne pas te tripoter comme un adolescent bourré d'hormones.

Il me sourit.

— Je ne t'attraperai pas pour t'embrasser jusqu'à te faire perdre la tête.

— Sam…

— Non, je sais. Normalement, j'aime te parler du travail et mélanger ça avec une pipe et ma main dans ton jean, t'embrasser jusqu'à en avoir mal aux couilles. Je te promets qu'on évitera ça aujourd'hui.

— Ouais ?

— Tu n'en as pas l'air trop heureux.

— Non, ce n'est pas ça, c'est juste que… c'est important, exact ?

— Ça l'est, acquiesça-t-il.

— Bien. Maintenant, à propos du dossier.

— Très bien, dit-il en se penchant vers l'avant. Tu te souviens que, l'année dernière, deux de mes gars sont allés à Vegas pour chercher un témoin ?

— Ouais. Mais il y a eu des problèmes, n'est-ce pas ?

— Hmm-hmm. Ils ont été compromis dans le premier lieu sûr, avant même de pouvoir monter dans un avion.

— Exact.

Je posai la main sur son genou et réfléchis une seconde, aimant comme toujours cette proximité.

— Quel était le nom de ce type… hum, quelque chose Turner ?

— Très bien, dit-il en me souriant malicieusement. Ouais, Andrew Turner.

— Et donc ?

— C'est lui, dit-il en ouvrant le dossier pour que je puisse voir toutes les photographies noir et blanc en huit par dix d'un bel homme d'âge mûr aux cheveux et aux yeux sombres. C'est Turner.

Je mémorisai ce visage.

44

— Donc, tous les Marshals de là-bas l'ont cherché, plus la police de Vegas, mais il s'était évaporé.

— Je m'en souviens. Tu étais contrarié parce qu'ils ont blâmé tes gars.

— Mais cela n'a jamais eu aucun sens, parce que Kowalski et Ryan l'ont perdu, oui, mais ils étaient déjà en lieu sûr, et il était impossible que cela arrive.

— Là, je ne te suis plus.

— Eh bien, les gens ne peuvent tout simplement pas trouver les lieux sûrs comme ça, ce n'est pas possible. Quelqu'un devait avoir averti les types qui ont enlevé le témoin, et les seules personnes qui connaissaient cet endroit, c'étaient les Marshals de Vegas et mes gars.

— Donc ça venait à coup sûr de l'intérieur.

— Absolument.

— Et qui pensait ça, que ça venait de l'intérieur ? Juste toi et ton équipe ?

— Oh non, tout le monde le pensait à l'époque. Mon patron, le patron de mon patron… Ils n'ont jamais pu le prouver, mais il n'y avait pas d'autre explication. Soit tous les Marshals de Vegas étaient pourris, soit un seul, mais quelqu'un nous avait vendus.

— Mais personne ne sait qui.

— Exact. Sans la déclaration du témoin sur la façon dont il a été enlevé, nous n'avons aucune affaire contre qui que ce soit.

— Mais quelque chose de nouveau est arrivé.

— Ouais, acquiesça-t-il. Quand Turner a disparu, j'ai envoyé cette photo à tous les informateurs que j'ai à travers le pays. Des gens que j'avais rentrés dans le système, de vieux contacts quand j'étais à la police de Chicago et simplement des amis, tu vois ?

— Bien sûr.

— Eh bien, il y a deux jours, nous avons eu un résultat.

— Quelqu'un a vu Monsieur Turner ?

— Ouais, un type que je connais à Phœnix a reconnu Turner d'après la photo que j'avais transmise et m'a envoyé un texto sur mon téléphone qui n'est pas enregistré en tant que Marshal Kage ou Sam Kage.

— Pourquoi est-ce important ?

— Parce que personne dans le département ne surveille ce téléphone.

— Tu as trois téléphones ?

— Oui, J.

Il me sourit.

— Bon sang, comme ce serait facile pour toi d'avoir une liaison, hein ?
Il plissa les yeux.

— Vraiment ? C'est à ça que tu penses d'abord ?

— Désolé.

Je lui souris d'un air penaud.

— Mais alors, quand je t'envoie des textos… avec des photos… ils pourraient regarder ça ?

— En théorie, oui. Mais si quelqu'un est choqué par nos textos privés… qu'ils aillent se faire foutre.

— Oh mon Dieu, geignis-je.

— Tu rougis ?

— Sam !

— Tu rougis, ricana-t-il. C'est adorable.

— Arrête… éloigne-toi ! hurlai-je en écartant ses mains. Réponds à la question !

Il s'éclaircit la gorge.

— D'accord, donc j'ai reçu un texto et une photo de Turner que mon contact a prise.

— Oh merde.

— Oh merde, en effet.

— Et alors, qu'est-ce que ça veut dire ?

— Ça veut dire, dit-il en se penchant vers l'avant, les mains sur mes genoux, que je dois aller à Phœnix et retrouver mon témoin manquant.

— D'accord.

— Parce que si le témoin qui a été enlevé à mon équipe est bel et bien vivant et qu'il vit là-bas, continua-t-il, je dois le retrouver et le ramener pour que nous puissions discuter et éclaircir certaines choses.

— Comme déterminer qui l'a enlevé et pourquoi.

— Ouais, le pourquoi est important, m'assura Sam. Parce que j'ai vérifié l'affaire Turner un million de fois pour essayer de comprendre pourquoi quelqu'un se serait donné autant de mal pour trafiquer avec le Bureau des Marshals pour un si petit coup de filet.

— Alors, tu penses quoi ?

— Je pense qu'Andrew Turner sait quelque chose sur quelqu'un qui a à voir avec l'affaire dans laquelle il était impliqué. Je pense qu'il y a une autre histoire.

— Alors il fait du chantage à quelqu'un d'effrayant ? demandai-je.

46

— Je pense. Je veux dire, c'est certainement quelqu'un de plus gros que son ancien patron à Vegas, ouais. C'est la seule chose qui aurait du sens.

— Le patron à Vegas, est-ce que quelqu'un l'a interrogé ?

J'essayai de rassembler les morceaux dans ma tête.

— Il est mort deux semaines après la disparition de Turner.

— Donc techniquement, il n'y a personne que Turner pourrait fuir ?

— Sauf qu'il est toujours considéré comme témoin évadé, jusqu'à ce qu'il se rende et mette tout à plat, expliqua Sam d'une voix grave et rocailleuse. Sa nouvelle identité n'a jamais été concrétisée, donc il se promène toujours en tant qu'Andrew Turner. Si quelqu'un découvre son identité, le passe dans le système, ses allées et venues exactes deviendront claires et les Marshals pourront débarquer, où qu'il se trouve.

— Waouh.

— Je sais.

— Donc tu penses qu'il vit tranquillement à Phœnix sur les finances de quelqu'un d'autre, en le faisant chanter ?

— C'est ce que je crois, oui.

— Bon Dieu, il en faut des couilles.

— En effet, acquiesça-t-il.

— D'accord, alors, c'est quoi ton plan ? Quand nous serons à Phœnix, tu vas passer voir ton pote Monsieur Turner et le ramener ?

— Si mes informations sont exactes, alors en gros… oui.

— Est-ce que c'est dangereux ?

Je vérifiais, parce que, tout aussi vite, je fus inquiet.

— Je ne le saurai pas avant d'y être.

Il soupira en prenant ma main. C'était marrant, tous ceux qui connaissaient Sam – ses parents, ses frères et sœurs, ses amis, les gens avec qui il travaillait – voyaient tous un homme différent de celui assis en face de moi maintenant. Il n'y avait qu'avec moi et les enfants qu'il prenait dans ses bras et embrassait qu'il trouvait du réconfort dans le simple acte de toucher.

— Jory ?

— Donc s'il ressort que l'un ou l'ensemble des Marshals de Vegas sont pourris, que se passera-t-il ?

— Ce sera la prison fédérale pour eux.

— Ne penses-tu pas qu'ils voudraient peut-être te faire du mal pour empêcher que cela n'arrive ?

— En théorie.

— Non, pas en théorie, dans la vraie vie.

47

— Sauf que je ne pense pas que tous les Marshals soient pourris. Peut-être un, mais pas tous.

— Mais si le Marshal pourri découvre que tu en as après lui, il va essayer de t'arrêter.

— Peut-être.

Il haussa les épaules.

— Peut-être ? Sam ?

— Si on surveille ses allées venues, alors oui, reconnut-il. Mais voilà pourquoi j'ai ce troisième téléphone portable dont personne n'a connaissance et qui ne m'est connecté d'aucune façon.

— Il y a énormément de questions en attente de réponses.

— Ouais, je sais.

— Et donc ? insistai-je.

— Donc j'ai une visio-conférence dans une heure avec mon patron et je vais lui dire ce que je vais faire, il va me conseiller, et nous partirons de là.

— Tu fais confiance à ton patron, Sam ?

Il acquiesça.

— En effet.

— D'accord, donc quand nous serons à Phœnix pour la réunion de famille, tu travailleras ?

— Je ne le sais pas encore. S'ils veulent que j'approche Turner, alors oui. Autrement, non.

— Quand le sauras-tu ?

— Je n'en ai aucune idée, mais dès que je le saurai, je te le dirai.

— D'accord.

— N'aie pas l'air si triste, dit-il doucement en posant une main sur ma joue. Je serai dans les parages.

— Et tu ne seras pas en danger.

— Je ne peux pas te promettre ça. Tu le sais bien.

Je hochai la tête.

— D'accord.

Il me tapota doucement la joue puis se leva, sortit son portefeuille de sa poche arrière et retira la carte que l'officier lui avait donnée à l'hôpital.

— Donc il s'avère que tu vas devoir t'occuper de ton van comme tu le voulais. Je peux te déposer en chemin ou tu peux prendre un taxi. Qu'est-ce que tu veux faire ?

— Taxi, dis-je avoir jeté un coup d'œil à la carte et vu l'adresse. Ton bureau se trouve complètement à l'opposé.

— D'accord.

— Je te retrouve chez tes parents à dix-huit heures.

— Ça me va.

Il me sourit avant de se pencher pour m'embrasser.

Seul dans la maison dix minutes plus tard, je l'appelai rapidement parce que j'avais oublié de lui poser des questions sur les Peterson.

— Ouais, dit-il en ricanant d'un air démoniaque à l'autre bout du fil. Dans ce scénario, la méchante, c'était Madame Peterson. C'est elle qui a eu une liaison et le bébé qu'elle porte maintenant n'est pas celui de Monsieur Peterson, puisqu'il a subi une vasectomie après la naissance de leur deuxième enfant.

— Bordel de merde.

— Ouais.

— Est-ce qu'il va avoir des ennuis ?

— Nan. Il va garder ses enfants et elle va aller vivre avec son petit ami à Parkridge.

— Alors elle va juste laisser ses enfants comme ça ?

— Ouep.

— Et Monsieur Peterson ?

— Sa mère va emménager avec lui.

— Ooh, la vache.

— Madame Martinez et toi, et toutes les autres harpies du quartier, vous feriez mieux d'aller jouer les gentils. Cuisine quelque chose pour ce type, J. Invite-le à dîner. Tu le lui dois bien.

— Je pensais…

Il grogna en me coupant.

— Tu es un juge de caractère merdique, tu sais.

Je le savais.

— Je ne suis pas une harpie.

— Non, tu ne l'es pas, je m'excuse. Tu es bien trop mignon.

Je grognai à mon tour et son rire grondant fut agréable.

— Quand les flics seront tous partis…

— Pourquoi y avait-il les flics, d'ailleurs ?

— Le petit ami de Madame Peterson est venu la chercher et il voulait emmener les autres gamins aussi.

49

— Je suppose que Monsieur Peterson ne voulait pas laisser partir ses enfants avec eux.

— Certainement pas. Je ne l'aurais pas voulu non plus. Un homme ne laisse pas un autre lui prendre ses enfants, surtout un connard infidèle.

— Je m'en souviendrai si jamais j'ai une liaison.

Son grognement me fit sourire.

— Ça n'arrivera jamais, J. Tu es accro à moi.

Oui, je l'étais.

— Je suis le seul homme pour toi.

— Tu es très vaniteux.

— Je suis très aimé.

Il soupira.

— Oui, tu l'es.

Je raccrochai à son grondement mâle très satisfait.

Quand mon téléphone sonna quelques minutes plus tard, je fus surpris de voir s'afficher le numéro d'Aaron Sutter. À une époque, avant que nous nous recontactions, quand nous n'étions encore que des ex, je n'aurais jamais cru qu'il voudrait que nous redevenions amis. Mais il s'était avéré qu'il me voulait dans sa vie et que je le voulais dans la mienne, donc nous y avions tous deux travaillé. J'en étais content, il en valait la peine.

— Hé, le saluai-je. Quoi de neuf ?

— Où es-tu ?

— Je suis à la maison, pourquoi ?

— Je viens juste de virer les gens qui étaient en charge de ma vente aux enchères au Darwin Manor le mois prochain, et je voulais savoir si Dylan, Fal et toi, vous vouliez vous en occuper avant que j'aille chercher quelqu'un d'autre.

— Je t'ai dit de nous la confier la toute première fois où tu en as parlé.

— Oui, mais ça me semblait trop grand pour ta petite compagnie.

Je lui raccrochai au nez.

Il rappela vingt secondes plus tard.

— C'était quoi ce bordel ?

— *Petite* compagnie ?

J'étais indigné.

— Jory…

— Je déteste quand tu me parles de façon condescendante, dis-je en essayant de ne pas lui aboyer dessus.

— Je déteste quand tu me raccroches au nez !

— Alors ?

Il grogna de son côté.

— *Alors* ?

— Très bien, me lança-t-il. Le compte est à toi, mais si tu déconnes…

— Pardon ? Quand, précisément, n'ai-je pas été à la hauteur pour toi ?

— Merde.

— J'aurais besoin que l'acompte soit viré demain et que tu m'envoies également toutes les spécifications pour cet événement.

Je me servais de ma voix de « Femme de Stanford » exprès pour le faire chier, celle haut perchée.

— Très bien, grogna-t-il.

— Bien.

Il y eut un silence, habituel à chaque fois que nous décidions de descendre de nos grands chevaux.

— Alors, tu as faim ? dit-il enfin. Tu veux aller déjeuner ?

— Je ne peux pas, j'aurais aimé pouvoir. Je dois aller voir mon van et trouver une location.

— Pourquoi loues-tu quelque chose ?

Je lui racontai donc l'histoire de l'homme qui avait disjoncté sur la route un peu plus tôt ce jour-là et la façon la plus stupide au monde dont j'avais été assommé, puis je lui expliquai la partie la plus importante sur Kevin Dwyer.

— Tu veux que je vienne te chercher ?

— Non, ça va, je…

— Cela ne me dérange pas, me dit-il. Et comme ça, je pourrai jeter un œil à Dwyer en chemin.

— Comment ça ?

Il venait de capter mon intérêt.

— Eh bien, nous pourrions faire quelques recherches de fonds.

— Genre regarder sur Google ?

— Plus que ça. J'ai des gens qui ne font que ça.

— Ouais, d'accord, viens me chercher.

— J'arrive tout de suite.

Il lui fallut une demi-heure pour me rejoindre, mais je m'occupais à faire quelques bagages de dernière minute, les quatre valises posées sur le lit de la chambre d'amis : la mienne, celle de Sam et une pour chacun des enfants. Sam m'avait dit que mes vêtements et les siens pouvaient aller ensemble, mais il fallait que j'emmène également des chaussures, et des vestes, et… Il avait abandonné et préparé un sac de sport, puisque j'allais prendre une housse pour son costume et le mien.

En grimpant dans la Lincoln Town Car vintage d'Aaron, je saluai son chauffeur, Miguel, qui travaillait pour lui depuis des années.

— Ravi de vous revoir, Monsieur Harcourt, dit-il en souriant et refermant la portière derrière moi.

— Tu conduis encore ce truc, Miguel ? demandai-je en grimpant.

— Nous continuons sans cesse de l'améliorer, ne vous laissez pas tromper par l'extérieur.

— Oh non, je comprends bien que je suis dans la Batmobile.

Il rit tandis qu'Aaron me tapotait la jambe pour me saluer et me passait son iPad. J'y découvris le docteur Kevin Dwyer et toutes les infos le concernant.

— C'est juste…

— Fais défiler jusqu'à la deuxième page, dit-il d'un drôle de ton. Où allons-nous ?

Je lui passai la carte, qu'il lue à Miguel avant que tous les deux commencent à discuter d'agences de location. Miguel n'aimait pas l'endroit où se trouvait la voiture et suggéra à Aaron de la faire déplacer dans un endroit qu'il connaissait. C'est tout ce que j'entendis, puisque je lisais.

Apparemment, Sam avait été sous surveillance quand il était en Colombie, et ces photos, même si elles étaient classées secrètes, n'étaient pas hors limite pour les gens qui travaillaient pour Aaron Sutter.

Sam avait l'air plus jeune mais était à peu près le même, et Kevin Dwyer avait l'air encore plus beau, ce qui était incroyable. Il m'était difficile de regarder de quelle façon il souriait à Sam sur les photos, le touchait, et à quel point ils marchaient près l'un de l'autre. La chose qui m'empêchait de perdre la tête, toutefois, c'était le regard de Sam. Son sourire n'atteignait pas ses yeux. Dès l'instant où je m'en aperçus, que je me rendis compte que je regardais un manque flagrant de tendresse, je fus rempli d'une fierté très malsaine. Clairement, quoi que Kevin Dwyer ait cru qu'il existait entre eux, ce n'était pas le cas. Sam Kage n'avait jamais été amoureux de lui et je savais de quoi je parlais. Je pouvais dire avec certitude à quoi ressemblait l'amour chez cet homme.

— Tu as l'air heureux.

Je grognai à l'attention d'Aaron et regardai ensuite l'historique des relations de Kevin depuis Sam. Étonnamment, il n'y en avait aucune. C'était comme s'il s'était évaporé, avant de réapparaître à Chicago, il y a six mois.

— C'est bizarre, hein ?

— La façon dont il a disparu après que Sam a quitté la Colombie ?

— Ouais.

— Je trouvais que c'était étrange aussi, mais je connais des gens doués et je leur ai demandé de creuser.

— Ouais ?

— Ouais, et si nous trouvons quoi que ce soit, je te le ferai savoir.

— D'accord.

Je soupirai.

— Tout va mieux, maintenant ?

J'acquiesçai et lui rendis l'iPad.

— Merci. C'est de la triche, ce que je viens de faire, mais merci quand même.

— Il devrait y avoir des avantages à être ami avec les riches, non ?

Je hochai la tête et me penchai contre lui, cognant contre son épaule.

— Tu es le meilleur.

— Je n'arrête pas de te le dire.

Je me moquai de lui quand nous nous arrêtâmes.

— Ouais, c'est ça. Tu ne veux plus de moi, Sutter. Je traîne des casseroles maintenant, et des enfants et un chat.

— J'aime tes deux enfants, et je soupçonne que si j'achetais une voiture de course à Kola et un poney à Hannah, ils m'aimeraient aussi. Ton chat a juste besoin de tranquillisants pour l'adoucir.

— Tu veux filer des médicaments à mon chat.

Je souris en sortant, Miguel me tenant la portière. Aaron suivit.

— Oui, dit-il avec suffisance en boutonnant sa veste avant d'enfiler son manteau et son écharpe. On y va ?

Je me rendis compte que je n'avais aucune idée de l'endroit où nous nous trouvions. Cela ressemblait à un concessionnaire automobile, pas à une agence de location.

— Que se passe-t-il ?

— Nous allons te trouver un nouveau van.

— Mais j'aime le mien. J'ai besoin d'une location.

— Tu aimes ton truc de chez Nissan.

— Oui, je l'adore.

Il grogna et les portes vitrées de ce que je découvris être une concession Mercedes-Benz s'ouvrirent.

— Oh pour l'amour de Dieu, Aaron, j'ai juste besoin d'une location.

Mais il y avait une équipe devant nous, un homme et trois femmes, et quand l'une des trois me demanda mon permis de conduire, je sortis mon portefeuille et le lui passai. Franchement, me battre avec Aaron, surtout devant d'autres personnes, était inutile à moins que je sois prêt à m'enfuir, ce que je ne faisais plus.

— J'ai faim, lui dis-je vingt minutes plus tard.

— Nous irons manger des sandwiches chez Al après ça, d'accord ?

Il me proposait ça comme si j'avais cinq ans et pas trente-cinq.

Je regardai Miguel, avant de revenir à lui.

— Tu en as envie ?

— C'est mon restaurant préféré, m'assura-t-il. Maintenant, fais attention. La dame t'a demandé quelle couleur ?

— Noir, répondis-je.

— Pourquoi pas ardoise métallisée, plutôt ?

Elle pencha la tête et me sourit.

Je grognai.

En sortant du concessionnaire avec mon nouveau monospace Mercedes-Benz Classe R, je n'étais plus certain qu'il s'agisse d'une location. Tout semblait avoir été payé et enregistré à mon nom, mais on m'avait dit très clairement que je pourrais le rendre à n'importe quel moment du mois. On avait imprimé une carte d'assurance dans la boîte à gants et Miguel était parti là où se trouvait ma Nissan, où que ce soit, pour récupérer mes affaires et nous rejoindre chez Al. Je ne m'étais pas inquiété – dans son énorme 4x4, Sam avait des sièges auto que nous pourrions prendre avec nous plutôt que ceux de mon minivan – mais maintenant, j'aurais les deux.

Les plats venaient d'arriver à table quand Miguel nous rejoignit chez Al. Il me fit donner mes clés à deux types qui nous rejoignirent à table et je supposai que pendant que nous mangions, ils transvasaient le tout.

— Ça doit être agréable d'avoir du personnel, dis-je à Aaron.

— Plutôt, ouais.

Il sourit malicieusement.

Je laissai tomber, lui demandant combien coûtait le van et il me répondit la bouche pleine de sandwich au bœuf épicé.

— J'adore les poivrons, dit-il en avalant.

— Aaron.

Il cogna mon genou du sien sous la table.

— Tu sais, Jory, l'arrière de ton van était complètement écrasé.

Je regardai Miguel.

— Vraiment ?

Il fit un bruit tout en mâchant.

— Ouais. Quelqu'un vous est rentré dedans par derrière, hein ?

Je ne me souvenais pas de ça.

— Vous savez qu'une Mercedes, c'est construit comme un tank, hein ? Les enfants seront en sécurité.

Quand je regardai de nouveau Aaron, il agita ses sourcils à mon attention.

— Je peux m'acheter mon propre nouveau minivan si besoin avec l'argent de l'assurance. Dès que je l'aurai reçu, je rendrai celui-là.

— Comme tu veux, acquiesça-t-il.

Quand je retournai dans le van, je me rendis compte que tout était là : le papillon sculpté en agate couleur ivoire suspendue au rétroviseur, les sièges auto, le kimono de Kola, deux paires de rollers, une caisse de transport pour le chat, une trousse de premiers secours, et tous mes coupons dans la boîte à gants.

— Et tu n'étais pas inscrit à l'AAA [1], mais c'est fait maintenant. J'ai téléchargé le numéro et ton identifiant dans ton téléphone, dit Aaron en se penchant par ma vitre ouverte.

— Je n'ai pas besoin que tu t'occupes de tout ça pour moi.

— Je sais.

Je plissai les yeux en l'observant.

— Est-ce que tu viens de m'acheter un van, ou est-ce que c'est une location ?

— Je t'ai acheté un van.

Mon soupir fut interminable.

— Je le ramènerai dès que je recevrai l'argent de l'assurance et que j'achèterai un nouveau van.

— Comme je l'ai dit, si tu décides que c'est pour le mieux, ça me va.

— Ça ne te va pas.

— Non, ça ne me va pas, mais je n'ai jamais eu de chance en te faisant des cadeaux.

— Je ne peux pas tomber amoureuse de cette voiture. Je ne peux pas me la permettre.

1 L'Association américaine des automobilistes (en anglais American Automobile Association, aussi connue sous l'acronyme AAA) est une association à but non lucratif représentant les automobilistes, mais est aussi un groupe de pression et d'organisation de services.

— Tu peux me donner ce que tu recevras de ton assurance pour le van et on sera quitte.

— Mais ça ne serait pas le cas.

— Mais ça pourrait l'être, dit-il, ses yeux rivés aux miens. Pour une fois.

—Aaron…

— Si les rôles étaient inversés, m'achèterais-tu un nouveau van ? Je veux dire, si j'avais des enfants et un budget mensuel strict, le ferais-tu pour moi ?

— Eh bien ouais, mais…

— Fais ce que tu veux, dit-il, sur le point de s'écarter.

J'agrippai son avant-bras.

— Ne sois pas con.

— Alors laisse-moi faire quelque chose pour toi, grommela-t-il. J'ai beaucoup d'argent et je le fais pour ma famille et mes amis. Je ne m'attends pas ce que tu couches avec moi simplement parce que…

— D'accord, dis-je en riant.

— D'accord, genre, *d'accord* ?

— D'accord, genre : je la conduirai un mois et je verrai ce qu'il en est.

— Elle a une cote de sécurité impressionnante.

— La voiture coûte plus cher que mon salaire de l'an passé.

— Non, probablement à peu près la même chose.

—Aaron…

— Tu ne m'as jamais, *jamais* laissé faire quoi que ce soit pour toi en neuf ans, presque dix ans d'amitié. Peut-être que juste une fois, puisque ce n'est pas que pour toi et que l'assurance te remboursera un tiers facilement…

— Je verrai ce qu'en dit Sam.

— Bien.

Il me sourit.

— Maintenant, histoire que tu sois au courant, tout est réglé. La carte grise arrivera au courrier, mais il y a aussi une copie dans la boîte à gants, dans cette pochette zippée, d'accord ?

— Et l'assurance ?

— Elle est là.

— Tu as transféré mon assurance de mon ancien van à celui-là ?

— Pas exactement.

Je plissai les yeux en l'observant.

— Qu'est-ce que ça veut dire ?

— C'est juste que… Appelle-moi quand tu reviendras de ta réunion de famille, la semaine prochaine, et entre-temps, j'enverrai toutes les informations pour la vente aux enchères d'art à Dylan et Fal.

— D'accord, maintenant recule.

Il s'écarta et je sortis de la voiture pour me jeter sur lui.

— Merci.

Il geignit comme s'il était agacé.

— Cette démonstration de ton appréciation est tellement…

— *Nécessaire*, terminai-je en le serrant fort contre moi.

IV

Je me garai devant chez les parents de Sam et puisqu'il n'avait pas la moindre idée de ce que je conduisais, j'étais certain que Sam ne saurait pas que j'étais là. Aaron avait dit qu'il l'appellerait et donc, pour une fois, je n'allais pas essayer de gérer leur amitié, ou quel que soit le nom qu'on puisse donner à un ex et à l'amour de votre vie essayant d'être amis parce que la personne à laquelle ils tiennent tous les deux se trouve au milieu.

Après avoir contourné la maison jusqu'au jardin, j'entrai par la porte qui donnait sur la cuisine. Le rôti sentait délicieusement bon et il y avait des petits pains refroidissant sur la cuisinière. Traversant la pièce, je passai la porte battante et entrai dans la salle à manger. Je pouvais entendre la musique du salon et j'allai voir.

Je trouvai Hannah divertissant tout le monde en dansant avec les filles de la sœur de Sam, Rachel, désormais adolescentes. Le truc, c'était que Whitney Houston chantait « *It's Not Right, But It's Okay* » à tue-tête, et Hannah connaissait bien trop cette chanson pour ne pas chanter avec elle. Elle se trouvait sur mon iPod, qui jouait en général quand je déposais les enfants le matin ou allais les chercher. Le plus drôle, toutefois, ce n'était pas qu'elle connaissait toutes les paroles, car ce n'était vraiment pas le cas, mais qu'elle était la seule à arriver à garder le rythme en dansant. Elle sautait et agitait les mains, digne d'une effrayante séance d'entraînement cardio-vasculaire. Sa tête basculait d'avant en arrière, elle bougeait son doigt et elle s'arrêtait en même temps que la musique. Elle n'aurait pas pu être plus adorable, et quand elle chanta le refrain, tout le monde hurla de rire. Quand la chanson reprit, elle recommença à bondir et ses cousines abandonnèrent, incapables d'arriver à la hauteur de son style ou de son énergie. Quand la chanson prit fin et que tout le monde applaudit, elle hurla de joie avant de se précipiter vers sa grand-mère et de se jeter dans les bras de Regina.

— C'était tellement bien, ma petite citrouille, roucoula-t-elle.

— Je suis la meilleure danseuse de ma classe.

— J'en suis sûre, dit-elle en riant, ne me voyant toujours pas.

— J'en suis sûr, ricana dans sa barbe un type que je ne connaissais pas. Avec deux papas, comment pourrait-il en être autrement ?

J'étais sur le pas de la porte, hors de vue et pas vraiment dans la pièce, mais même de là où je me trouvais, je sentis que cela jeta un froid.

— *Quoi* ?

La voix de Regina claqua comme un fouet quand elle se tourna vers l'homme.

— Qu'est-ce que vous venez de dire ?

— Michael.

La voix de Thomas Kage, le père de Sam, explosa dans la pièce.

— Ton ami… quel est son nom, déjà ?

— Noah.

— Oui, Noah : il ne peut pas rester dîner. Sors-le de chez moi.

Comme un chien. « Sors-le ».

— Oncle Michael.

Il fut distrait par ma fille, mais il lui était difficile de quitter son père du regard.

— Oncle Michael.

— Oui, B ? répondit-il en lui offrant enfin toute son attention.

— Où est Tata Bev ? Elle me manque, dit-elle en se renseignant sur l'endroit où se trouvait la femme glamour de Michael.

Je ne savais pas pourquoi ni comment, mais Hannah et sa tante s'entendaient incroyablement bien. C'était bizarre, parce que la plupart des enfants était trop salissants, trop collants ou trop bruyants pour Beverly Kage. Elle aimait que tout soit impeccable, de son maquillage à ses ongles, au sac à main qu'elle portait. Mais tout cela était mis de côté quand on en venait à Hannah. Elle adorait sa nièce, se laissait étreindre, même si quelque chose sur Hannah pouvait déteindre sur elle. Tout cela avait poussé Regina à revoir son impression au sujet du mariage de son fils et de sa belle-fille, et de l'idée que la maternité ne conviendrait pas à Beverly. Regina avait de l'espoir quand elle voyait Beverly et ma fille.

— Elle avait une réunion ce soir, B, mais elle sera dans l'avion avec vous demain.

— D'accord, répondit-elle en lui offrant un sourire lumineux.

— Hé, entendis-je crier Sam quand il franchit la porte d'entrée. Il y a quelqu'un ?

— Daddy ! couina Hannah en se précipitant à travers la pièce vers lui, sautant sur lui comme un singe-araignée, les bras et les jambes tendues.

Il l'attrapa sans effort et la souleva pour qu'elle puisse faire l'avion tout en gloussant follement.

— Sam, l'appela Regina en se levant et traversant la pièce d'un pas lourd.

— Attendez, se rétracta Noah en se tournant vers Michael. Je suis tellement… Je ne voulais pas…

— Allons-y, soupira le frère de Sam en se tournant quand j'entrai dans la pièce. Jory.

Tous les yeux se tournèrent vers moi.

Silence.

Il ne fallut qu'un instant à Sam.

— Que se passe-t-il ? demanda-t-il.

Il tenait désormais Hannah contre son torse, et l'un de ses petits bras était passé autour du cou de Sam, l'autre main tripotant le col de sa veste en cuir.

— Ce monsieur pense que c'est parce que j'ai deux papas que je danse bien.

Avant d'avoir des enfants, je n'avais aucune idée qu'ils avaient une ouïe supersonique et sélective. J'avais toujours pensé qu'ils entendaient d'après les lois normales de la physique. Mais ce n'était pas le cas. Si vous disiez quelque chose de stupide – comme l'avait fait l'invité de Michael – ou si vous parliez de dessert sans le vouloir, ou si vous juriez en vous cognant l'orteil, toutes ces choses atterrissaient instantanément dans leurs petites oreilles. Cependant, les demandes pour ranger leur chambre, se laver les dents et savoir qui avait fait tomber le vase du salon, la plupart du temps ces questions-là devaient être criées avant d'être entendues. Je ne fus donc pas surpris le moins du monde que ma fille ait entendu chacun des mots prononcés tout bas par l'ami de Michael, même avec la chanson pop.

Noah, toutefois, fut stupéfait. Je devinai qu'il n'était pas parent, ou il aurait compris.

Le regard de Sam devint froid et dur dès l'instant où Hannah prononça ces paroles.

— Mais ce n'est pas vrai, dit-elle en lui souriant largement. Parce que Kola ne sait pas danser, et il t'a toi, et Pa aussi. Donc c'est pas vrai, hein, Daddy ?

— Non, B, ce n'est pas vrai.

On pouvait entendre l'horloge antique de la cheminée égrener les secondes.

— Pa ! hurla-t-elle en se rendant compte que j'étais là.

— Salut, B.

Je lui fis signe.

Elle se contorsionna violemment, digne d'un dauphin, et Sam la déposa par terre. En un instant, elle traversa la pièce vers moi. Je me penchai et l'attrapai, et quand je la relevai, sa tête se posa contre mon épaule, ses petits bras passèrent autour de mon cou, et elle se blottit contre moi. Je frottai son dos et l'entendis soupirer.

— Je suis vraiment désolé, dit l'ami de Michael en se rapprochant de moi. Je ne pensais pas à mal.

— Bien sûr, répondis-je en lui souriant avant de me tourner vers Thomas. Nous pourrions laisser tomber, n'est-ce pas ?

Le père de Sam étudia mon visage. Nous savions tous les deux que je demandais la permission pour que Noah puisse rester. Si Thomas Kage donnait un ordre, tout le monde devait l'écouter.

— Ça me va. Est-ce que ça te va ? lui demandai-je.

Il grogna, acquiesça rapidement de la tête, et je regardai Regina.

— Je meurs de faim et l'odeur de ce rôti est incroyable. Est-ce que tu as fait des pommes de terre rouges ?

— En effet.

Elle hésita un instant avant de s'avancer rapidement, ses mains se posant sur mon visage quand elle m'atteignit. Puis elle embrassa ma joue.

— Et j'ai fait de la brioche au caramel que tu aimes tant, et des petits pains.

— Divin.

Elle fronça les sourcils en m'étudiant.

— Est-ce que tu t'es battu ?

Je haussai les épaules.

— Ce n'est rien, ça ne me fait même pas mal.

D'après son expression, je compris qu'elle n'était pas convaincue.

— Sam, appelai-je, ayant besoin de renfort.

— Il va bien, maman, dit-il en se portant garant pour moi. Je te le promets.

Elle s'illumina de soulagement ; il était facile de voir qu'elle m'aimait.

— J'ai ton plan de vol.

— Voilà pourquoi Sam et moi sommes venus, pour le dîner et pour le récupérer.

Jen, la sœur de Sam, imita un bruit de bisous quand Regina dit à tout le monde de se mettre à table.

— Tu es juste jalouse, sifflai-je à son attention.

— De quoi ? Que tu doives lécher les bottes de ma mère ? murmura-t-elle en retour en écarquillant les yeux. Tu crois ?

Je ris et elle sourit malicieusement quand Rachel se dirigea vers nous et frotta la tête d'Hannah.

— Ta fille est un ange.

— Oui, je sais, dis-je en lui souriant. Où est mon garçon ?

— Dans la salle de jeu avec Peter et Riley, dit-elle en bâillant. Mes gamins adorent surveiller leurs cousins.

— Et même si ce n'était pas le cas, tu les forcerais quand même.

— Ouais. Et alors ?

— Tu es terrible. Est-ce qu'ils ont encore envie d'aller à la réunion de famille ? lui demandai-je.

Elle secoua la tête.

— Non, mais je les ai fait culpabiliser pour qu'ils y aillent. Je leur ai dit que s'ils n'y allaient pas, alors il serait flagrant qu'ils préféraient leur belle-mère à leur mère.

— Rachel, la grondai-je.

— Quoi ? Dean décide de demander le divorce et d'épouser une femme d'à peine vingt ans, et c'est moi qui suis censée être adulte ? Je t'ai dit qu'elle était enceinte ?

— Oh merde, dis-je avant de m'en rendre compte.

— Daddy ! Pa a dit un gros mot !

— Tu n'es qu'une balance, dis-je à ma fille en lui pinçant les fesses à travers son leggings et sa culotte.

C'était agréable qu'elle ne porte désormais que des culottes, même la nuit : son apprentissage de la propreté était enfin complètement terminé. Nous avions encore quelques accidents occasionnels, mais il fallait s'y attendre, surtout quand elle était trop fatiguée.

— Daddy !

J'entendis Kola avant de le voir et il chargea à travers le salon pour atteindre Sam. Il plongea vers lui et Sam l'attrapa de la même façon qu'avec Hannah. Il ne le souleva pas, toutefois, parce que Kola était trop grand pour ça maintenant. Il avait annoncé que puisqu'il aurait bientôt sept ans – dans quatre mois – il devait s'habituer à faire des trucs d'adultes. J'adorais quand il fronçait les sourcils et devenait tout sérieux.

Quand nous fûmes tous installés, après les grâces, Sam demanda à son fils de raconter à son Oncle Michael l'exposé qu'il avait fait le vendredi précédent.

— Oh, s'exclama Kola en s'illuminant. J'ai fait un exposé sur les armes que transporte un U.S. Marshal.

Noah pâlit.

Je donnai un coup de pied à Sam sous la table. Il me rendit un sourire démoniaque.

— Les Marshals portent un Glock 22 comme arme principale, et une autre arme qu'ils peuvent choisir eux-mêmes.

— Pourquoi parlons-nous d'armes à feu à table ? demanda Regina.

— Chut, dit Thomas pour faire taire sa femme. Kola nous raconte son exposé.

— Oh, Kola nous parle de bien plus que de son exposé, nous assura Jen.

Les yeux de Michael se tournèrent vers Sam.

— Vraiment ?

— Oui, lui répondit Kola. Est-ce que tu veux savoir ce qu'a Daddy ?

— J'ai hâte de le savoir.

— Daddy a un Smith & Wesson 10mm, grand comme ça, dit-il en indiquant une taille bien trop large. Et si on te tirait dessus avec, ça te ferait exploser toute la tête.

— Beuuuurk, grimaça Riley, la fille de Rachel. C'est dégoûtant.

— C'est vraiment génial, intervint Peter, le fils de Rachel.

C'était la première fois que je l'entendais participer à une conversation depuis longtemps. Les deux enfants, désormais adolescents, encaissaient très mal le divorce de leurs parents et les noces récentes de leur père.

— Mais on ne peut utiliser une arme à feu qu'après avoir été entraîné à tirer, nous avertit Kola. Une arme à feu n'est pas un jouet.

— C'est vrai, acquiesça Sam.

— J'adorerais apprendre à m'en servir correctement, dit Peter avec espoir.

— Peut-être que je pourrais t'emmener au champ de tir si tu veux, Pete, lui offrit Sam.

— Non, Sam, dit Rachel fermement. Je ne veux pas que Peter apprenne que les armes à feu sont…

— Apprendre à respecter une arme à feu est le premier pas vers la prévention des accidents, lui assura Sam. Maintenant que tu vis seule, quelle est ta protection en cas d'effraction ?

— J'ai une batte de base-ball, Sam, dit-elle.

63

Et je pus voir à quel point elle était sur le point d'exploser. Ils menaient ce débat depuis que Dean avait déménagé. Il voulait qu'elle ait une arme et elle n'en voulait pas.

J'étais d'accord avec elle, en réalité. Je détestais les armes à feu. Sam étant dans les forces de l'ordre, c'était la seule raison pour laquelle il y en avait trois sous notre toit.

Sam dormait avec un Sig Sauer dans le tiroir de la table de nuit de son côté et, tous les matins, il le replaçait dans le coffre-fort intégré dans le mur de notre placard. C'était tout un rituel quand il rentrait à la maison le soir. Embrasser les enfants, m'embrasser, caresser le chat et ranger ses deux armes du boulot dans le coffre-fort. Puis, avant d'aller au lit, il retournait au coffre et en sortait le Sig pour le placer à l'avant du tiroir avant de se coucher.

Il n'y avait pas d'armes dans la table de nuit quand nous n'étions que tous les deux ; il n'avait jamais dormi avec une arme à proximité, sauf quand j'avais été traqué par un tueur en série, il y a longtemps de cela. Mais après avoir obtenu la vie qu'il voulait, avoir eu sa propre famille, une maison et être devenu père, les choses avaient changé. Désormais, il n'y avait plus seulement moi à ses côtés, justement, la seule personne à protéger ; maintenant il avait son fils, sa fille et le chat, dormant dans l'une des chambres des enfants. Il avait ce besoin de certitude de pouvoir nous garder tous en sécurité, et l'arme la lui donnait.

Je détestais avoir un flingue qui ne soit pas enfermé la nuit. Je n'étais pas fou des flingues, tout court, mais cet homme était Marshal. C'était inévitable. Mais l'arme à feu dans la table de nuit avait été un problème. Je lui avais dit que l'un de ces supers bâtons télescopiques aurait été mieux. Il n'avait pas été d'accord. Une arme de poing brandie par une personne entraînée à s'en servir était la meilleure défense.

— Sam, je ne veux pas…

— Maman, est-ce que je peux aller au stand de tir avec Oncle Sammy ? S'il te plaît ?

Le regard qu'elle tourna vers Sam était dur. Il avait l'air de s'ennuyer, mais pas gêné le moins du monde.

— Bien sûr, dit-elle doucement.

— Merci.

Peter lui sourit, et pendant une seconde, je pus voir à quel point elle était heureuse de recevoir autre chose que de la colère ou une froide apathie de la part de son enfant.

Cela allait et venait, par vagues. Parfois c'était la faute de Dean, et les gamins le haïssaient et l'adoraient, elle, et parfois c'était sa faute à elle et l'inverse devenait vrai. Je me sentais vraiment mal pour elle et souhaitai pour la centième fois que Dean n'ait pas été cherché une nouvelle femme et ait plutôt investi du temps à trouver de nouvelles façons d'aimer celle qu'il avait.

— J'adorerais aussi aller au stand de tir, intervint Doug, le mari de Jen.

C'était le second mari de Jen, le premier l'ayant quittée pour sa comptable. Ils n'avaient pas eu d'enfants ensemble, mais Doug en avait trois – Ben, Todd et Melissa – d'un premier mariage, et avec les deux filles de Jen – Ally et Carla – ils avaient cinq enfants qu'ils partageaient avec des ex. La décision de ne plus avoir de gamins avait été prise parce que Doug voulait voyager et emmener les enfants qu'ils avaient déjà pour voir le monde. Jen avait été d'accord et ils avaient emmené la tribu dans de nombreuses aventures. J'avais hâte de sortir du pays avec ma propre couvée un jour, ça n'était simplement pas encore arrivé.

— Tu as une arme à feu ? demanda Rachel à sa sœur.

— Oui, répondit-elle. Doug pensait que c'était une bonne idée.

— Qu'est-ce que tu as ? demanda Sam à Doug.

— Le Sig SP, comme tu l'as suggéré. Tu avais raison. J'ai essayé le Glock et je n'ai pas du tout aimé le mécanisme rigide. La douceur du Sig était beaucoup plus agréable.

Sam acquiesça.

— Oui.

— Alors pourquoi est-ce que vous avez encore tous des Glock ?

— Vraiment ? demanda Regina. C'est ça, la conversation du dîner ?

— Mère, la fit taire Jen. Doug pose une question.

Et que Dieu nous garde de l'interrompre ! C'était mignon de voir comment Jen s'occupait de lui, mais après sept ans, on aurait pu croire qu'ils auraient passé le stade de la lune de miel.

Rachel leva les yeux au ciel et sa fille, Riley, s'en aperçut et gloussa. C'était agréable à voir, et quand les yeux de Rachel se tournèrent vers moi, j'y vis son bonheur.

— Le truc bien au sujet d'un Glock, reprit Sam, c'est que même s'il se bloque parfois, il n'a jamais besoin d'être démonté, tu n'as pas besoin de le nettoyer ou de l'huiler, et tu peux tomber dans l'eau en le portant et tu pourras tirer quand même.

— Ça, c'est cool, intervint Peter.

— Ouais, tu vois, dit Sam en haussant les épaules. Donc le positif l'emporte sur le négatif, mais je ne l'aime pas, c'est tout. Voilà pourquoi j'ai le Sig pour la protection de la maison. Si je vise quelque chose, je veux l'atteindre.

Et il dit cette dernière partie tout en regardant Noah, et je crus que ce pauvre type allait vomir à table.

Je posai la main sur la cuisse de Sam sous la table et la tapotai doucement.

— Mon papa était un Marine, dit Kola à l'inconnu. C'était un sniper. Tu sais ce que c'est ?

— Oui, demanda Regina à l'invité. Vous savez ce que c'est ?

Le pauvre mec... mais franchement, à quoi pensait-il avec ce commentaire ? Gay, ça voulait dire qui s'habille bien, qui danse bien et qui décore bien ? Vraiment ? J'étais certain que Michael avait dû le mentionner en passant à son ami, du genre « J'ai deux sœurs et un frère, une de mes sœurs est divorcée, l'autre est mariée et mon frère est gay ». Ça n'était rien, un commentaire en l'air que son pote avait retenu sans raison valable. Mais c'était insultant et Sam en avait été agacé, et il s'assurait que ce type le sache. Sam et la subtilité, ça faisait deux.

— Ouais, dit Sam à Doug. Je vous emmènerai tous les deux, Pete et toi. Ça me fera plaisir.

— Génial, répondit Doug en lui souriant. J'ai hâte.

— Tu peux me passer les pommes de terre, demanda Ally, la fille de Jen, à sa mère. Et je veux apprendre à tirer aussi, d'accord, maman ? Je pensais à rejoindre les ROTC [2] l'année prochaine, au lycée.

— Oh, c'est génial, lui dit Sam.

Elle lui sourit, ravie, et Kola ajouta que puisque Sam était un tireur d'élite – il avait expliqué dans son exposé qu'il devait passer un examen tous les six mois pour garder son statut actuel – il n'y aurait personne de mieux que lui pour lui apprendre à tirer.

— Donc vous voyez, commenta Regina en levant un sourcil à l'attention de Michael. Danser n'est pas la seule chose que les pères d'Hannah savent bien faire.

2 Le *Reserve Officers' Training Corps* (ROTC) est une organisation militaire chargée de l'entraînement des officiers de réserve des forces armées des États-Unis et est aussi une « porte d'entrée » dans cette même armée, sans passer par le long parcours des académies militaires, comme West Point.

Michael leva ses mains en signe de défaite. Je doutais que son ami, à qui je n'avais même pas été convenablement présenté, revienne un jour.

TOUT LE monde sortit après le dîner, juste avant le dessert, pour voir le nouveau minivan. Sam m'expliqua que l'ancien était fichu et qu'il serait vendu à la casse, et Hannah fut triste de ne pas avoir pu lui dire au revoir. Il lui dit alors que celui-là était vraiment une bonne affaire avant de me regarder.

— Tu es en colère ?

— Il est vraiment sûr, répondit-il. Et nous enverrons l'argent de l'assurance à Aaron quand nous le recevrons.

— Il m'a appelé parce qu'il avait besoin d'un service et je lui ai expliqué ce qu'il s'était passé avec le van, et...

— J'ai déjà entendu tout ça.

Il sourit, une main contre ma nuque, m'attirant plus près et pressant ses lèvres contre mon front.

— Comment ?

— Il m'a appelé, dit Sam en passant une mèche de mes cheveux derrière mon oreille.

J'avais dû les couper court pendant longtemps, mais je les portais de nouveau plus longs, et mes mèches châtain clair retombaient désormais sur mes épaules.

— Vraiment ?

— Ouais, il devient plus intelligent avec l'âge et me parle, m'inclut. Franchement, je sais comment il fonctionne. Je sais pourquoi il fait ce genre de truc. Je comprends.

— Il voit juste ça comme un coup de main.

— Je sais. Si nous finissons par garder la voiture, nous lui donnerons l'argent de l'assurance et compenserons la différence. Nous n'avons pas besoin qu'il nous fasse la charité.

— Je lui ai dit que c'était ce que tu ferais. Ce que je ferais également.

— Mieux vaut ne pas discuter avec lui, et jouer le jeu. Quand il recevra un chèque de banque, il n'aura d'autre choix que de l'encaisser.

— Il va juste me surpayer pour le travail que nous ferons pour lui, soupirai-je.

— Peu importe, ce sera entre sa compagnie et la tienne. Cela n'aura rien à voir avec moi ou mes enfants. Donc ça me va.

— Il sera agacé, gloussai-je.

— Il a de la chance que je ne le sois pas, dit-il en passant une main le long de mon dos, m'attirant plus près encore. Parce qu'il ne subvient pas à tes besoins ou à ceux de mes enfants, il n'y a que moi qui le fasse.

— Je sais.

— Il ne faut plus jamais qu'il dépasse les limites, J. Tu comprends ? C'était le cas.

— Je le lui ai déjà dit, ajouta Sam en toussant.

— Ouais ?

— Ouais.

— Et qu'est-ce qu'il a dit ?

J'étais intéressé.

— Il a dit d'accord. Nous verrons s'il peut le faire.

Je me mordis la lèvre inférieure.

— Quoi ?

— J'ai, euh, j'ai triché.

Sam soupira.

— Il t'a montré ce qu'il avait sur Kevin Dwyer et moi, quoi que ce soit.

J'étais stupéfait.

— Comment le sais-tu ?

— Je te connais, je sais ce qu'il veut, et tout ce qu'il peut faire pour t'aider, ça l'aide aussi.

— Sam, il…

— Oh, je ne dis pas qu'Aaron Sutter a été autre chose que poli envers moi et qu'il ne s'est pas comporté autrement qu'en vrai gentleman avec toi au cours des quatre dernières années, mais un de ces jours, il va déraper.

— Il n'est plus amoureux de moi, Sam. Plus vraiment.

— Si je mourais demain, J, ce serait le premier à t'offrir ses condoléances.

— Alors tu ferais mieux de rester en vie pour que les enfants et moi ne tombions pas entre ses griffes.

— C'est ce que j'ai prévu de faire, dit-il en penchant la tête pour pouvoir mordiller doucement le lobe de mon oreille. Ça a toujours été mon plan.

Il fut très satisfait de la chair de poule qui recouvrit ma peau.

V

HANNAH NE voulait pas passer le portique de sécurité toute seule. C'était l'un de ces nouveaux systèmes où il fallait se tenir debout en levant les bras, et elle ne voulait pas. Elle avait même regardé Sam passer en premier, puis Kola, mais malgré tout, ça lui semblait encore bizarre.

— Ça ne sonne que si tu as des poils de chien sur toi, lui dis-je en me servant de la dernière ruse de mon arsenal.

Et tout à coup, j'eus toute son attention.

— J'ai un chat.

— Je sais, donc tout ira bien.

— Je veux appeler Frisquet chez Tata Dylan quand on aura récupéré nos chaussures.

— D'accord.

Et sur ces mots, elle traversa le portique.

Je la suivis et fus choisi pour une fouille de routine et pris à l'écart pour passer au détecteur de métal. La femme qui me fouillait me dit combien mes gamins étaient mignons. Je la remerciai, puis elle me remercia à son tour et je fus de retour avec ma famille, à enfiler mes bottes. Je dus aller chercher des bouteilles d'eau pour les enfants, plus quelques collations pour l'avion. Sam pensait que le festin que j'avais emporté suffisait, mais je lui expliquai que cela ne pouvait pas être possible.

— Daddy, nous n'avons que des biscuits apéritifs, des bretzels, des raisins, des pommes, des biscuits et du yaourt, du fromage, des craquelins et du pudding.

Sam me lança un regard.

— Nous n'avons pas de chewing-gum, et Pa a dit que nous devions en mâcher ou que nos oreilles exploseraient.

— Est-ce qu'il y a du sang qui sort quand tes oreilles explosent ? demanda Hannah.

Kola acquiesça.

— Beurk.

Hannah plissa le nez en se recouvrant les oreilles.

— C'était vraiment une bonne idée de leur dire ça ? me demanda Sam.

69

— Eh bien maintenant, ils vont mâcher du chewing-gum, non ?

— Je veux le Trident à la menthe.

— Moi, j'aime celui aux fruits, dit Hannah à son frère. Celui à la menthe est trop fort.

— Pas celui à la cannelle, idiote.

— Ne traite pas ta sœur d'idiote, lui dis-je. C'est un gros mot.

— Mais Riley le dit toujours en parlant de Pete.

— Eh bien, ils sont idiots d'avoir dit ça.

— Est-ce qu'il y a de la cire qui sort de tes oreilles avant le sang ?

— Je ne sais pas, dit Kola avant d'y réfléchir. Probablement.

Elle acquiesça.

— Est-ce qu'on peut y aller ? me demanda Sam, irrité.

Il était déjà grincheux.

Au magasin, Hannah voulut un animal en peluche, Kola un porte-clés, et Sam acheta trois sortes différentes de chewing-gum, de l'eau et des magazines pour moi. J'avais donné de la Dramamine aux enfants avant de quitter la maison, et j'en avais dans la sacoche de mon ordinateur portable pour le voyage du retour. Je récupérai des antiacides pour le père de Sam, au cas où il aurait oublié les siens, et un paquet de cartes à jouer, parce que parfois on voulait faire quelque chose sans réfléchir en parlant à quelqu'un d'autre.

Une fois à la porte d'embarquement, j'appelai Dylan pour qu'Hannah puisse parler à Frisquet. Ensuite, je la remerciai de nouveau de garder notre démon des neiges, puisque je ne voulais pas le mettre dans un chenil et que les deux dalmatiens de Dane et Aja n'aimaient pas vraiment les chats. Quand le personnel de bord de la compagnie aérienne appela les gens avec de petits enfants pour grimper à bord après les passagers de première classe, le reste de la famille n'était toujours pas là. Je n'étais pas inquiet, mais j'étais malgré tout surpris puisque Regina était normalement à l'heure.

Nous n'avions rien à mettre dans les compartiments au-dessus de nos sièges, et c'était agréable parce qu'il y avait également de la place en face de ceux des deux enfants pour y mettre des trucs. Quand tout le monde commença à arriver et s'installa autour de nous – Michael et Beverly, Rachel et ses enfants, Jen et Doug et leurs enfants – il était presque l'heure du départ. Quand Regina et Thomas arrivèrent enfin, je vis à quel point elle était troublée.

— Que s'est-il passé ? demanda Jen à sa mère.

— Je ne sais pas, il y avait un problème avec nos billets. Ils avaient un plan de vol, mais pas de numéro de vol.

— Comment est-ce possible ?

— Je n'en ai aucune idée, soupira-t-elle avant d'essayer de trouver sa place.

L'homme qui était assis côté couloir était censé être près de la fenêtre, c'était aussi simple que ça. Il avait mal lu la petite icône décrivant les places, tout le monde savait que la courbe représentait la fenêtre, mais il avait cru qu'il s'agissait du couloir. Thomas était obligé de s'asseoir dans l'allée, car si sa claustrophobie se manifestait, il devait pouvoir se lever. Les gens pensaient qu'il avait un problème de prostate, mais c'était simplement qu'il n'aimait pas se sentir confiné.

Malheureusement, il s'avéra que l'autre passager était saoul. Je compris pourquoi l'équipage ne l'avait pas remarqué, parce qu'il était resté silencieux tout ce temps, mais quand il devint agressif, il devint aussi bruyant, et vu la façon dont il avait du mal à articuler, on comprenait facilement qu'il était bourré. Il était tellement déconnecté qu'il se mit à jurer, puis se leva et poussa Thomas.

Il ne fallait pas avoir froid aux yeux pour faire une telle chose, parce que Thomas Kage était un grand homme. Sam et Michael avaient tous les deux hérité de sa taille, de ses épaules larges et de ses muscles, donc pour que ce type aille droit à la confrontation physique avant tout autre chose, il fallait du cran. Une hôtesse de l'air se trouvait juste-là et Beverly, qui en avait été une elle-même, se leva immédiatement et lui expliqua ce qu'il venait de se passer.

Mon siège se trouvait près de l'allée ; le type avait commencé à côté de moi, s'était levé, s'en était pris à Thomas puis l'avait poussé sur son siège. Je me levai pour aider Thomas parce que Regina criait et que Doug et Michael étaient coincés de l'autre côté. L'hôtesse s'avança derrière l'homme ivre, lui expliqua qu'il allait être escorté hors de l'avion, et il perdit la tête. Il la poussa, ce qui voulait dire qu'il allait clairement descendre de l'avion avec des menottes, et je la rattrapai. Elle s'agrippa à mon bras pour ne pas tomber.

— Merci, dit-elle rapidement avant de se détourner et de se précipiter dans l'allée pour appeler la sécurité.

Quand je m'avançai pour atteindre Thomas qui s'était cogné durement la tête sur le compartiment supérieur, le type bourré me barra le chemin.

— Poussez-vous, s'il vous plaît, lui demandai-je.

71

Au lieu de ça, il se tourna vers moi.

— Pa ! hurla Hannah d'une voix perçante.

Je n'aimais pas qu'elle ait peur.

— Je vais chercher Daddy, cria Kola.

Et je le vis déguerpir de son siège. Sam s'était rendu aux toilettes ; c'est là qu'était parti Kola, j'en étais certain. Mais je ne m'inquiétais pas pour lui. Il ne pouvait pas aller loin. J'étais plus inquiet à cause de l'homme qui se dressait devant moi.

— Allons, asseyez-vous, dis-je en essayant d'être apaisant. Vous êtes ivre.

— Va te faire foutre !

Thomas l'aurait empêché de m'atteindre dès qu'il se serait levé, j'en étais convaincu, tout comme les autres passagers qui remontaient l'allée, mais Kola était allé chercher son père et Sam avait accouru.

Il apparut par-dessus les sièges en marchant sur les accoudoirs. Il devait se baisser, et franchement, pour un homme de la taille de Sam, c'était impressionnant. Et tellement rapide. Le type était debout un instant et par terre l'instant d'après, le visage collé à la moquette, le cou sous la botte de Sam. Avant même que l'hôtesse puisse revenir, avant que n'importe qui vienne à mon secours, mon homme était là. Quand l'agent de la sécurité arriva, Sam sortit son badge pour le lui montrer avant même qu'il ne puisse prononcer un mot.

Les applaudissements furent instantanés.

— Qu'est-ce que c'était que ce bordel ? m'aboya Sam dessus.

— Je...

— Daddy, ce monsieur a poussé Papy et voulait faire du mal à Pa, dit Hannah à son père.

Le type gémit par terre quand Sam baissa les yeux vers lui.

— Oh mon Dieu, vite, que quelqu'un le fasse descendre de cet avion, dis-je en pleurnichant presque.

Cet homme allait mourir si personne ne faisait rien.

Les policiers arrivèrent et emmenèrent le type. Ils échangèrent leurs cartes avec Sam. Dans l'ensemble, ce retard ne nous coûta que vingt minutes. Ce qui était sympa, c'est que Sam fut traité comme un roi après ça et, puisque les enfants et moi profitions de sa notoriété, nous eûmes également droit à un traitement spécial.

Thomas fut très impressionné par son fils et demanda à Regina d'échanger sa place avec Sam un moment pour qu'ils puissent discuter. Je donnai à Thomas les antiacides que j'avais achetés pour lui et il me tapota la joue pour me remercier d'être un si bon garçon. Je n'avais jamais eu de père moi-même et j'étais toujours ravi de le rendre heureux. Kola montra à sa grand-mère comment jouer à *Fruit Ninja* sur mon iPad et lui lut les informations amusantes. Hannah s'appuya contre moi, se servant de la DS de Kola puisqu'ils avaient échangé leurs jeux au bout de deux heures, au cours du vol de quatre heures.

J'avais passé les cartes à Jen et Rachel, qui s'étaient retrouvées assises l'une à côté de l'autre, Doug endormi à côté de sa femme. Nous étions un groupe discret, et quand nous atterrîmes à Phœnix à onze heures du matin, Kola trouva que c'était le truc le plus cool au monde.

— Nous avons voyagé dans le temps, me dit-il.

J'acquiesçai.

Même si nous avions été assis en classe économique supérieure sur le 747 parce que les jambes de Sam étaient trop longues pour la classe économique normale, il se plaignit quand même quand nous nous rendîmes au terminal à bagages.

— Tu aurais dû demander au pilote d'être surclassé pour le voyage du retour, le taquinai-je.

— Tu es drôle, râla-t-il.

Mais je le savais. C'était un don.

KOLA EN avait marre d'être assis quand la navette de l'aéroport passa nous prendre pour nous déposer à l'hôtel à Scottsdale. Le chauffeur discuta tout en conduisant, nous parlant des 4000 m² de terrain de cet hôtel de charme, des commodités, du bar à desserts que les enfants apprécieraient, des toboggans aquatiques, des piscines, de l'équitation, et ainsi de suite. Même le trajet jusqu'à l'hôtel fut incroyable. Les jardins étaient superbes, magnifiquement aménagés, et un membre du personnel nous accueillit et nous conduisit à la réception.

Hannah adora la fontaine dans le hall d'entrée ; la regarder rappela à Kola qu'il devait faire pipi. Puis Hannah dut y aller aussi. Je nous excusai et emmenai mes enfants trouver des toilettes. Une autre gentille personne nous accompagna jusque-là, et une fois à l'intérieur, nous découvrîmes des cabines individuelles avec des lavabos à l'intérieur de chacune, plus un endroit où s'asseoir et se détendre une fois sortis. De toute ma vie, je n'avais jamais vu cinq sortes de savons différents, ainsi que des lotions,

73

des serviettes et des pichets d'eau fraîche agrémentés de lamelles de citrons dans des toilettes. J'avais l'impression que nous nagions dans l'argent. Je me demandai brièvement combien nous allions dépenser pour ce week-end. Sam et moi nous occupions en général de notre budget ensemble, mais le père de Sam gérait ce voyage, puis nous le rembourserions une fois rentrés. Je commençais à m'inquiéter parce que nous devions également régler l'école, et entre ça et nos factures habituelles, je nous voyais creuser dans nos économies dans un futur proche.

Cela ne me dérangeait pas d'y piocher, mais nous avions besoin d'un nouveau chauffe-eau et nous allions rembourser Aaron pour ce minivan qui coûtait bien plus que ce que nous aurions dû dépenser, et même si nous n'étions pas obligés de le rembourser, cela allait être bizarre si nous ne le faisions pas…

— Pa ?

Hannah avait terminé, souriante, et me regardait.

— C'est plus joli que mon premier appartement, lui dis-je.

— Tu vivais dans des toilettes ?

— Ouais.

Elle trouva cela hilarant. Après nous être lavé les mains, Hannah utilisant du savon à la rose et de la lotion parfumée à l'aloe vera et au trèfle, nous retournâmes à la réception.

Apparemment nous avions des suites, pas des chambres, et mon inquiétude augmenta encore quand nous empruntâmes l'ascenseur. Même si j'appréciais la suite, parce que dormir dans la même chambre que mes enfants signifiait que je serais célibataire de jeudi jusqu'à samedi, le coût me semblait stupéfiant.

— Ça va aller, murmura Sam contre mon oreille.

— Nous avons besoin d'un nouveau chauffe-eau, lui rappelai-je.

— Je sais, dit-il en déposant un baiser dans mon cou.

Quand la porte de l'ascenseur s'ouvrit et que nous sortîmes avec Jen, Doug et leurs deux enfants, Regina nous rappela à tous de nous rejoindre dans le hall dans vingt minutes pour être à l'heure à la réunion de famille qui avait lieu sur la pelouse ouest.

— Absolument, répondit Jen en levant les pouces à l'attention de sa mère avant que la porte de l'ascenseur ne se referme. Oh mon Dieu, j'ai besoin d'un verre.

— Il n'est même pas midi, rit doucement Doug.

Elle indiqua l'ascenseur.

— On peut retourner direct au bar.

— Nous irons boire un *mai tai* après avoir déballé les valises, lui promis-je.

— Oh mon Dieu, merci.

Elle rayonnait.

Notre suite était fantastique. Elle se composait d'un salon et de deux chambres, une pour les enfants avec deux lits et l'autre avec un lit *king size* pour Sam et moi. Il y avait deux salles de bains, des toilettes pour les invités, et les deux chambres avaient leur propre balcon. Elle faisait facilement 170 m², soit 140 m² de plus que mon premier appartement. Il y avait du marbre italien et une vue splendide, des fleurs fraîchement coupées – des oiseaux de paradis et des serpentaires – sur la table et une corbeille de fruits.

J'accompagnai Kola et Hannah à leur chambre et leur montrai comment déballer leurs affaires pendant que Sam s'occupait des nôtres dans l'autre chambre. Après avoir aidé les enfants à se repérer, je les ramenai à notre chambre.

Nous nous allongeâmes tous sur le lit pour regarder Sam bosser.

— Daddy ?

— Oui, B ?

— Est-ce qu'on devra aller à l'église dimanche en rentrant ?

— Non, on va manquer l'église.

— Mais j'allais encore poser des questions sur Caïn à Mademoiselle Ginny.

Il se retourna après avoir accroché son costume à côté du mien et la regarda.

— Qu'est-ce que tu veux savoir sur lui ?

— Eh bien, la semaine dernière, j'ai demandé à Mademoiselle Ginny avec qui Caïn avait eu des bébés quand il avait dû partir, et elle a dit qu'elle me le dirait cette semaine.

— Pourquoi devais-tu attendre toute une semaine ?

— Parce qu'elle allait vérifier, intervint Kola. Je lui ai dit que c'était avec les gens de l'évolution, mais elle n'a pas aimé cette réponse.

Sam plissa les yeux et regarda son fils.

— « Les gens de l'évolution » ?

Il acquiesça.

— À l'école, nous avons appris l'existence de l'homme de Neandertal et de Cro-Magnon, donc j'ai dit à Mademoiselle Ginny que même si Adam et Eve et Cain et Abel vivaient dans le jardin d'Éden, dehors, l'évolution continuait.

— Je vois.

— Et je lui ai dit que c'est là que Cain avait trouvé sa femme.

— Mais elle a dit que tu avais tort.

— Ouais, alors je lui ai dit qu'elle devait me montrer.

Sam soupira.

— Tu sais, pour certaines choses, tu dois simplement avoir la foi, mon grand.

— Comme Dieu.

— Oui, comme Dieu.

— Ouais, mais peut-être que Dieu a aussi créé les gens de l'évolution, pour voir lequel s'en sortirait le mieux. Peut-être que les gens de l'évolution ne tuaient pas leurs frères, eux.

— Je ne tuerai jamais Kola, dit Hannah à Sam. Peut-être que je suis un…

Elle regarda son frère.

— … gens de l'émolution ?

— *Évolution*.

— Évolution, répéta-t-elle.

Sam me regarda.

— Quoi ?

— Est-ce que tu peux m'aider pour qu'on puisse descendre ? Je meurs de faim.

— Moi aussi, dit Hannah. Je veux de la glace.

— Je veux des Miel Pops, m'informa Kola.

— Tu peux avoir quelque chose d'encore mieux que ça.

— Comme quoi ?

— Comme des fruits et une omelette ou…

Ses bruits de vomissements m'interrompirent.

De retour dans le hall, tout le monde s'était réuni pour marcher ensemble jusqu'à la pelouse ouest. Elle s'avéra être bien plus proche que nous le pensions et nous y découvrîmes des tentes blanches installées partout avec une bannière indiquant : « Réunion de famille des Miller / Kage ».

Le frère aîné de Thomas, Frank, qui avait tout planifié et était beaucoup plus riche que ses trois autres frères et deux sœurs, débarqua pour nous saluer. Un représentant de l'hôtel se dirigea vers le podium sur l'estrade et accueillit les familles, leur souhaitant de passer un excellent moment dans la Vallée du Soleil. Les sièges étaient attribués, parce que les gens étaient censés se mélanger et se rencontrer, pas seulement rester collés à leur propre famille. Je me promenai en cherchant nos noms avant de les trouver à une table auprès d'un couple plus âgé et de deux belles femmes qui devaient être leurs filles.

Une fois assis, je nous présentai, Kola, Hannah et moi, à Jim et sa femme, Anita, et leurs deux filles, Renee et Joyce. Quand je vis Sam traverser la tente – il avait été coincé à plusieurs reprises par son cousin Levi et d'autres personnes, – je lui fis un signe de la main pour qu'il voie où nous étions.

Quand il se joignit à nous, évidemment, les femmes se redressèrent et se penchèrent vers l'avant, toutes deux très heureuses de le rencontrer. Je comprenais. Si le grand mâle alpha viril et séduisant, c'était votre fantasme, pas besoin de chercher plus loin que Sam Kage. Les fossettes étaient de sortie, tout comme l'ombre d'une barbe sur sa mâchoire carrée et sous sa lèvre ; il avait des rides au coin des yeux et des muscles saillants. La puissance émanait de cet homme, combinée à la domination et à la force. J'aurais aussi giclé dans mon froc s'il n'était pas déjà à moi.

— Alors, comment sommes-nous liés dans cette famille ? demanda Sam en souriant à Anita, la mère.

— Nous ne le sommes pas vraiment, dit-elle en lui rendant son sourire. Frank a épousé ma mère, Donna, après le décès de sa première femme, et elle m'avait déjà, ainsi que mon frère Paul.

— Compris. Votre mère est là également ?

— Oui, elle est à table avec Frank et plein d'autres gens que je ne connais pas.

— C'est gigantesque.

Sam sourit quand Hannah tendit la main pour lui toucher le menton.

— Oui, B ?

— Daddy, j'ai faim.

— Je sais, mon amour. Nous devons juste attendre qu'ils appellent notre section pour aller chercher à manger.

— Où est ta maman, mon lapin ? demanda la fille d'Anita, Renee, à Hannah.

Peut-être qu'elle le lui demandait parce qu'il y avait deux autres chaises libres à notre table ; celle-ci était censée accueillir dix personnes. Peut-être qu'elle pensait que Sam et moi étions cousins et que nous attendions nos femmes puisque nous portions tous les deux une alliance.

Qui sait ? Cela arrivait encore parfois quand nous sortions, et en général, je ne m'en souciais pas, mais c'était une réunion de famille et je voulais que les gens sachent que ce grand type était avec moi. J'ouvris la bouche pour rectifier.

— Je n'ai pas de maman, j'ai Pa et Daddy. Est-ce que tu as une maman et un papa ? répondit Hannah joyeusement, profitant du court instant entre la fin de sa question et le temps qu'il me fallut pour décider quoi dire pour reprendre le contrôle de la conversation.

Renee devint rouge comme une pivoine et ses yeux s'écarquillèrent.

— Oui, je…

— Est-ce que tu as une grande maison, parce que moi oui, et j'ai un chat qui s'appelle Frisquet. Est-ce que tu as un chat ?

— Non, je…

— Frisquet est tout blanc, sauf qu'il a du noir sur les oreilles, le nez et sur ses pattes. Je peux te le dessiner si tu veux. Est-ce que tu as un chien comme tu n'as pas de chat ?

— Non, je…

— Kola est né aux Pays-Bla, mais ce n'est pas le même pays que Peter Pan, lui c'est le pays imaginaire, dit-elle avec autorité. Est-ce que tu sais où c'est ? Moi, je sais où c'est. Je sais aussi où c'est l'Uglay. C'est là où je suis née. Est-ce que tu sais pourquoi j'ai un Daddy et un Pa ? Parce que là où Kola est né, Pa ça veut dire « papa ». C'est pour ça que Pa est Pa.

— Je…

— Où est ta maman ?

— J-j-juste… là… bafouilla-t-elle en indiquant sa mère.

— Tu es sa maman ? demanda Hannah à Anita en s'illuminant.

— Oui, ma chérie.

— Pourquoi elle n'a pas de chat ?

Ma fille s'inquiétait vraiment de ce détail.

— Elle y est allergique.

Cette information dérouta ma fille. Hannah plissa le nez comme si c'était la pire chose qu'elle avait jamais entendue de toute sa vie, avant de murmurer à Sam :

— Daddy.

— Oui, B ? gloussa-t-il.

— Elle est allergique donc elle ne peut pas venir chez nous.

— D'accord.

— Dis-lui, d'accord ?

— Promis.

Les yeux d'Hannah se posèrent sur la femme, suspicieuse.

Renee se pencha vers l'avant, tournant les yeux vers moi.

— Pardonnez-moi, je ne voulais pas vous offenser.

— Ouais, les pieds bien dans le plat, Renee, dit sa sœur en levant les yeux au ciel avant de se tourner vers moi pour me sourire. Alors, Jory, qu'est-ce que vous faites dans la vie ?

Je lui parlai de mon entreprise de graphisme et lui demandai ce qu'elle faisait. Il fut intéressant d'apprendre qu'elle était avocate commis d'office à Miami, où elle vivait. Bien sûr, quand Sam lui dit qu'il était US Marshal, ce fut le point culminant de la discussion. Grand, bel homme, et il faisait un travail qui paraissait sexy pour couronner le tout ? *Game over.*

Après que notre table eut été appelée, j'escortai Hannah et Sam accompagna Kola. Nous étions des deux côtés opposés du buffet, donc bien sûr Kola et Hannah discutèrent par-dessus celui-ci.

— Comment on devient allergique à un chat, à ton avis ? demanda Hannah à son frère quand elle fut sûre que Renee ne pouvait plus l'entendre.

Je m'étais demandé pourquoi elle avait attendu pour laisser passer quelques personnes devant nous.

— Je pense que c'est inventé, dit-il, catégorique. Comment peut-on être allergique à un chat ? Tu n'es pas censé les mettre dans ta bouche, a dit Daddy.

La bouche d'Hannah fit un petit O parfait.

— C'est vrai !

— Ouais, insista-t-il. Ce n'est pas un truc réel.

— Ça l'est, lui assurai-je. Les gens sont allergiques aux squames de chat.

— C'est quoi, les squames ?

— Comme des pellicules.

— C'est quoi ? voulut savoir Hannah.

— C'est comme de petits morceaux de peau, et parfois ça démange.

— Beuuurk, grimaça-t-elle. Frisquet n'a pas ça.

Je soupirai

— Certaines personnes sont aussi allergiques à leurs poils.

— Comment ? voulut savoir Kola.

— Ça les fait éternuer.

— Est-ce que c'est dans un livre ? voulut-il savoir.

Dernièrement, tout ce que je disais était remis en question de cette façon.

— Oui, et tu peux aussi le vérifier sur Internet.

Il eut l'air sceptique.

— Donc elle est allergique à *tous* les chats ? voulut savoir Hannah.

— Je suppose.

— Comme les lions ? Elle serait allergique à Simba ?

— Simba n'est pas un vrai lion, lui rappela Kola. C'est un dessin animé.

— Mais si c'était un vrai lion, il la ferait éternuer, hein ?

Leurs visages se tournèrent vers moi, dans l'expectative.

— Je pense que ce ne sont que les chats domestiques, mais nous pourrons vérifier en retournant à la chambre.

Ma réponse sembla les apaiser.

— Kola, regarde, l'appela Hannah en désignant une sorte de ragoût. On dirait de la cervelle de singe.

— Ou un cheval qui aurait explosé.

Il fit semblant de vomir, et la femme derrière nous hoqueta.

— Les enfants, les avertis-je.

— Tu te souviens de la fois où Frisquet a vomi une boule de poils avec des Dragibus ?

— Beuurk, les rouges !

Elle éclata de son rire rauque.

Il fit de nouveau semblant de vomir, ce qui provoqua un fou rire chez sa sœur.

Sam dut s'excuser auprès des personnes qui se trouvaient derrière nous et je remarquai qu'aucun d'entre eux ne prit la cuillère pour se servir de ce plat ensuite.

— Daddy, reprit Kola quand nous avançâmes le long du buffet. Quand je serai grand, je serai aussi Marshal.

— Vraiment ?

— Ouais. Mais je ne tirerai pas sur les gens.

— Ah non ? Qu'est-ce que tu feras ?

— Je les forcerai juste à rester assis dans une pièce et à parler avec Hannah, annonça-t-il d'un air diabolique, sa voix montant dans les aigus à la fin.

— Kola !

Il se mit à rire et elle attrapa un beignet.

80

— Hannah Kage, tu n'as pas intérêt à lancer ce beignet, la menaçai-je.

— Kola est en crottes de nez !

— Eh bah, Hannah est en caca !

— Les enfants ! ordonna Sam.

Mais il riait, donc son avertissement manqua vraiment de puissance. Il ne savait pas se montrer sévère.

Une fois assis, Hannah me demanda pourquoi une dame avait frappé une fille quand nous faisions la queue.

— C'était sa fille, lui expliquai-je.

— Alors pourquoi elle l'a tapée ?

— Elle a probablement fait quelque chose que sa mère n'aimait pas.

— Alors elle a été méchante ?

— Les enfants ne sont pas méchants. Parfois, ils font des choses qui dérangent leurs parents, mais ce n'est pas « méchant ». C'est juste que leur comportement est malavisé.

Elle me regarda comme si je venais d'une autre planète.

J'émis un petit bruit de bouche.

— Bon, d'accord, elle a été méchante.

— Pourquoi tu ne me tapes pas quand je suis méchante ?

— Je ne pense pas que taper les gens accomplisse quoi que ce soit.

— Moi non plus, acquiesça-t-elle en me tapotant le bras.

Je me mis à rire, et quand Kola agita ses sourcils à mon attention, je craquai et fus pris d'un fou rire.

Sam se contenta de secouer la tête.

LA JOURNÉE fut un véritable tourbillon. Il y avait une tonne d'activités et le père de Sam voulut que ses deux fils restent avec lui. Je partis donc au terrain de jeu avec les enfants, les laissai faire les fous pendant deux heures, puis les emmenai se promener autour du lagon. Hannah commença à devenir grincheuse, et quand je la pris dans les bras pour la porter, elle s'endormit en quelques secondes. Nous retournâmes à la chambre et je fis faire les devoirs qu'avait donnés son instituteur à Kola, après avoir déposé Hannah sur le canapé pour qu'elle puisse rester avec nous plutôt que seule dans sa chambre.

81

Je reçus un appel aux alentours de quatorze heures qui nous rappelait que nous avions une promenade à cheval à quinze heures. Apparemment, nous avions déjà été inscrits à beaucoup de choses.

Nous ne vîmes pas Sam avant dix-sept heures. Nous nous étions déjà douchés quand il passa la porte.

— Bonjour !

— Par ici !

Il nous trouva tous les trois sous les couvertures, en train de regarder un film dans mon lit, entouré des restes du service de chambre.

— Nous devons aller dîner, les gars. Vous êtes prêts ?

Kola gémit et s'enfouit contre mon flanc, son bras sur mon ventre, se cachant le visage.

— Qu'est-ce qu'il s'est passé ? me demanda Sam.

— Kola a eu le mal de cheval, dis-je en essayant de garder le visage le plus impassible possible.

Hannah fit semblant de vomir pour Sam, juste au cas où il n'aurait pas compris.

— Il a vomi partout sur la selle, Daddy.

Kola dit quelque chose que personne ne comprit contre mon T-shirt.

— Raconte-moi, dit Sam en souriant.

— Eh bien, tout allait bien jusqu'à…

— Kola a tout filmé, l'informa Hannah.

— Je crois bien que le problème était là, soupirai-je. Tu sais, quand tu regardes trop longtemps par le viseur… Je pense qu'il a eu le mal des transports.

— Mon pauvre, compatit Sam en s'installant près de Kola.

Son fils se retourna et, quand Sam se pencha, enroula ses bras autour du cou de son père.

— Peut-être que je ferais mieux de commander quelque chose au service de chambre, moi aussi, et de rester avec vous, hein ?

Kola acquiesça.

— Non, tu dois profiter de ta famille, Sam. Tu…

— Je *suis* avec ma famille, m'assura t-il en me prenant la main. Et mon garçon a besoin de moi.

— Tu veux voir la vidéo, Daddy ?

Hannah essayait de se rendre utile.

— Ne regarde pas le vomi, le prévint Kola.

— Peut-être plus tard.

82

Je me couvris le visage d'un oreiller pour ne pas ricaner.

Quand le téléphone de la chambre sonna vingt minutes plus tard, Sam alla répondre en secouant la tête, manifestement prêt à dire non à celui qui se trouvait à l'autre bout du fil. J'agitai la main pour attirer son attention et lui dis d'y aller.

Il couvrit le téléphone d'une main.

— Jory, je dois rester ici.

— C'est une réunion de famille, lui rappelai-je.

Son long soupir me fit sourire avant qu'il accepte d'y aller.

Quand il partit, Kola se blottit à ma droite, Hannah à ma gauche, et nous restâmes tous bien au chaud à regarder « L'Incroyable voyage » dans la chambre climatisée. Je ne sais pas trop à quelle heure Sam rentra, parce que je m'endormis.

VI

LES ACTIVITÉS pour les adultes et les enfants étaient essentiellement séparées. Je comprenais parfaitement ; on ne pouvait pas vraiment les mélanger. Donc pendant que les grands mangeaient, buvaient et allaient faire de la montgolfière, du golf, du yoga et de la randonnée, ou restaient assis sous les tentes dans les jardins, les enfants et leurs tuteurs avaient droit à des activités complètement différentes.

Kola et Hannah adorèrent les pédalos. Nous allâmes aussi faire du vélo ensemble ; je les emmenai à la piscine, et le toboggan eut un énorme succès. J'étais chanceux : nous participions au programme au YMCA tous les étés, et puisque Dane et Aja avaient une piscine dans l'appartement sur toit dans lequel ils vivaient – ils s'étaient débarrassés de leur maison d'Oak Park après la naissance de Robert –, nous avions toujours un endroit où nager. Donc mes enfants n'avaient pas besoin de bouées ou de flotteurs de quelque sorte que ce soit. Le seul autre garçon qui arrivait à suivre mes enfants était un petit blondinet qui passa un excellent moment à nager sous trois mètres d'eau avec Kola. Hannah ne pouvait pas aller aussi loin, mais elle arrivait à nager sous l'eau dans le petit bassin. Ils avaient tous deux enfilés leurs lunettes, et quand Kola nagea vers moi, son ami le suivit.

— Pa, c'est Theo.

— Salut, dis-je en lui souriant.

Il me sourit en retour.

— Tes parents sont ici, Theo ?

— Mon papa, oui. Ma maman est à la maison avec mon beau-papa et le nouveau bébé.

— Je vois.

— Theo.

Nous relevâmes tous la tête et l'homme qui nous rejoignit ressemblait beaucoup à son fils, sauf qu'il était plus grand, plus large et plus bronzé. Il était très beau et j'étais convaincu de ne pas être le seul dans cette piscine à avoir remarqué son torse couvert de duvet, ses longues jambes et sa musculature. Il devait bosser très dur à la salle de sport pour atteindre ce genre de résultat.

— Désolé, dit-il en grimaçant.

— Aucune raison d'être désolé, répondis-je en écartant nos serviettes, mon téléphone portable et la caméra de la chaise près de la mienne. Venez, asseyez-vous, j'ai toute l'ombre ici.

— Vous êtes sûr ?

Son sourire était doux et timide.

— Je vous en prie.

Il s'installa et nous nous présentâmes tous : Kola ; Hannah, qui était assise sur mes genoux à boire un jus de fruits et manger des biscuits apéritifs au parmesan ; et enfin son fils et lui. C'était agréable d'être assis là à discuter, à surveiller les enfants et à boire du thé glacé.

Il s'appelait Milton Kage, était professeur de biologie et vivait à Houston. Sa femme et lui avaient divorcé deux ans plus tôt après huit ans de mariage. Theo avait sept ans et il était la raison pour laquelle ils avaient tenu aussi longtemps.

— Il est très beau, dis-je à Milton.

— Merci, je trouve aussi. Les vôtres le sont également.

Je lui souris.

— Votre femme est occupée à s'amuser avec la famille ? dit-il en me taquinant.

— Mon mari, le corrigeai-je. J'espère que cela ne vous dérange pas.

Il inspira.

— Non, en fait. C'était la raison de notre divorce.

J'acquiesçai.

— Vous l'avez trompée ?

— Pas moi, répondit-il en souriant. Elle m'a trompé avec l'homme qu'elle a épousé.

Je haussai les épaules.

— On dirait que c'était pour le mieux.

— En effet. Je ne peux pas trouver l'homme de mes rêves en étant marié à une femme.

— Non, répondis-je en gloussant. Pas vraiment.

Il rit et ce son était agréable. Quand Kola et Theo furent plissés comme des pruneaux, Milton me demanda si nous voulions aller déjeuner avec eux. Des acclamations répondirent à sa question. Le déjeuner fut agréable. C'était toujours sympa d'être avec d'autres parents qui comprenaient que s'installer dehors était plus agréable que de rester assis à l'intérieur, que

85

manger avec les doigts était toujours mieux, et que si quelque chose été renversé, ce n'était pas la fin du monde.

Nous retournâmes tous à nos chambres pour nous doucher et nous changer, puis nous nous rejoignîmes en bas pour une promenade en Jeep. Il s'avéra que nous pouvions tous grimper dedans et les enfants passèrent un moment génial à hurler tous ensemble quand nous rebondissions sur la piste. Monter sur les rochers et retomber nous faisait facilement bondir de trente centimètres. Notre guide, Robbie, était drôle et bien informé sur la flore et la faune. Il était très mignon et très gay, et sachant reconnaître un autre passif en le voyant, il ne voulut rien avoir à faire avec moi et fit tout ce qui était en son pouvoir pour séduire Milton, sauf peut-être poser la main sur son genou. Tandis que nous observions la vallée, je me penchai vers Milton et lui dis que je pourrais surveiller les enfants s'il voulait demander à ce type d'aller boire un verre.

— Mes parents sont avec nous, dit-il en me souriant malicieusement, et je préfère de loin avoir une bonne conversation que tirer un coup en quinze minutes dans la chambre de l'appartement qu'il partage avec trois colocataires.

— Hey, c'était moi, ça, dis-je en riant.

— Ouais, moi aussi, mais je partageais ma chambre alors je devais coucher à l'arrière de mon Explorer.

Imaginer combien cela devait être maladroit me fit éclater de rire.

Quand nous rentrâmes, après que Robbie eut glissé son numéro de téléphone dans la poche arrière du jean de Milton, nous nous arrêtâmes pour aller chercher de l'eau, puis emmenâmes les enfants au terrain de jeu.

Milton voulut tout savoir sur moi, sur Sam, et depuis combien de temps nous étions ensemble.

— Un Marshal ? Tu te fiches de moi ?

— Non, pourquoi ?

— C'est quoi ça, le fantasme du flic version supérieure ?

Je plissai les yeux.

— Oh, Milt', mon chéri… Tu es un de ces accros aux uniformes ?

Il recracha son eau.

— Un quoi ?

Je levai un sourcil à son attention.

— Est-ce que les flics te donnent mal aux couilles ?

Il acquiesça vigoureusement.

Je ris à gorge déployée, bien plus que je ne l'avais fait depuis des jours.

— Allons, Jory, gloussa-t-il, son bras sur le dossier du banc sur lequel nous étions assis. Le « V » parfait de ces types quand ils sont en uniforme... Il y en a un qui se rend dans ma salle de sport, et quand il se change... Bon Dieu.

— Tu devrais lui demander de sortir avec toi.

J'agitai les sourcils à son intention.

— Et s'il me tire dessus ? dit-il en indiquant son fils. Alors ce sera un gamin sans père.

— Tu ne lui as jamais souri ?

— Non, je le reluque juste de loin.

— Froussard.

— Prudent, dit-il en me souriant. Bon sang, quel âge as-tu ?

— Moi ?

— Ouais.

— Trente-cinq ans, pourquoi ?

Il secoua la tête.

— Tu as l'air d'avoir quoi, vingt-cinq ans ?

— J'ai de bons gènes, dis-je pour le taquiner en tiraillant le jean que je portais.

— Tu es hilarant.

— Plus sérieusement, soupirai-je. Le flic, il est sexy, hein ?

— Tu en baverais.

J'en doutais, je ne bavais que pour un seul homme.

— Oh mon Dieu, Jory, il est tellement magnifique.

— Et franchement, tu ne l'as jamais reluqué en le laissant te voir ?

— Si, en effet.

— Et ?

— Je ne sais pas. Je veux dire, nous parlons d'un grand dieu blond aux yeux bleu-vert et un corps qui...

— Dis-moi.

Il me regarda.

— Le truc, c'est que je suis versatile, tu vois ? Donc c'est soit...

— Quoi ? Crache le morceau.

— C'est soit de magnifiques montagnes d'hommes, soit des gars comme toi.

— Oh, je vois.

— Tu dois savoir que tu n'es pas seulement magnifique. Ce type aujourd'hui, il ne t'arrivait pas à la cheville.

— Merci, répondis-je doucement. Mais Milton, tu ne devrais pas avoir de problèmes toi non plus.

Son sourire réapparut.

— C'est ce qu'on m'a dit.

Je cognai doucement mon épaule contre la sienne.

— Tu es sûr de ne pas vouloir être le type avec qui je sortirai ce soir ?

— Trop tard, le taquinai-je. Nous sommes déjà amis.

— Les amis, c'est bien aussi, dit-il en souriant.

— C'est vrai.

Au dîner, la règle était de ne pas s'asseoir à côté de son époux, mais on pouvait s'asseoir à côté de n'importe qui d'autre. Les gens mariés, ou n'importe quel couple, étaient censés se disperser. Donc, puisque Sam n'était pas repassé par la chambre quand nous fûmes censés aller dîner, j'emmenai Hannah et Kola et rejoignis Milton. Sa mère, Denise, était adorable et vraiment charmante, et elle trouva mes enfants incroyables. Puisque j'étais sincèrement d'accord, nous nous entendîmes à merveille.

Milton amusa notre tablée avec un récit de l'examen qu'il avait donné à sa classe juste avant de partir en voyage. L'écouter parler de certaines des réponses était hilarant.

— Saviez-vous que certains oiseaux ont de la fourrure ?

— Ils n'ont pas écrit ça ! dis-je pour défendre les étudiants visiblement désemparés à qui il enseignait.

— Dieu m'en est témoin, dit-il en souriant malicieusement. J'avais cette réponse sur la convergence…

— Explique à Jory ce que c'est, l'interrompit Denise.

— Maman, je suis sûr que Jory est bien conscient de ce qu'est la convergence, dit-il en me regardant.

— Je ne le suis pas, pourtant, répondis-je. Explique-moi, s'il te plaît.

Il me sourit.

— La convergence, c'est quand des espèces éloignées développent des formes similaires parce qu'elles vivent dans le même environnement.

— Oh, d'accord, donc on cherche des exemples de ça.

— Oui.

— Et tu n'as pas été clair ?

— Si, j'ai été parfaitement clair. Je leur ai dit qu'ils n'étaient pas obligés d'utiliser les exemples que j'avais donnés en classe, qu'ils pouvaient trouver les leurs.

— Les trouver ou les inventer ?

— Voilà, tu vois, c'est tout à fait ça.

Il écarta les mains pour souligner le fait qu'il ne comprenait vraiment pas.

— Voilà ce qu'il s'est passé. J'ai dit « trouver » et ils ont compris « inventer ».

— Est-ce que tu as eu des licornes dans tes réponses ? le taquinai-je.

— Non, mais j'ai eu les poissons et les sirènes.

Je me mis à ricaner.

— C'est une université, tu comprends, dit-il l'air peiné. Je veux dire, franchement...

— Cela n'a aucun sens, intervint Kola en fronçant les sourcils.

— Non, aucun, répondit Milton en lui souriant. Qu'est-ce que tu aurais dit ?

Il réfléchit une minute.

— Les dauphins et les requins.

Milton afficha soudain un gigantesque sourire.

Tu vois, c'est une excellente réponse, Kola ! Qu'est-ce qui t'a fait penser à ça ?

— Eh bien, ils ont tous les deux le même genre de corps.

— Très bien.

Ses yeux s'illuminèrent quand il se pencha sur la table.

— Quel est un exemple d'amphibien ?

— Une grenouille.

Milton me regarda.

— Dans le test que je viens de donner, quelqu'un a répondu « chauve-souris » à cette question.

— Oh, tu plaisantes, dis-je en riant.

— Et savais-tu que Procter & Gamble ont découvert l'ADN ?

— Je croyais que c'était Abercrombie & Fitch [3], plaisantai-je.

— Oh, tu es hilarant, dit-il en souriant avant que son visage ne change tout à coup.

— Qu'est-ce qui ne va pas ?

3 Abercrombie & Fitch est une entreprise américaine de prêt-à-porter.

89

— Je ne… Un type vient par ici et il a l'air en colère, et il est très… costaud.

Je me retournai et vis Sam traverser l'océan de tables. Il avait l'air dangereux et la façon dont ses vêtements le moulaient donnait vraiment l'impression qu'il n'était qu'une montagne de muscles. Son regard fixe, posé sur moi, aurait pu effrayer les gens qu'il ne connaissait pas, et c'était le cas, car il avait l'air froid et mortel. Mais je savais qu'il n'en était rien, je connaissais l'intensité de ce regard et je savais qu'il se focalisait sur une chose en particulier.

L'accueil d'Hannah, aigu et excité, tempérait toujours l'impression qu'il donnait aux étrangers. À quel point pouvait-il être effrayant s'il s'agenouillait pour accueillir la petite fille qui avait bondi de sa chaise pour courir vers lui ? Et ils avaient leur rituel à la *Dirty Dancing* : il la soulevait et elle prenait la pose de l'avion.

Il y eut des applaudissements et elle redressa ses épaules et salua. Elle était tellement mignonne ; parfois, je devais faire appel à toute ma volonté pour ne pas la dévorer tout entière.

Sam bougeait comme il le faisait toujours, avec fluidité, sa puissance innée si facile à voir. Quand il reposa Hannah sur sa chaise, il posa une main sur la mienne avant de se pencher vers moi. Je fus surpris quand il m'embrassa la joue, car ce geste était bien plus que ce qui le mettait à l'aise en public, en général.

— Hey, le saluai-je, mon autre main se posant sur son épaule. Comment s'est passée ta journée ?

Il laissa courir sa joue ombrée de barbe le long de mon cou jusqu'à mon oreille.

— Tu m'as manqué.

Ce n'était qu'une simple déclaration, mais à cause de sa proximité, de ce grondement doux et rauque, et de la chaleur de son souffle contre ma peau, cela me sembla très intime. J'en eus le souffle coupé.

— Je t'ai manqué ou tu m'as remplacé ?

Il plaisantait, en majeure partie.

— Idiot, soufflai-je en penchant la tête vers l'arrière pour me plonger dans ses yeux d'un bleu brumeux. Permets-moi de te présenter.

Je vis sa mâchoire se resserrer et je sus pourquoi. Ma voix douce, mes yeux mi-clos et le sourire paresseux que je lui offris lui rappela le sexe, et tout aussi vite, il fut à moi. Il dégringolait si facilement dans ma toile.

— Sam, voici Milton Kage ; sa mère, Denise ; et son fils, Theo. Tout le monde, voici Sam.

Milton se leva pour lui offrir sa main.

— J'ai beaucoup entendu parler de vous aujourd'hui, Marshal. Votre famille ne parle pas beaucoup d'autre chose.

Avec ces simples mots, il se retrouva face à un Sam Kage heureux et souriant.

— Enchanté.

Après que Sam eut serré la main à tout le monde, il serra Kola dans ses bras puis se tourna vers moi, sa main, qu'il s'en rende compte ou non, se posant contre ma gorge.

— Je vais envoyer Riley et Peter faire du baby-sitting pour que tu puisses me rejoindre au bar qui surplombe les montagnes. Ils servent de la margarita bleue et Jen m'a dit que tu devrais aimer.

— D'accord, dis-je en lui souriant. À quelle heure seras-tu là-bas ?

— Je dois aller rencontrer quelques personnes avec mon père et Michael, donc disons vingt heures ?

— Vingt heures, c'est parfait.

Je soupirai, incapable de m'en empêcher.

— Rendez-vous là-bas.

— Ce n'est pas un rendez-vous, juste un verre, clarifiai-je, et j'emmènerai mon acolyte.

Son regard se tourna vers Milton avant de revenir à moi.

— Fais donc ça.

LE BLUE Moon Lounge, avec son sol indigo éclairé, ses verres cobalt et son formica bleu, portait bien son nom. En m'installant au bar avec Milton, sirotant un cocktail Blue Hawaiian parce que je trouvais ça drôle, j'aurais dû être l'image même du mec à l'aise. Mais j'étais tendu.

Sam était en retard.

Sam n'était *jamais* en retard.

S'il ne pouvait l'éviter, je pouvais toujours compter sur lui pour m'informer du problème. C'était troublant qu'il ne soit pas là.

J'essayai d'appeler son téléphone portable et tombai immédiatement sur la messagerie vocale. J'eus tout à coup une boule dans la gorge.

— Jory, je suis sûr que ce n'est rien, me dit Milton. Prends un autre verre.

Mais il était 21h, puis il fut 22h et il était désormais 23h, et Sam n'avait répondu à aucun de mes textos.

— Jory, je suis sûr qu'il…

— Non, lui dis-je en m'excusant, abandonnant Milton pour retourner à la chambre pour vérifier si Sam était là-bas.

Riley et Peter regardaient un film qu'ils n'auraient probablement pas dû regarder, mais mes gamins étaient endormis et Riley le regardait à travers ses doigts tandis que son frère la traitait de fille. Je vérifiai le téléphone pour voir s'il y avait des messages puis laissai les enfants et retournai à la réception. Ils n'avaient pas de message pour moi non plus.

Attendre, ça n'avait jamais été mon truc.

Quand Milton me rejoignit, j'appelai le Bureau de la Protection des Témoins à Chicago. Ils sauraient quoi faire.

Après un tourbillon d'appels téléphoniques, je me retrouvai seul et je ne pensais pas que j'aurais dû.

Il s'avéra que Sam devait disparaître vingt-quatre heures entières avant que la police de Phœnix puisse faire quoi que ce soit. Les Marshals de Chicago n'étaient pas au courant que Sam participait à quoi que ce soit de plus effrayant que des vacances. Même quand je parlai à l'Adjoint White, il me dit que toutes les communications avec eux devraient provenir de Sam. S'il les appelait à l'aide, s'il les contactait, alors ils bougeraient. Malheureusement, mon inquiétude de le voir disparu, et surtout après si peu de temps, ne leur suffisait pas. Ils ne viendraient pas à ma rescousse.

— Mais vous avez dit que tout ce qu'il avait à faire, c'était de vous appeler, lui rappelai-je assez frénétiquement au téléphone.

— Oui, *lui*, me dit White pour ce qui devait être la cinquième fois. Je suis désolé, Monsieur Harcourt, mais votre parole comme quoi il a disparu ne suffit pas pour rassembler notre équipe. S'il avait vraiment des ennuis, il nous le ferait savoir.

— Comment ?

À ce point, je hurlais et je ne pouvais rien y faire.

— Nous avons nos propres canaux. Je vous l'assure, il va bien.

Je lui raccrochai au nez pour ne pas lui crier dessus davantage. Je connaissais Sam Kage ; pas lui. Je savais quand il avait des ennuis.

— Jory, dit Milton avec hésitation tandis que je faisais les cent pas dans le hall de l'hôtel à minuit, tu ne crois pas que tu dramatises peut-être ?

Je me rappelai qu'il ne me connaissait pas, ni Sam, donc il n'aurait pas été juste de lui arracher la tête.

— Non, fut tout ce que je répondis avant d'appeler l'un des plus vieux amis de Sam.

Charles « Chaz » Diaz et Patrick Cantwell avaient été les amis les plus proches de Sam quand il était inspecteur. Il avait été ami avec son premier partenaire, Dominic Kairov, également. Mais avant même qu'il ne devienne évident qu'il était bien plus que ripou, au point qu'entrer à la protection des témoins avait été la seule option de Dominic, ils avaient tous les deux pris parti pour Sam au cours des retombées qui avaient suivi après que Dominic avait pris ombrage que Sam soit gay. Quand Sam avait rejoint les US Marshals, rien n'avait changé ; ils se voyaient toujours constamment. C'était donc logique pour moi de me tourner vers Pat ou Chaz quand je paniquais. Puisque Chaz se trouvait avant Pat dans mon téléphone, ce fut le premier à être réveillé.

Il répondit à la cinquième sonnerie.

— Putain, qui que vous soyez, il est deux heures du matin ici, bordel, histoire que vous le sachiez.

— Sam a disparu, dis-je au lieu de le saluer.

— Jory ? dit-il, paraissant un peu plus réveillé, la voix moins rocailleuse, même aussi rapidement.

— Je n'arrive pas à le trouver et je panique. Il était censé me rejoindre, mais il est également venu ici pour traquer un témoin, et peut-être que ce témoin…

— Où es-tu ?

— Je suis en Arizona.

— Non, ça, je sais. Je veux dire, est-ce que tu es à l'hôtel ou ailleurs ?

— Je suis à l'hôtel, mais comment savais-tu que Sam et moi étions en Arizona ?

— Putain, parce que les amis, ça parle, Jory. Comment tu penses que je le savais, bordel ?

Je pensais surtout que tous les trois juraient beaucoup trop.

— Donc tu es à l'hôtel et Sam a disparu.

— Oui.

— Depuis combien de temps est-il parti ?

— Plus de trois heures.

— Et aucune nouvelle de lui ?

— Aucune nouvelle.

— Merde, grogna-t-il.

Son inquiétude envoya une vague de gratitude à travers mon corps. Chaz et Pat connaissaient Sam autant que moi. Ils savaient que le fait qu'il ait disparu sans dire à qui que ce soit où il allait, s'il n'était pas spécifiquement sous couverture, était inquiétant. Il n'y avait pas de questions ; Chaz pensait exactement comme moi et prenait la situation au sérieux. J'aurais pu m'épancher à son sujet, mais je savais que pour lui ce n'était pas nécessaire.

— OK, J, reste en ligne, m'ordonna-t-il avant de disparaître.

Je pris le temps d'envoyer un texto à Dane, lui disant que j'avais besoin qu'il vienne à Phœnix pour récupérer les enfants. Dès qu'il se réveillerait et lirait le message, j'étais certain de recevoir un appel.

— Jory, reprit Milton en passant son bras autour de mon épaule, essayant de me réconforter.

Ce n'était pas ce dont j'avais besoin.

— J ?

— Chaz, dis-je en me débarrassant du bras de Milton d'un haussement d'épaules pour m'écarter à quelques pas de lui.

— OK, donc quand j'ai tracé son téléphone, ça m'a dit que son dernier emplacement, c'était dans un endroit appelé « The Ram », à l'ouest de Scottsdale où tu te trouves, près de Peoria. J'ai vérifié ce club dans le système, et on dirait qu'il s'y passe du trafic de drogue et plein d'autres trucs. N'y va pas seul.

— D'accord.

— Je répète : *n'y va pas seul*. Attends que Pat et moi arrivions, nous serons là à…

— Nous savons tous les deux que je vais aller là-bas, genre, *maintenant*.

Il y eut un soupir interminable.

— Ouais, c'est ce que je me disais, grommela-t-il. Bon, il y a un type que je connais dans notre département qui est en vacances là-bas et Pat l'a appelé. Il va venir te chercher à ton hôtel et te conduire là-bas.

— Qui ?

— Duncan Stiel. Tu te souviens de l'avoir rencontré ?

Vaguement.

— Je sais pas.

— Écoute… dit-il avant de prendre une inspiration. Ne va nulle part sans lui, d'accord ?

— Qu'est-ce qu'il fait là ? demandai-je en me dirigeant vers l'avant de l'hôtel.

J'avais besoin de me mettre à un endroit où Duncan Stiel pourrait me voir facilement.

— Il était en vacances. Il était en Californie, et là, il a pris la route panoramique pour rentrer à Chicago. Sam avait déjà appelé Duncan pour venir en renfort s'il avait besoin d'aide quand il serait là-bas.

— Vraiment ?

— Bien sûr. Tu connais Sam. L'as-tu déjà vu non préparé ?

Et c'était vrai, mais bon Dieu, cet homme apprendrait-t-il un jour à communiquer ?

— OK.

— Donc il arrivera bientôt, mais j'ai besoin que tu l'attendes, tu comprends ?

— Et tu viens quand même ? Avec Pat ?

— Oui, nous arrivons. Pat est en train de voir quel vol nous pouvons prendre, mais écoute Duncan, d'accord ? C'est un bon gars et il prendra soin de toi.

— D'accord.

Il s'éclaircit la gorge.

— Je suppose que je ne pourrai pas te convaincre de rester à ton hôtel et de laisser Duncan s'occuper de ça ?

— Ouais, non.

— Merde. Je savais que je n'aurais pas dû te dire le nom du club, mais Pat m'a dit que si nous te le cachions et que tu le découvrais…

— Je lancerais vos deux femmes à vos trousses, répondis-je sérieusement.

— Ouais, je sais, et c'est ce qu'il a dit.

Il y avait de clairs avantages à être des amis si proches.

— D'accord, donc Duncan arrive sous peu. Écoute-le, d'accord ?

— Ouais, acquiesçai-je rapidement. Mais comment est-ce que je vais le reconnaître ?

— Il est aussi costaud que Sam, les cheveux blonds… Non, attends, peut-être bruns, je n'ai jamais fait attention. Il a des yeux gris, je crois, mais tu vois… Le plus important, c'est qu'il est costaud, OK ?

— Compris.

— Ne va…

— Nulle part sans lui, ouais, je t'ai entendu la première fois.

— Bien.

— Tu sais que Sam ne va pas…

95

— Si quoi que ce soit t'arrive sous ma surveillance, Sam Kage me bottera le cul, donc ne débattons pas de ce qu'il va faire ou pas. Attends juste ce putain de Stiel, compris ?

— Promis.

Il prit une inspiration et je lui dis que je le verrais bientôt avant de raccrocher.

J'attendais déjà dehors quand Milton me trouva.

— Jory, où est-ce que…

— Je vais chercher Sam, lui dis-je.

— Ouais, mais qui est avec tes enfants ?

— Regina. Je lui ai demandé d'aller dans la chambre et de libérer les enfants de Rachel.

— Alors, où est-ce que tu vas ?

Je lui expliquai où se trouvait le téléphone de Sam et que c'était la meilleure piste que j'avais.

— Bon sang, mais qui es-tu, James Bond ?

— Pas vraiment, non.

Je lui souris.

— Mais tu te montres si calme à propos de tout ça. Il pourrait vraiment avoir de gros problèmes, n'est-ce pas ?

— Oui.

Il me désigna d'un geste.

— Et tu vas faire quoi ?

— Le sortir de là où il s'est fourré, quoi que ce soit.

— Ouais, mais…

Le klaxon de la voiture nous surprit tous les deux – ou plutôt, nous pétrifia.

Là, dans une Jeep Wrangler qui venait de s'égarer, se trouvait Sam.

— Qu'est-ce que tu fais, bordel ? rugit-t-il à mon attention en sortant de la voiture et traversant l'allée au pas de course.

— Moi ? hurlai-je en retour. Où diable étais-tu ?

— Putain, Jory, qu'est-ce que tu fais dehors ?

Il fulminait, il était bruyant, et son langage corporel était meurtrier. Il terrifia le pauvre Milton, qui battit rapidement en retraite.

Je me contentai de poser les mains sur mes hanches, d'ancrer mes pieds au sol et de lui faire face. Quand il m'atteignit, je dus relever la tête pour pouvoir croiser son regard noir.

— Bordel, tu ferais mieux de rappeler tout le monde, parce que j'ai même lancé les putains de Marines à tes trousses, annonçai-je avec colère, mon propre volume n'ayant pas à pâlir devant le sien.

— Qui est-ce que tu as appelé, putain ?

— J'ai appelé tout le monde, Sam ! J'étais à deux doigts de contacter ton pote du FBI, l'Agent Calhoun, même si je le déteste, putain. Mais Duncan Stiel est censé me rejoindre ici dans…

— Duncan ? Bordel, comment est-ce que tu connais…

— Parce que j'ai appelé Chaz et qu'il a appelé Pat et que Pat l'a appelé !

— Jory, est-ce que les mots « réunion secrète » veulent dire quoi que ce soit…

— Tu étais censé me rejoindre pour prendre un verre !

— Je le sais, ça ! Voilà pourquoi je t'ai envoyé un texto quand je…

— Je n'ai eu aucun texto, Sam ! J'ai eu *que dalle* !

Il sortit son téléphone de sa poche arrière quand le mien se mit à sonner.

— Putain, jurai-je en y répondant, me détournant de Sam. Je suis désolé. Au temps pour moi.

— Tu es désolé ? répéta mon frère Dane d'une voix rauque. « Au temps pour moi » ?

— Non, je…

— Tu seras à l'hôtel quand j'arriverai.

— Non, Dane, tu n'as pas à…

— Tu me raconteras dans quoi tu t'es encore fourré à ce moment-là.

Il raccrocha, et quand j'essayai de le rappeler, il ne répondit pas.

— Putain ! hurlai-je.

— Jory.

Je fis volte-face pour me retrouver devant Sam, et son air renfrogné aurait pu décoller la peinture des murs.

— Donc j'ai envoyé le texto à la maison, me dit-il d'un ton neutre sans sembler le moins du monde se repentir.

— Puis tu as mis ton téléphone sur silencieux, dis-je en lui souriant d'un air narquois.

— Oui, dit-il, les dents serrées.

Je grognai.

— D'accord, je suis un connard et j'ai foiré, mais…

— Dis ça à Duncan. Il est en route.

97

— Merde, grogna-t-il avant de s'avancer d'un pas vers moi.

Je reculai d'un pas.

— Tu ferais mieux de prendre une putain de douche, parce que tu sens le mauvais parfum et la fumée de cigarette, et tu as du rouge à lèvres sur la mâchoire.

Il leva le visage, dans cette posture que je détestais tant, semblant implorer le Seigneur de lui donner de la force.

— C'est n'importe quoi, Sam ! pestai-je. Tu m'as fait terriblement peur et tu aurais dû t'en douter, et visiblement, tu ne t'es pas soucié que je pouvais m'inquiéter ou tu aurais mieux communiqué avec moi !

— Tu devrais me faire confiance et savoir que je sais prendre soin de moi, tonna-t-il. Je prends soin de moi depuis bien plus longtemps que *tu* ne prends soin de moi !

Je pus sentir mon visage me brûler et un frémissement me traversa.

— Ah, vraiment ?

— Ouais, dit-il d'un ton catégorique. De nous deux, J, ce n'est pas moi qui ai besoin d'être sauvé. Tu te mets dans bien plus d'emmerdes que dix personnes réunies !

Je hochai rapidement la tête, véritablement énervé, mais le laissant balancer tout ce qu'il avait sur le cœur.

— Maintenant, si tu veux bien m'excuser, je dois calmer tous les gens que tu as impliqués dans ce bordel.

Je fis demi-tour et entrai d'un pas lourd dans le hall de l'hôtel.

— Jory !

Milton m'appela en courant pour me rattraper et se joindre à moi dans l'ascenseur.

Je restai silencieux pendant la montée.

— Est-ce que tu vas bien ?

— Ça ira, lui assurai-je.

— J'imagine qu'être marié à un Marshal, ça peut être difficile parfois, hein ?

Ouais, ça pouvait.

Je PRIS la relève de Regina, la renvoyai dans sa chambre et la regardai depuis ma porte jusqu'à ce qu'elle soit à l'intérieur et que j'entende le verrou tiré derrière elle. Je ne pris la peine que de retirer mes chaussures avant de me glisser dans le lit entre Kola et Hannah, qui dormaient ensemble comme d'habitude. J'avais besoin de me calmer avant de faire quoi que ce soit d'autre, mais pour l'instant, je pensais plutôt que j'allais rester allongé là toute la nuit, à fulminer.

La colère ne dura pas ; j'étais bien trop soulagé. Sam était réapparu, indemne, et j'en étais très reconnaissant. Il allait quand même avoir des ennuis. Il avait envoyé un texto au mauvais téléphone, après quoi il n'avait pas pris la peine de vérifier, mais... Il avait essayé de bien faire. Son intention avait été louable. Bien sûr, j'allais quand même lui en faire voir de toutes les couleurs, surtout parce que tout ce qu'il m'avait dit en bas avait été injuste, mais je pouvais sans doute le laisser tranquille jusqu'au matin.

Peut-être.

Je poussai un long soupir, me débarrassant du reste de ma tension, jusqu'à ce que j'aperçoive quelque chose bouger sur le balcon.

Les ombres ne bougeaient pas sans raison. Il n'y avait pas de vent et la nuit était sans nuages, donc il n'y avait qu'une seule conclusion à en tirer. Mes enfants de chaque côté de moi, je me sentis tout à coup gelé, tout mon corps submergé d'une vague de froid. Je n'avais jamais été aussi terrifié de toute ma vie. La peur que je ressentais pour mes enfants ne ressemblait en rien à ce que j'avais imaginé.

Lentement, avec précaution, je passai mon téléphone en silencieux pour que les touches ne fassent aucun bruit, le gardai penché pour que la lumière ne me trahisse pas, puis envoyai un appel à l'aide à Sam, ou du moins notre code pour cela. Je lui envoyai son propre prénom, puis reposai mon téléphone et essayai de respirer.

Tentant de penser à ce que je devais faire, je plissai les yeux en entendant la porte vitrée s'ouvrir et vis un homme entrer dans la chambre.

— Je sais que vous ne dormez pas, Monsieur Harcourt.

Je ne bougeai pas.

— S'il vous plaît, ne me forcez pas à faire du mal à vos...

— Personne ne bouge ! hurla Sam en ouvrant la porte d'un coup de pied et se précipitant dans la chambre.

Tout se passa à toute allure. Kola et Hannah hurlèrent tous les deux en se réveillant et en voyant l'homme pointer son arme vers nous dans la lumière qui se répandit de l'autre pièce à la suite de Sam.

Tout parut arriver en même temps. J'attrapai les deux enfants et plaquai leur visage contre mon torse pour qu'aucun d'entre eux ne voie son père tirer au pistolet. Le bruit du coup qui partit était bruyant dans la petite chambre, mais il fut instantané et suivi du silence. Les pleurs de mes enfants durèrent plus longtemps que ça, mais je fus reconnaissant qu'ils aient besoin de réconfort, qu'ils aient besoin de moi, parce que si cela n'avait pas été le cas, si je m'étais autorisé à penser ne serait-ce qu'un moment... je me serais effondré moi aussi.

SAM RENDIT son arme à Duncan quand il le rejoignit par-dessus le cadavre de l'homme. J'avais emmené les enfants dans notre chambre, les avait mis sous les couvertures après qu'ils furent tous deux allés aux toilettes, et je fus heureux qu'ils se rendorment après que Sam fut venu les embrasser pour leur souhaiter bonne nuit. Nous échangeâmes un regard, puis il partit rejoindre Duncan. Je venais de laisser les enfants et je revenais dans le salon de la suite quand j'entendis un autre coup de feu.

— Désolé, dit Duncan en ressortant de la chambre des enfants où se trouvait le corps.

Je retournai vérifier que les enfants n'avaient pas été réveillés dans notre chambre pour la seconde fois cette nuit-là et fus heureux de voir, en ouvrant la porte, qu'ils étaient encore endormis.

En retournant au salon, j'y trouvai Sam avec Duncan.

— Que se passe-t-il ? demandai-je aux deux hommes.

— J'avais besoin d'avoir des traces de poudre sur les mains, me dit-il en replaçant l'arme dont Sam s'était servi dans l'étui sous sa veste en cuir. Ah, merde.

— Quoi ? demanda Sam.

— Je dois retourner dans ma voiture pour prendre une autre balle pour ce flingue, et il faut que tu appelles pour signaler l'attaque en mon absence.

Sam acquiesça.

— Ils vont te le prendre. Tu en as un de rechange ?

— Oui bien sûr, j'en ai même deux. Tu en veux un ?

— Ouais, ça vaut mieux, lui répondit Sam. Où est-ce que tu as tiré ?

— Dans l'arbre. Ils ne chercheront pas, puisque je vais en prendre la responsabilité, mais il faut que j'aille chercher la balle.

— Heureusement que ce sont de beaux murs épais ici.

— Ouais, tu as choisi un bel hôtel pour ton bordel, Kage.

Sam brandit un majeur et Duncan partit rapidement.

Quand nous fûmes seuls, Sam se tourna vers moi.

— Tu as très bien fait.

Je restai silencieux.

— Tu as protégé les enfants et tu ne t'es pas fait blesser en même temps.

Mes yeux se baissèrent vers mes chaussettes.

— J'étais en colère, j'étais énervé, tu m'as terrifié parce que tu aurais été bouffé vivant si tu avais mis les pieds dans ce putain de bar. Tu ne peux pas voler à ma rescousse, J. Tu dois dépendre d'autres personnes maintenant. Tu as des enfants.

— Toi aussi, soufflai-je.

Il se rapprocha de moi et ses mains se posèrent sur mon visage, doucement, tendrement, et quand il releva ma tête pour que je le regarde, je vis à quel point il était effrayé.

— Sam ?

Il prit une inspiration tremblante quand mes mains se refermèrent autour de ses poignets.

— J'ai cru que je n'arriverais pas à temps. J'ai cru... et Kola et Hannah et toi...

Il plissa les yeux, mais je vis à quel point ils étaient soudain rouges.

— Je ne peux pas vous perdre, aucun d'entre vous. Ça me tuerait. Je... c'en serait fini de moi.

— Je ressens la même chose envers toi.

Je fus attrapé et serré, écrasé contre la montagne de muscles qu'était Sam Kage. Il ne me relâcha pas, même en appelant la police.

Sam me tint la main quand Duncan revint et je fis vraiment sa connaissance.

Il était grand, un mètre quatre-vingt-treize comme Sam, un physique tout aussi puissant, mais si Sam bougeait de façon fluide, Duncan Stiel se déplaçait comme un taureau. Je me souvins de lui en observant ses cheveux châtains coupés court et ses yeux gris foncé. Ils n'étaient pas gris comme ceux de Dane, pas charbon moucheté d'argent, mais plutôt gris acier, cerclés de noir. Nous nous étions rencontrés une fois, avant que Sam quitte le département de police de Chicago.

Il s'avéra que Duncan était également gay. Je faillis tomber à la renverse quand Sam me murmura cette information alors que j'observais Duncan donner son arme à feu à la police de Scottsdale. Ils inspectèrent toute la chambre d'hôtel et le couloir, mais étant donné qu'il était presque une heure du matin, il n'y avait plus beaucoup de monde.

Debout près de Sam, qui me tenait toujours la main, il me raconta à voix basse l'histoire de Duncan. C'était une histoire triste, parce qu'il ne pouvait pas faire son *coming out*, ni au travail ni auprès de sa famille, que sa dernière relation avec un professeur d'anglais avait pris fin parce que Duncan était dans le placard, et qu'il arpentait désormais les bars pour choisir des coups d'un soir. J'avais pitié de lui car dans la même situation, Sam Kage avait fait son *coming out* à tous ceux qu'il connaissait, à la fois personnellement et professionnellement. Cela avait été difficile pour lui, et il avait perdu des amis en chemin, mais pour lui il n'y avait pas eu d'alternative. Sam n'était pas le genre d'homme à vivre dans le placard pour qui que ce soit et le fait que Duncan le soit me poussait à le respecter un peu moins. Mais comme Sam m'en avertit tranquillement, je n'avais pas le droit de juger Duncan Stiel. Je n'avais jamais été dans sa situation ou celle de Sam.

J'acquiesçai quand la main de Sam se referma autour de ma nuque.

— Va voir les enfants. Quand tu reviendras, les inspecteurs seront là.

Après avoir ouvert en silence la porte et l'avoir refermée, je trouvai mes deux petits humains blottis ensemble sous les couvertures, dans notre lit. C'était mignon de voir que les deux bras d'Hannah étaient enroulés autour d'un de ceux de son frère. Cela ne semblait pas le déranger, puisque son menton était posé sur sa tête.

J'avais déjà vérifié la chambre une fois, mais le fis de nouveau simplement parce que j'avais vu bien trop de films d'horreur dans ma vie. Le placard était vide hormis nos vêtements, j'avais verrouillé la porte du balcon et glissé une chaise contre celle-ci pour faire bonne mesure. La seule façon d'entrer ou de sortir était par la porte que je venais d'emprunter. Ils étaient en sécurité et j'avais même vérifié le plafond et la salle de bains pour m'assurer qu'il n'y avait pas de ninja. On ne sait jamais.

Quand je revins, mon salon était en effet rempli d'inspecteurs en costume ainsi que d'agents en uniforme qui s'étaient trouvés là quand j'étais parti. On me demanda immédiatement si je pouvais répondre à des questions.

Je restai donc planté là à mentir, expliquant que l'inspecteur Stiel avait défoncé la porte, hurlé à l'homme de ne plus bouger, et quand il n'avait pas obéi, il lui avait tiré dessus et avait abattu l'intrus.

Tout semblait parfaitement logique.

Les inspecteurs de police – il y en avait trop pour même envisager de me souvenir de leur nom — apprécièrent que mon histoire corresponde à celle de Sam, et que sa version corresponde à celle de Duncan. On jugea qu'il s'agissait d'une tentative de vol ayant mal tourné, car il ne pouvait y avoir aucune autre raison pour ce cambriolage. Sam n'avait aucune affaire en cours, et l'inspecteur Stiel et lui rattrapaient simplement le temps perdu : après avoir bu un verre ensemble hors de l'hôtel, ils étaient rentrés et avaient accouru après mon message envoyé à Sam. Il n'y avait aucun trou dans notre récit et, jusqu'à ce qu'ils découvrent l'identité de l'homme, aucune piste à suivre.

Duncan partit, acceptant de revenir le lendemain matin pour le petit déjeuner pour que Sam puisse lui parler. Je le remerciai considérablement, lui serrai la main, et je la vis, cette lueur mélancolique dans son regard quand il me détailla, avant de voir nos affaires dans la chambre : les chaussures, les animaux en peluche et les figurines. Il était très facile de voir que cet homme avait besoin d'un compagnon et d'une famille. La vie de Sam lui semblait vraiment belle.

Quand la porte se referma et que Sam et moi nous retrouvâmes seuls, j'ouvris la bouche pour lui dire ce que je pensais de tout ça. Il m'embrassa avant même que je puisse prononcer un mot.

Son baiser était brusque, il ouvrit ma bouche, sa langue goûtant et s'emmêlant à la mienne. Il me pressa contre lui, me dévorant jusqu'à ce que je doive m'écarter avant que ma tête explose par manque d'oxygène.

— Sam, haletai-je.

Il empoigna mes cheveux et me tira la tête en arrière pour pouvoir se pencher vers ma gorge, sucer ma peau de sa bouche brûlante et mordiller ma clavicule. Les suçons seraient sombres sur ma peau dorée le lendemain matin. La simple idée qu'il me marque fit jaillir un gémissement guttural du plus profond de mon torse.

Comme je restais planté là, frissonnant et haletant, il me souleva de ses bras musclés, des bras dans lesquels j'adorais me perdre, et m'emporta à reculons, suçotant mon cou tandis que je penchais la tête de côté pour qu'il puisse m'atteindre autant qu'il le voulait.

— Désolé, je suis désolé, répétait-il sans cesse en me léchant derrière l'oreille, ses grandes mains s'agrippant à mes fesses quand il me plaqua brusquement contre le mur, capturant mes lèvres et m'embrassant de nouveau, durement et profondément.

Il sentait le danger, le mélange du bar s'accrochant toujours à lui, fumée et parfum âcre, mais il y avait aussi l'odeur de la sueur et le goût du whisky sur sa langue. J'essayai de me tortiller plus près de lui, ondulant sous son emprise, frottant mon sexe désormais suintant contre ses abdominaux durs comme la pierre. Mes jambes se resserrèrent autour de ses hanches étroites quand il s'écarta du mur, se retourna et me fit tomber sur le canapé.

— Ne bouge pas, bordel.

Je lui obéis et il revint en une poignée de minutes de notre chambre, avec des draps de rechange du placard. Il avait aussi récupéré le flacon de lubrifiant qu'il avait rangé dans l'armoire. Il étala un drap sur le canapé, puis passa l'autre autour de ses épaules étant donné qu'il était désormais magnifiquement nu de la tête aux pieds.

— Qu'est-ce que…

— Les gamins pourraient se réveiller et sortir.

Cet homme pensait à tout.

— Et qu'est-ce que tu prévois ?

Il m'agrippa, ce qui répondit à ma question, et m'attira par terre, me retourna contre son ventre et me dit de me mettre à genoux.

Je me dépêchai, me débarrassant de ma ceinture, de mon pantalon et de mon caleçon aussi vite que possible.

La noisette de lubrifiant s'étalant contre ma raie me fit gémir.

— Oh, Sam.

— Pardonne-moi, j'ai été idiot. Bien sûr que tu t'es inquiété, j'étais juste en colère.

Nous en parlerions plus tard.

— Oui.

Le premier doigt glissant me pénétra, et je rejetai ma tête vers l'arrière et gémis. Il allait et venait, courbant le doigt vers l'avant avant de le ressortir, pour ajouter un deuxième doigt tout en léchant mon dos. Je haletai, la bouche ouverte, me pressant tout autant contre lui qu'il poussait en moi. Il frotta et caressa, travaillant mes muscles, les ouvrant, me détendant comme il le voulait.

— Je veux sucer ta queue, me dit-il, la voix grave et basse.

— Non, arrivai-je à peine à dire. Baise-moi. Fort.

Son gémissement fut étranglé et plein de besoin, et ce son, sombre et grondant, me submergea d'une nouvelle vague d'excitation.

— Sam… pitié.

Sa bouche chaude et humide me fit frissonner quand il m'embrassa le long de la gorge. La morsure à mon épaule me fit tressaillir sous lui, et quand je sentis son gland évasé contre mon orifice, je me mis à le supplier.

Lentement, poussant avec insistance, centimètre par centimètre, il entra en moi. Mes muscles étaient encore résistants même si j'étais lubrifié, et je pus sentir mon corps s'étirer tandis qu'il emplissait mon entrée serrée.

— Oh, putain.

Sa voix se brisa quand il glissa entièrement en moi, enfoncé jusqu'à la garde, ses mains agrippant mes hanches d'une poigne bien trop ferme pour ne pas laisser de marques plus tard.

Je frissonnai sous lui ; le sentir ainsi entièrement en moi était presque plus que ce que je ne pouvais supporter.

— Tu es si sexy, chuchota-t-il. Et serré, et j'ai tellement envie…

— Oui.

— Alors caresse-toi, parce que je ne peux même pas penser.

Je refermai ma main autour de mon propre membre quand il s'écarta puis entra de nouveau en moi.

Le cri que je laissai échapper était trop fort.

Rapidement, Sam plaqua une main contre ma bouche et s'abattit sur moi de tout son poids, m'écrasant sur la moquette désormais recouverte d'un mince drap.

Mon érection dégoulinante fut oubliée, piégée sous moi tendit qu'il restait allongé au-dessus et enfonçait sa queue massive en moi, poussant profondément à chaque à-coup de ses hanches, le mouvement sensuel et comparable à une drogue, pas les coups de boutoir qu'il me livrait normalement.

Je haletai contre sa main et il finit par entrelacer ses doigts aux miens au-dessus de ma tête, se servant de cet effet de levier pour plonger plus profondément et plus longtemps en moi. Son poids, son odeur, le bruit de sa peau claquant contre la mienne, la chaleur se dégageant de lui, cette domination absolue et totale – c'en était trop pour moi, et je mordis mon propre avant-bras pour ne pas crier quand tout mon corps se crispa tout à coup et que je jouis si fort que je faillis m'évanouir.

Mes muscles se resserrèrent autour de sa queue, si fort qu'il laissa échapper son propre cri confus en me soulevant avec lui et s'asseyant sur le canapé.

Je criai en m'empalant sur son membre épais. Mon dos contre son torse, je laissai ma tête retomber contre son épaule et m'y appuyai tandis qu'il agrippait mes fesses et me pilonnait.

Du sperme gouttait encore le long de ma queue quand je sentis le liquide chaud inonder mes reins et Sam se figea subitement sous moi, tout son corps se raidissant comme il pulsait en moi. Comme toujours, son orgasme l'avait rendu incapable de penser ou de bouger. J'étais exactement pareil.

Tout ce que je pouvais faire, c'était laisser les répliques de cet orgasme vibrer à travers moi. Sam posa l'une de ses grandes mains sur ma gorge, s'assurant que je n'essaie pas de me relever. L'autre glissa à travers la semence épaisse sur mon ventre, l'étalant sur ma peau.

Nous restâmes assis là en silence, le drap me recouvrant de la taille jusqu'aux pieds, Sam toujours en moi.

— Je retire tout ce que j'ai dit. Personne ne s'occupe de moi comme tu le fais et tu le sais.

— Oui, soupirai-je. Je le sais.

— Tu m'as fait peur parce que si je n'étais pas rentré à ce moment précis, tu serais allé dans ce bar miteux avec Duncan et il n'aurait jamais pu te protéger.

— Il est baraqué, Sam.

— Il n'est pas aussi dévoué que moi envers toi.

Non, il ne l'était pas.

— Alors, que se passe-t-il, bordel ?

— Eh bien, quelqu'un ne veut pas que je creuse cette histoire de témoin, c'est certain.

— Quand sauras-tu qui était ce type ?

— Au matin. Après t'avoir mis au lit, j'irai réveiller mes gars.

— Je veux que tu viennes au lit avec…

— Non, répondit-il en me soulevant facilement, me faisant glisser au bout de sa queue en train de ramollir sous un jet de liquide chaud.

— Sam…

— Ça va tomber sur le drap, J.

Je fus perdu un instant.

— Quoi ?

— Tu t'inquiètes que je mette du sperme partout sur…

— Je m'en fous de ça, répondis-je rapidement. Je veux juste que tu viennes au lit avec moi.

— Hmm-hmm. Va prendre une douche rapide et mets-toi au lit. Je serai là pour te border.

— Sam…

— Jory, il y a un tracé de la police dans la chambre où se trouvaient nos enfants. Kola, Hannah et toi rentrerez à la maison demain.

106

— Sam…

— Tu as appelé Dane, n'est-ce pas ?

Je gémis.

Il ricana.

— Tu auras de la chance s'il t'épargne les hurlements.

Merde.

— Pourquoi j'ai fait ça ?

— Parce qu'après moi, c'est Dane, et que tu n'arrivais pas à m'avoir.

— Mais je ne pourrai pas revenir en arrière, tu sais ?

Il riait.

— Ouais, je sais.

VII

J'ÉTAIS ASSIS dans le hall de l'hôtel le lendemain matin avec Kola et Hannah, tous deux divertis et silencieux pour le moment. Elle était en train de faire du coloriage et il jouait à quelque chose sur sa DS.

— Jory ?

Je relevai les yeux et découvris Milton devant moi.

— Hé, le saluai-je. Désolé pour hier soir. C'est devenu bizarre.

— Sam et toi, c'est un peu volatile, hein ?

Pas comme il le pensait. Nous étions seulement explosifs au lit. Je haussai les épaules.

Il indiqua Kola et Hannah.

— Pourquoi avez-vous fait vos valises ? Vous partez ?

— Ouais, répondis-je. Nous rentrons un jour plutôt. Sam a besoin qu'il en soit ainsi.

— Donc il te dit « saute », et tu demandes à quelle hauteur ?

— Pas tout à fait, ricanai-je parce que Sam devrait payer cher pour ça.

— Alors pourquoi partez-vous ?

— Parce que nous ne sommes pas en sécurité et que Sam a besoin que nous le soyons pour qu'il puisse se concentrer sur ce qu'il doit faire.

— Oh mon Dieu, Jory, qu'est-ce que…

— Jory ?

Regina et Thomas traversaient le hall vers moi, et quand ils arrivèrent, les autres à leur suite, tout le clan Kage qui m'appartenait, j'essayai d'afficher un sourire forcé pour Regina.

— Mon chéri, où allez-vous ?

— À la maison, expliquai-je, l'apaisant en même temps. Seulement un jour plus tôt. Nous serons là quand vous rentrerez.

— Mais pourquoi ?

— Je vais laisser Sam te le dire.

— Me dire quoi ?

Je regardai son fils, qui se tenait au même endroit depuis vingt minutes avec Duncan, deux inspecteurs de Scottsdale, trois des types de son bureau de Chicago et deux Marshals qui étaient arrivés par avion de Langley. L'un d'eux était le patron de Sam, Clint Farmer, et il se tenait à ses côtés. Je ne connaissais pas l'autre type, mais il écoutait attentivement même s'il était sur son téléphone portable en même temps. Ça ne me disait rien qui vaille, ça ressemblait plutôt à du temps passé loin de chez nous.

— Jory ?

— Désolé.

Je me forçai à sourire.

— Nous devons juste rentrer à la maison, Regina. Apparemment, nous serons sous la protection de la police, avec un agent dans la maison à toute heure et une voiture de patrouille dehors jusqu'à ce que l'on retrouve l'homme que cherche Sam.

— Oh mon Dieu.

Elle était effrayée.

— Mon cœur, nous devrions tous rentrer, alors. Tu devrais emménager avec nous jusqu'à ce que tout cela se termine.

— Non, je…

— Et nous pourrons t'aider avec les enfants.

— Je n'ai pas besoin d'aide, expliquai-je. Et c'est mieux à la maison, pour ne pas bousculer leurs habitudes.

— Jory, intervint Michael, ne penses-tu pas qu'il vaudrait mieux que tu…

— Oh… mon Dieu, souffla Milton, clairement terrassé par ce qu'il venait de voir.

— Oncle Dane !

Je levai les yeux – nous le fîmes tous – et là, traversant le hall de l'hôtel, se trouvait Dane Harcourt. Les gens s'arrêtèrent et le regardèrent fixement. C'était une réaction habituelle.

La première chose que l'on remarquait chez mon frère, c'était sa taille imposante. Il faisait 1m96, donc on ne pouvait pas le manquer. Ensuite, c'était son regard, normalement les yeux légèrement plissés, juste assez pour lui froncer les sourcils et exprimer son irritation envers le monde entier. La longueur de ses foulées et la façon dont il bougeait retenaient l'intérêt de tous. On pouvait sentir son énergie, et le regarder était un plaisir. Je n'étais pas le seul à penser que Dane pouvait toujours, même avec sa quarantaine avancée, débuter une carrière de mannequin lucrative. Oui, c'était un riche architecte, mais il aurait pu faire la une des magazines de mode à travers le monde. Ses cheveux noirs et brillants et ses yeux gris anthracite mouchetés d'argent, ses traits ciselés et sa carrure de nageur permettaient à cet homme

109

de se démarquer dans n'importe quelle pièce. Quand il traversa le hall de l'hôtel, tous les yeux étaient rivés sur lui.

J'avais cru qu'en vieillissant, l'attirance de Dane s'atténuerait. Mais même maintenant, avec ses tempes blanchissantes et les rides au coin de ses yeux bien plus profondes, il était magnifique. Les femmes flirtaient encore plus, les hommes étaient attirés plus vite, et Dane étant Dane, il se renfrognait simplement. Il était très particulier ; il avait un petit cercle d'amis et sa famille, qui nous incluait, Sam et moi et nos enfants, qui lui était précieux, et c'était tout. Dane n'invitait pas de nouvelles amitiés. Quand il était plus jeune, il avait été plus patient, plus apte à pardonner, mais désormais, concentré sur sa femme et ses enfants, il n'avait ni le temps ni l'énergie de se dévouer à la nouveauté. Vous pouviez être une de ses connaissances, mais franchement, il avait fini de se faire des amis pour la vie.

— Jory, qui est-ce ? demanda Milton, soufflé.

— Mon frère, répondis-je tandis qu'Hannah s'agitait pour descendre de sa chaise et se mettait à courir, ses bras s'agitant dans tous les sens comme si elle fuyait un incendie, pour saluer son oncle.

Il s'agenouilla, et tout le monde le vit alors : ce sourire si rare, si spontané qu'il vous en coupait le souffle.

Hannah cogna durement contre lui. Ce n'était pas une petite fleur douce, ma fille, plutôt un missile, et elle enroula ses petits bras autour de son cou. Il la serra fort contre lui, frottant son dos, puis quand elle le décida, et alors seulement, il la relâcha pour qu'ils puissent parler. Kola se trouvait juste derrière elle, mais il se pencha dans les bras de Dane et ils s'étreignirent plus doucement. Quand Dane se releva, il tenait un enfant dans chaque bras et, m'apercevant, il se remit en marche.

— Est-ce qu'il est gay aussi ?

— Non, dis-je à l'homme très optimiste qui convoitait mon frère. Il a une femme et deux enfants.

— Ça ne veut pas dire...

— Pour Dane, si, lui assurai-je. Il est follement amoureux d'eux.

— Compris, répondit Milton quand Dane envahit mon espace personnel.

— Raconte-moi tout maintenant, m'ordonna mon frère au lieu de me saluer.

Nous parlions toujours comme si nos conversations étaient en boucle perpétuelle.

— Je pensais que Sam avait disparu, mais ce n'est pas le cas, répondis-je en indiquant l'endroit où il se trouvait. Mais il veut que nous rentrions à la maison où nous serons en sécurité. Il y avait un homme dans notre chambre hier soir.

Son grognement fut très doux.

— Alors nous allons rentrer avec toi, ajoutai-je.

— Bien sûr que oui.

Comme s'il avait pu y avoir un autre choix.

— Tu sais que j'ai trente-cinq ans, n'est-ce pas ?

— Hmm-hmm.

Je levai les yeux au ciel.

— Où sont vos affaires ?

Je penchai la tête vers la pile de sacs rose, vert citron et noir. Il y avait des couvertures, des jouets et un petit poncho à rubans roses.

— Appelle Sam. Nous partons.

— Kola, va chercher Daddy, indiquai-je à mon fils.

Kola partit en courant, se planta près de Sam, glissa sa main dans la sienne et attendit jusqu'à ce que Sam tourne son attention vers lui. Quand Sam leva les yeux et vit Dane, il s'excusa auprès de son groupe et nous rejoignit, main dans la main avec son fils.

Regina fut bouleversée, tout comme Thomas. Michael et les sœurs de Sam étaient, je pouvais le voir, un peu agacés par moi. Ils parlaient tous en même temps, m'assurant que les enfants et moi pouvions rester. Mais le truc, c'était que dès que j'avais pensé que Sam avait des ennuis, j'avais appelé Dane pour venir chercher mes enfants afin de savoir qu'ils seraient en sécurité pendant que je le chercherais. C'était enraciné en moi d'appeler mon frère. Après Sam, c'était Dane. Et tout le monde voulait savoir pourquoi je n'avais pas eu foi en eux. Pourquoi avais-je besoin de Dane quand toute la famille de Sam était là ? Ne leur faisais-je pas confiance ?

C'était difficile à expliquer. Ce n'était pas que je ne leur faisais pas confiance, et ce n'était pas que je ne pensais pas qu'ils tenaient autant que moi à mes enfants, mais c'était *mes* enfants, et mon frère et sa femme étaient ceux chez qui ils iraient si quoi que ce soit nous arrivait, à Sam et moi. Et maintenant, puisque Sam ne pourrait pas être là, il voulait que Dane nous ramène à la maison et nous surveille. Nous étions comme ça : nous croyions tous les deux en mon frère.

Sam coupa toutes les voix qui s'élevaient désormais, ne se montrant bruyant que parce qu'il n'avait jamais été du genre à discuter quand

111

quelqu'un remettait en question une décision qu'il prenait. Il voulait que les enfants et moi rentrions avec Dane. Ses parents, ses sœurs et son frère se demandaient si cela valait mieux. Le tempérament de Sam aurait facilement pu l'emporter, puisqu'il était déjà à cran. Il ne voulait pas affronter de questions ; il devait trouver un témoin, et ce témoin essayait de tuer Sam lui-même, ou bien l'homme qui avait caché le témoin essayait de tuer Sam pour l'éloigner dudit témoin. Dans tous les cas, c'était un fait désormais et plusieurs agences étaient prêtes à travailler ensemble pour comprendre ce que diable il se passait. Sam voulait s'en occuper, se concentrer sur ça. Il avait besoin que les enfants et moi partions pour pouvoir concentrer toute son énergie et être en mode chasseur, pas en mode protecteur. Sa famille ne faisait que l'énerver.

Je vis sa mâchoire serrée et j'aurais dit quelque chose, mais à ce moment-là, Dane releva les mains pour attirer l'attention de tous. En général, moi, j'avais besoin de sauter sur place ou de faire les pieds au mur pour obtenir le silence qui lui fut accordé en quelques instants seulement.

C'était l'une des nombreuses forces de Dane : cette capacité à répandre le calme, à être un roc dans n'importe quelle crise. Il expliqua doucement, calmement, employant cette voix dont il se servait dans les conflits contractuels avec les constructeurs, que Sam était inquiet pour la sécurité de tous. Il leur dit que Sam s'inquiétait de mettre davantage sa famille en danger, et qu'ainsi tout le monde pourrait rester et terminer leur réunion de famille et retrouver un semblant de normalité. Ils regardèrent tous Sam, qui à ce stade, fulminait.

— Fais-les sortir d'ici, Dane.

Et Dane passa Hannah à son père pour que les adieux puissent commencer.

Hannah pleura parce qu'elle n'était pas à la maison. Chez elle, elle disait au revoir à son père tous les matins. L'idée de monter dans un avion sans lui n'était pas attrayante, et elle se cramponna à lui et hurla, et je pus voir rien qu'en le regardant que cela le déchirait.

Je la lui pris des bras et elle sanglota contre mon épaule, et le fait qu'elle était éreintée n'aidait en rien.

Sam s'agenouilla et Kola se rapprocha de lui et tripota le col de son père et les boutons de sa chemise.

— Est-ce que tu as ton arme, Daddy ?

— Oui, je l'ai.

— Donc tu seras en sécurité, hein ?

— Oui. J'ai besoin que tu prennes soin d'Hannah, de Pa et de Frisquet pour moi, d'accord ?

Il acquiesça, et Sam l'attira contre lui et le serra fort. Kola avait l'air misérable, mais il se retourna et pressa son visage contre mon ventre, s'appuyant contre moi.

Sam se leva, prit mon menton dans sa main et me regarda droit dans les yeux.

— Je rentrerai bientôt.

— D'accord, fut tout ce que je répondis.

Il regarda Dane, qui acquiesça.

Sam s'éloigna sans se retourner.

Dane se pencha et prit Kola dans ses bras, et je vis un homme récupérer toutes nos affaires sur les sièges où nous les avions laissés.

— Est-ce que c'est ton chauffeur, Oncle Dane ? lui demanda Kola.

— Aujourd'hui, oui, mon cœur.

Milton m'arrêta.

— Jory, c'était super de te rencontrer. Voilà ma carte avec mon e-mail.

— Merci, répondis-je doucement, tout à coup exténué.

— Vous savez, dit-il en souriant à Dane, votre frère et vous ne vous ressemblez pas du tout.

— Ah non ? répondit Dane en lui lançant un regard noir. Tout le monde dit qu'en dehors de la couleur des cheveux, nous pourrions être jumeaux.

— Ne sois pas méchant, dis-je tout bas.

— Venez, répondit brusquement Dane.

Kola posa la tête contre l'épaule de son oncle et je suivis mon frère hors de l'hôtel. Je ne regardai pas vers Sam.

KOLA ET Hannah trouvèrent que la première classe était la chose la plus cool au monde. Ils avaient leur propre télévision, les hôtesses de l'air leur amenèrent des cookies chauds et du lait, et ils purent choisir ce qu'ils voulaient pour le déjeuner. Ils s'installèrent devant Dane et moi et nous discutâmes de tout en rentrant. Je lui parlai du témoin, de ce qu'il s'était passé et qu'il y avait eu un homme dans notre chambre. Dane m'écouta et acquiesça, digérant le tout.

Je ne fus pas vraiment surpris quand on ne nous conduisit pas à la maison.

113

Le loft de River North était l'un des nombreux investissements de Dane. Il avait également des propriétés sur la Gold Coast, qui étaient considérées comme très tendance et prometteuses. Dane achetait dans l'immobilier, réparait, s'occupait parfois de la décoration intérieure ou embauchait quelqu'un pour le faire. Celle-ci avait été faite par quelqu'un d'autre, puisque la brique apparente, les tuyaux exposés au plafond et les planchers en bois n'étaient pas l'esthétique de Dane. Si vous vouliez plutôt quelque chose d'urbain, un sol en béton, ça lui ressemblait plus, ou du fer forgé ou du carrelage. C'était sympa, avec toutefois deux gigantesques salles de bains, deux chambres, une salle d'eau pour les invités avec seulement des toilettes et un lavabo, un bureau, une cuisine, une grande pièce à vivre et une sorte d'alcôve pour un coin lecture. Le patio était petit mais sécurisé, sans aucun accès hormis depuis le loft. C'était plus petit que chez nous, mais malgré tout, pour mes enfants et moi, énorme. Frisquet dormait déjà sur le tapis devant la cheminée quand nous arrivâmes.

Je geignis et laissai retomber ma tête de côté en regardant Dane.

— Les enfants devront partager une chambre, mais pour le peu de temps où vous serez là, ça devrait aller. Leur chambre est à l'arrière ; Sam et toi avez la première, la plus proche de l'entrée. J'ai rapporté la plupart de tes vêtements, mais honnêtement, qui a besoin d'autant de chaussures ?

— Ce n'est pas…

— Il y a un portier en bas et deux gardiens de sécurité qui vérifient les entrées et les sorties. Tu devras leur donner une liste des personnes ayant accès à l'appartement. Je leur ai déjà donné le nom de Sam. Il y a quatre appartements par étage. Celui-ci est au dix-huitième, tu as Madame Garcia et son fils Brandon dans l'appartement 1801, les Patel au 1803 et Gabe Fukushima et son partenaire, James Garett, dans le 1804. Les murs sont épais ; tu ne devrais entendre personne, les ordures se jettent à la gauche de ta porte et ton minivan est au sous-sol, dans le garage B44. D'autres questions ?

— Nous serions très bien à la maison.

— Vendredi prochain, tu prévois de t'occuper de mes enfants, non ?

— Oui.

Il plissa les yeux.

— Je ne me sens pas à l'aise de te savoir seul à la maison sans Sam. L'idée que tu mettes non seulement tes enfants en danger, mais les miens également… Jory, sers-toi de ta tête. Tu vas verrouiller cette porte d'entrée, programmer l'alarme, dont le code est 0-0-7, auquel tu ajoutes le 1 pour la désactiver, et 0-0-7 auquel tu ajoutes le 2 pour l'activer, et alors je saurai que tu es sain et sauf ici.

— 007 ? Vraiment ?

Il se contenta de me regarder.

— Dane…

— Non, rétorqua-t-il en secouant la tête. Pas sous ma garde. Jamais. Si Sam était là avec toi, si tu n'étais pas en danger mortel… Très bien. Mais quelqu'un a essayé de t'abattre avec tes enfants dans un hôtel. Absolument pas.

Je plissai les yeux en le regardant.

— Est-ce que c'est pour cela qu'Aja et toi avez emménagé dans cet immeuble en centre-ville ? Est-ce que tu t'inquiétais de votre sécurité à Oak Park ?

— Oh non, Oak Park est magnifique et sûr. C'était juste que même ce petit trajet pour aller à son travail, à mon bureau et à l'école des enfants devenait fastidieux. De cette façon, je peux les déposer et Aja peut aller les chercher, et nous pouvons tous les deux rentrer à temps pour dîner ensemble comme une famille au lieu de rester assis au milieu de la circulation pendant une heure, une heure trente.

— Est-ce que tu l'as déjà vendue ? La maison d'Oak Park ?

— Non, répondit-il en plissant les yeux. Sam m'a demandé de ne pas le faire.

J'en fus surpris.

— Sam te l'a demandé ?

Il grommela.

— Oui, apparemment il l'adore vraiment, ainsi que le jardin à l'avant et à l'arrière, et le quartier, et tout ce secteur. Il pense me faire une proposition.

— Mais ?

— Mais il ne me fait pas confiance.

— Comment ça ?

— Il pense que je vais falsifier l'évaluation pour la lui vendre moins cher que son prix réel.

— Et tu le ferais, répondis-je en souriant.

— Je te la donnerais, s'il n'était pas aussi obstinément têtu.

— Peut-être qu'Aja ne voudrait pas que tu fasses une telle chose. Son frère et sa femme attendent un enfant, peut-être qu'elle voudrait que tu la donnes à…

— Alex a déménagé au Delaware.

— Oui, je sais, mais…

— Il a épousé une femme du Delaware.

Je grognai.

— Il vit dans le Delaware maintenant, dit-il en insistant, comme si j'étais stupide.

— Je sais ce que tu veux dire. Mais si Alex avait une maison ici, ou Carmen, peut-être qu'ils…

— Carmen est journaliste, techniquement correspondante étrangère à ABC News, maintenant. Elle vit à New York et Paris et…

— Ouais, je sais, mais…

— Les parents d'Aja ne sont pas du tout intéressés à l'idée de revenir à Chicago, même pour nous rendre visite. Il y fait, et je cite son père, « un froid ridicule ». Il en a marre de se couvrir. Il veut jouer au golf et porter des Crocs.

— Ça, tu inventes. Cet homme était juge, bon sang.

— J'ai une photo sur mon téléphone, si tu veux la voir. Aja était mortifiée et me l'a envoyée lors de sa dernière visite, quand j'étais coincé ici pour une convention.

— Oh mon Dieu.

— Au final, c'est vous que nous avons, Aja et moi. Toi et Sam. Aja adorerait vous voir tous les deux dans notre vieille maison et j'aimerais qu'elle t'appartienne. Elle ne veut pas vendre son bébé à des inconnus, mais elle ne veut pas non plus continuer à conserver une propriété dont nous devons payer l'entretien.

— Et donc ?

— Donc je suis en train de falsifier le rapport d'inspection en ce moment même.

— Dane, tu ne peux pas faire ça. Il va le découvrir.

— Il lui faudra au moins six mois pour le découvrir, et alors nous aurons signé le contrat et il sera bloqué par son hypothèque et ne pourra plus changer d'avis.

— Donc tu essayes de piéger Sam pour qu'il achète la maison.

— Précisément.

— Je pourrais juste lui parler.

— Et gâcher la surprise et lui retirer son bonheur ? Tu ferais ça ?

— Je ne t'aime vraiment pas en ce moment.

— J'en suis bien conscient.

Je soupirai profondément.

— Donc les enfants et moi sommes coincés ici jusqu'à ce que Sam revienne.

— Oui.

— Est-ce que tu as apporté mon ordinateur portable ?

— Oui.

— Le kimono de karaté de Kola ?

— Oui.

Je dus réfléchir.

— La Maison des Rêves de Barbie d'Hannah ?

— Oui.

Il me sourit.

— Les assiettes de Frisquet, et sa litière, et ses jouets, et son arbre à chat et…

— Oui. Puis-je te demander pourquoi il a des bols en acier inoxydable, plutôt que ceux qui le nourrissent et lui fournissent de l'eau automatiquement ?

— Parce que l'automatique n'apprend aucune responsabilité aux enfants.

— Vraiment ?

— Oui, vraiment.

— Et installer la mangeoire, la remplir, cela ne leur apprend rien ?

— Tu vois ce que je veux dire.

Il grogna et me tapota le bras avant de se diriger vers la porte.

— Tu t'occupes toujours de moi. Merci.

— C'est à ça que sert la famille.

J'acquiesçai quand il atteignit la porte.

— Viens pour me laisser sortir. Souviens-toi : quand tu es à la maison, quand tu sors, assure-toi que l'alarme est activée.

— Oui.

— La nuit, avant d'aller au lit…

— J'ai compris, dis-je en l'atteignant.

— Quand tu es à la maison, tu appuies sur le bouton « occupé » et l'alarme s'éteindra pour ne pas surveiller les mouvements et alerter seulement si une porte ou une fenêtre est ouverte.

— D'accord.

— Quand tu sors, quand tu vas au lit, tu l'actives pour les mouvements.

— Oui, mon général.

117

— Très drôle.

— J'essaye.

— Demain, nous sommes dimanche.

— Tu aimes souligner les évidences, ricanai-je. Tu n'as pas fait ça depuis des années.

— Très drôle.

Je haussai les épaules.

— Lundi, Aja vous attend pour prendre un verre chez nous, puis dîner, à dix-neuf heures.

— Pourquoi ?

— Elle organise un dîner pour son ami, Randall Erickson, qui vient tout juste d'emménager en ville.

J'étudiai son visage.

— Qui est-t-il ? Un ancien petit ami ?

Dane rit.

— Non, en fait, c'est un ami de l'université et j'ai le sentiment qu'il est gay, même si je n'ai pas fouiné.

— Tu ne laisserais pas entrer un ex d'Aja chez toi, n'est-ce pas ?

— Aja fait ce qu'elle veut, c'est notre maison, et elle invite qui elle veut.

— Et tu t'en ficherais ?

— Oui.

Cela me semblait logique. Dane ne souffrait pas des sentiments normaux d'infériorité et n'avait pas d'accès d'incertitude comme la plupart des gens. Il savait exactement qui il était, savait que ses qualités surpassaient ses défauts et s'était fait dire à plus d'une occasion, par plus d'une femme, que s'il était à nouveau célibataire un jour, de les appeler. Mais je connaissais Aja et Dane, et ils se préparaient pour le long terme.

J'aimais toujours les regarder, dans n'importe quelle situation sociale. Ils vérifiaient où se trouvait l'autre à travers une salle ; Dane lui souriait et inclinait la tête à son attention ; elle lui envoyait un baiser ou lui faisait signe de venir. Quand ils étaient ensemble, elle lui tenait en général la main, et si ce n'était pas le cas, c'est lui qui posait son bras autour d'elle. Ils s'asseyaient toujours ensemble, à moins d'avoir été placés différemment, et même alors, ils se levaient sans cesse parce que l'un d'entre eux pensait à quelque chose à dire à l'autre. Les gens avaient cessé de les placer séparément parce que c'était tout simplement trop distrayant. Ils terminaient les phrases de l'autre ; elle riait à ses blagues, qui étaient horribles ; et il était toujours

118

à l'heure parce que, comme il le disait, son temps à elle lui était précieux, alors pourquoi la ferait-il attendre ?

— Jory.

— Pardon. Quoi ?

— J'ai pris la liberté de demander à Pedro de parler à Dylan pour qu'elle garde tes enfants, quand il est allé chercher ton chat, et elle a accepté.

Pedro Blue était l'assistant de Dane – il l'était depuis quatre ans. J'étais fier de moi parce que c'était moi qui l'avait recruté, et qu'il était toujours là et était devenu inestimable pour mon frère. Pedro s'était marié récemment à New York, et la lune de miel à Paris que leur avait offerte Dane avait probablement cimenté sa relation avec lui à vie. Pedro s'en était extasié au téléphone la dernière fois que nous avions discuté.

— Et comment s'est passée leur lune de miel ?

— Je ne lui ai pas demandé.

Il plissa les yeux.

— Tu n'avais pas besoin de lui demander combien de fois il a couché par jour, mais tu aurais pu lui demander s'il avait aimé le Louvre.

Il grogna.

— Je viendrai à la fête. Va-t'en, que je puisse installer mes enfants.

— D'accord, répondit-il en me souriant. On prendra l'apéritif à dix-neuf heures, d'accord ?

— Oui.

Il me serra l'épaule, et ce fut tout. Dane ne faisait pas dans les manifestations affectives, hormis avec sa femme, ses enfants, mes enfants, ou la mère d'Aja, qui le serrait dans ses bras et l'embrassait beaucoup. De toute évidence, les parents de Dane avaient été des gens très gentils et chaleureux, mais pas du genre à le voir tous les soirs ou même toutes les semaines. Son père était promoteur immobilier, sa mère était une mondaine, et même s'ils tenaient profondément à lui, ils n'étaient pas présents. Quand ses parents étaient là, tous trois riaient et s'entendaient à merveille, mais Dane pouvait activer cette dévotion à volonté, tout comme la désactiver, comme on coupe un robinet. Puisque ses parents avaient voulu qu'il apprenne que les relations entre employés et employeurs étaient transitoires et qu'il ne fallait pas compter dessus, ses jeunes années avaient été remplies de personnel en constante rotation. Personne n'était autorisé à devenir permanent. Les majordomes, les bonnes, les jardiniers, les chauffeurs et une ribambelle sans fin de nounous avaient rempli son enfance. J'étais certain que la façon qu'il avait eue de changer si souvent de

119

petite amie était un reflet direct de ces femmes nourricières et attentionnées qui avaient été si souvent remplacées aussi. Dane n'entretenait de relations à long terme avec personne, hormis les gens qu'il choisissait lui-même : ses amis, puis enfin moi.

J'avais été l'assistant de Dane pendant cinq ans, avant qu'il me renvoie et me dise en gros qu'il m'adoptait comme le petit frère qu'il n'avait jamais eu. J'avais changé mon nom de famille, Keyes, pour Harcourt, puis nous avions été deux. Dane avait été adopté bébé ; puis, à son tour, il m'avait adopté. Cela m'avait toujours semblé logique, et je savais que c'était aussi le cas pour lui. Et personne ne remettait jamais en question le fait que nous ne nous ressemblions pas, qu'il était grand et moi petit, qu'il était divin et pas moi. Je soupçonnais que quand Dane regardait ces gens qui envisageaient de poser des questions, et que ses yeux gris se posaient sur eux, ce regard solide et inébranlable, l'idée de questionner cet homme au sujet de quoi que ce soit dans sa vie disparaissait. Mieux valait ne pas le défier. Mieux valait sourire et acquiescer.

En lui tenant la porte, pendant qu'il me rappelait encore d'activer l'alarme, j'étais sur le point de lui lancer une remarque impertinente sur la taille de mon cerveau plus grand que celui d'un caniche et capable de retenir des informations, quand il tendit la main et la posa sur ma joue.

— Quoi ?

— Rien, répondit-il doucement avant de se détourner et de s'éloigner.

— Tu aurais pu dire que tu m'aimes et que tu t'inquiètes pour moi ! criai-je à sa suite en riant.

Il ne jeta même pas un regard par-dessus son épaule, ce qui était attachant pour des raisons que la plupart des gens n'aurait pas comprises. Mais je le connaissais si bien. Dane montrait ce qu'il ressentait pour vous ; il n'était pas doué pour les grandes déclarations de dévotion. N'importe qui aurait dit qu'il vous aimait, mais Dane le montrait, et j'avais toujours préféré les gestes plutôt que les mots, sauf en ce qui concernait Sam. De sa part, j'avais besoin des deux.

J'appelai Kola et Hannah pour qu'ils sortent de la chambre. Ils étaient excités d'y avoir trouvé une Wii, et une PlayStation, et une « giganorme » télévision.

— Giganorme ? répétai-je.

Kola acquiesça.

— Quand est-ce qu'arrive Daddy ? voulut savoir Hannah, parce qu'elle était vraiment la fille de Sam.

Il était son champion, son « pompon boy », son plus grand fan.

— Probablement pas avant la semaine prochaine, B.

Elle commença à cligner des yeux, ce qui arrivait en général avant qu'elle se mette à pleurer, et je l'attrapai donc pour l'attirer sur mes genoux pour un câlin.

— Pa, je veux jouer à cache-cache.

— D'accord, et ensuite, est-ce qu'on commande une pizza et qu'on regarde un film ?

— Pizza ! chanta Kola.

— Je veux regarder le Magicien d'Oz !

— Pas *encore*, répondit-il en pleurnichant. Tu veux juste voir le passage où elle fond, de toute façon.

Hannah eut l'air pensive.

— Peut-être que je devrais emmener mon pistolet à eau dans mon sac à dos pour tirer sur Madame Brady et voir si c'est une sorcière.

Le visage de Kola s'illumina.

— C'est une très bonne idée, dit-il comme s'il était surpris que sa sœur l'ait eue. Tu pourrais tirer sur tous ceux qui ont été méchants avec toi.

Ses yeux s'écarquillèrent.

— Non, lui dis-je avant de me tourner vers lui. Et non. On n'arrose pas les gens avec des pistolets à eau. C'est malpoli.

— Mais si cette personne est une sorcière ? voulut savoir Kola.

— Comment sais-tu si c'est une sorcière ?

— Tu ne peux pas le savoir à moins de leur tirer dessus avec de l'eau.

Il faisait appel à ma logique.

— Ce qui est malpoli, répétai-je.

J'avais eu une très mauvaise note en logique au collège.

Kola abandonna.

— Et d'ailleurs, il y a de gentilles sorcières et de mauvaises sorcières, tout comme dans le film. Et si tu en fais fondre une gentille ?

Il y réfléchit.

— Je ne crois pas que les gentilles sorcières fondent avec de l'eau.

— Je ne crois pas non plus, acquiesça Hannah.

— Eh bien, il faudra que l'on vérifie.

Cela sembla les apaiser un moment et j'eus une idée.

— Est-ce que tu as ton pistolet à eau ici, d'ailleurs ?

Hannah acquiesça.

— Ouais, Oncle Dan me l'a apporté.

Pour quelle raison ? Pourquoi diable mon frère avait-il pris le temps d'emporter son Super Soaker ? Cet homme était tellement bizarre, parfois.

— Qu'est-ce que tu as dit sur les zombies ? demanda Hannah à son frère en se blottissant contre moi.

Ils avaient visiblement été en pleine discussion quand je conversais avec Dane.

— Quand ?

— Quand je t'ai demandé s'ils pouvaient appuyer sur des boutons.

Il secoua la tête.

— Oh, oui et non. Ils ne peuvent pas. Seulement par accident.

Elle acquiesça.

— Et grimper à une échelle ?

— Non, leurs jambes sont trop raides. Il faut pouvoir plier les genoux.

Elle acquiesça, acceptant visiblement son témoignage d'expert à ce sujet.

— Pa ?

— Oui, mon fils, dis-je sérieusement.

— Si les dinosaures se sont transformés en oiseaux et les singes en humains, en quoi se sont transformés les poissons ?

J'avais vraiment besoin que Sam soit à la maison ; il pouvait faire ça pendant des heures, spéculer et faire des hypothèses. Je n'étais pas doué pour ça.

— Je ne sais pas, qu'en penses-tu ?

Kola se tourna vers sa sœur pour s'assurer d'entendre sa voix et de l'inclure Il ne répondait jamais à l'une de ses propres questions sans la laisser intervenir.

— Un gros poisson ? proposa-t-elle.

Il secoua la tête, pensif.

— Des requins ?

— Tu as dit qu'il y avait déjà des requins, lui rappela-t-elle.

— Ouais, donc, dit-il avant de me regarder. Pa ?

— Les poissons sont venus sur la terre et se sont transformés en dinosaures, lui dis-je. Je crois. Ou quelque chose comme ça. Tu aurais dû demander à Milton quand nous étions en Arizona.

— Oh ouais, hein.

— Tu pourrais lui envoyer un e-mail.

Il acquiesça.

122

— Mais je crois que tu as raison, parce que dans mon livre, le « requin-hâ voile » devenait un poisson, puis un lézard, puis un dinosaure.

— Voilà, tu vois ?

Je me sentais avalisé parce que mon fils de six ans était d'accord avec moi.

— D'accord, donc les poissons ne comptent pas.

— C'est-à-dire ?

— Ils sont juste restés des poissons, conclut-il.

— C'est vrai, acquiesça Hannah en mettant fin à cette discussion. Mais alors, et les insectes ?

— Tu veux dire en quoi se sont transformés les insectes ?

— Ouais.

— Des robots ? offris-je après un instant. Des Transformers ?

Il se mit à glousser.

— Je ne crois pas que tu comprennes l'évolution, Pa.

Non, probablement pas, mais il me serra dans ses bras vraiment fort et m'embrassa sur la joue, donc franchement, je m'en fichais.

VIII

LA FAMILLE de Sam rentra le dimanche, et comme je savais qu'ils seraient tous exténués par le voyage, je les invitai au loft pour un dîner rapide avant qu'ils rentrent chez eux. Regina fut vraiment reconnaissante et me dit que la salade antipasto que j'avais faite, avec des lasagnes et du pain à l'ail, était une bénédiction.

Quand Chaz et Pat se présentèrent avec du vin, ils restèrent dîner aussi, et ils purent ajouter leur version à celle que je racontais à ma belle-mère, mon beau-père et les frères et sœurs de Sam. Tout le monde adora cette « planque », comme ils l'appelaient, et au cours du dîner, nous parlâmes de l'affaire de Sam, du témoin disparu et du bel homme – d'après les paroles de Rachel – qui était parti avec Sam.

— Il n'est pas beau, lui assura Pat. C'est un…

— Les enfants, les interrompis-je.

— Crétin, termina Pat en jugeant l'inspecteur Stiel.

— Mais il est beau, ajoutai-je en souriant d'un air entendu, repensant à la carrure impressionnante de l'inspecteur, ses traits ciselés et ses yeux gris acier.

En réalité, cet homme était magnifique, et j'en aurais été impressionné, si un homme encore plus beau ne dormait pas dans mon lit.

Quand Sam m'avait appelé la veille au soir pour dire bonne nuit aux enfants, le coup de fil avait été rapide. Mais il avait rappelé juste avant que j'aille me coucher pour me gronder à l'oreille que je lui manquais et qu'il m'aimait et de garder son côté du lit au chaud.

— Dane nous a déplacés.

— Je sais, il me l'a dit. Je préférais son idée et la police de Chicago appréciait vraiment de ne pas avoir à garer une voiture de patrouille devant notre maison indéfiniment.

— Je parie.

— Hey, demain Chaz et Pat vont venir voir comment tu vas, d'accord ?

— Oui, mon cher.

Un long soupir.

— C'est vraiment le cas.

— Quoi ? le taquinai-je.

— Je t'aime vraiment.

— Je sais, Sam.

— OK, tant mieux. C'est bien que tu le saches.

Mon gémissement fut doux, mais il l'entendit malgré tout.

— Je rentrerai bientôt à la maison, bébé.

Je ne pus qu'acquiescer.

Le deuxième soir, le dimanche après cette conversation, après que tout le monde fut rentré chez soi, après avoir programmé l'alarme, fait la vaisselle et mis les enfants au lit, j'attendis un autre appel. Mais tout ce que je reçus, ce fut un texto me disant qu'il m'aimait et qu'il ne capterait plus sous peu et n'était pas certain de quand il pourrait me contacter. Je compris qu'il fallait que je me prépare au silence.

LE LENDEMAIN matin, j'arrivai rapidement au travail. Il était facile de filer à mon bureau depuis l'endroit où se trouvait la planque. Dane avait raison ; un trajet rapide pour aller au travail, ce n'était pas négligeable. Je saluai Dylan avec son latté vanille, donnai son scone à Fallon, et j'étais sur le point de m'asseoir à mon bureau quand je reçus un appel de l'école d'Hannah et Kola. Fidèle à sa parole, Hannah avait emmené son pistolet à eau – le même Super Soaker que son oncle s'était assuré de rapporter de chez nous – et avait testé sa théorie sur les sorcières qui fondent. Kola avait également des ennuis. Il avait apparemment protesté contre le fait que sa mise en scène pour l'opéra de l'école de Thanksgiving n'était pas bonne. Nous travaillions à lui faire accepter les critiques constructives, mais pour le moment, il n'aimait pas perdre – ses crises de colère donnaient un sens nouveau au mot « mauvais joueur » – ou qu'on lui dise que quelque chose qu'il faisait n'était pas bon. Le remettre en question pour essayer de le mener à la bonne conclusion était également l'une de ses bêtes noires. Le truc, c'était que c'était un gentil gamin, aimant et attentionné, mais dans ces moments-là, il devenait vraiment un sale gosse. Mais seulement parfois. Il devenait difficile de jouer à quoi que ce soit avec lui. Moi, bien sûr, je lui donnais de nouvelles chances constamment, et Sam interrompait tout simplement ce qu'il faisait dès qu'il montrait le moindre signe de caprice. Il fallait que nous arrivions à parvenir à un accord jusqu'à ce qu'il dépasse cette phase, ou que nous changions son comportement. Sam avait suggéré de le battre, et je m'étais contenté de secouer la tête. Je savais qu'il plaisantait, mais je voulais vraiment tordre le petit cou de Kola par moments, quand il pleurait et tapait du pied.

Une fois à l'école, Hannah fut désolée pour le pistolet à eau ; Mademoiselle Chun, sa maîtresse, se mordait la lèvre inférieure toutes les cinq secondes pour ne pas rire ; la directrice, Madame Petrovich, pressait son poing sur sa bouche pour ne pas rire non plus. La seule personne qui était agacée, bien sûr, c'était Madame Brady, le professeur de musique. Elle n'était clairement pas amusée de s'être fait tremper au pistolet à eau.

— Je suis tellement désolé, Madame Brady. Ça ne se reproduira plus jamais.

Mademoiselle Chun hocha la tête et plissa les yeux avant de se détourner rapidement pour cacher son visage.

Madame Petrovich laissa échapper un ricanement, l'air affligée, puis indiqua à Madame Brady de sortir. On envoya Hannah s'asseoir dans le couloir, et dès que la porte se referma derrière elle, les deux femmes éclatèrent de rire.

— Vous n'aidez pas, les grondai-je.

— Ce n'est même pas la première fois que ça arrive, me dit la directrice, les larmes coulant sur ses joues. Il y a deux ans, un enfant est arrivé en portant un collier de gousses d'ail parce qu'il pensait que Madame Brady était un vampire !

Mademoiselle Chun s'étouffait presque.

— Il y a trois ans, trois enfants n'arrêtaient pas de lui verser de l'eau dessus pour voir si ça grésillait.

Je plissai les yeux en les observant.

— Peut-être qu'il est temps de voir ce qu'elle fait ici, en matière d'éducation.

— Oh non, c'est une très bonne enseignante, c'est juste que…

— C'est une sorcière ! annonça Mademoiselle Chun en s'effondrant sur le canapé, n'en pouvant plus.

Je levai les mains en l'air et allai chercher Kola.

Son maître, Monsieur Michaels, qui était aussi mignon que possible, était assis avec lui sur les marches de l'auditorium, en train d'observer les autres enfants peindre, jouer du marteau et accrocher des lumières. Il y avait beaucoup de parents, et je reçus beaucoup de salutations en remontant l'allée.

Kola me vit, se leva et courut me rejoindre. Il jeta ses bras autour de ma taille et enfouit son visage contre mon ventre.

— Qu'est-ce qu'il s'est passé ? lui demandai-je.

— C'est pas moi qui l'ai fait cette fois, Pa. C'est Ollie.

— Raconte-moi, demandai-je en me penchant vers l'arrière et m'agenouillant pour pouvoir voir ses yeux.

Son visage était couvert de larmes et ses yeux étaient rouges.

— Ollie voulait se servir du marteau, mais c'était mon tour, et Monsieur Parker n'a même pas demandé à Monsieur Michaels, il est venu et m'a enlevé le marteau.

— D'accord. Et qu'est-ce qu'il s'est passé, ensuite ?

— Ensuite je me suis énervé et j'ai dit que c'était pas juste, et Monsieur Michaels m'a amené ici même si je lui ai dit que Monsieur Parker m'avait tordu le doigt en me prenant le marteau.

— Quel doigt, mon grand ?

L'annulaire de sa main gauche, avec laquelle il écrivait, était énorme. Rouge et gonflé, il faisait au moins trois fois sa taille normale.

Mes yeux se tournèrent vers Monsieur Michaels.

— Monsieur Harcourt ?

— Cela vous a-t-il échappé que son doigt pourrait être cassé ?

Il bondit de sa chaise et nous surplomba en quelques secondes à peine.

— Il ne me l'a pas montré et...

Il tourna la tête et cria vers la scène.

— Monsieur Parker, vous pouvez venir, s'il vous plaît !

Un grand homme que je ne connaissais pas – visiblement un nouveau parent qui venait tout juste d'inscrire son enfant, étant donné que je n'avais jamais vu Oliver avant – descendit de la scène et se dirigea vers nous.

— Chet ?

Il s'adressait à Monsieur Michaels par son prénom, pas de la façon dont nous avions l'habitude de nous adresser aux enseignants dans cette école.

— Est-ce que vous avez retiré les doigts de Kola du marteau quand vous le lui avez pris des mains ?

Il haussa les épaules.

— Bien sûr, il ne voulait pas le lâcher et ce n'était pas son tour.

— Comme je vous l'ai dit, c'était en réalité son tour, mais là n'est pas le problème. L'avez-vous blessé quand vous le lui avez pris ?

— Nan.

Il secoua la tête, tendant la main pour ébouriffer les cheveux de Kola. Je frappai sa main pour l'écarter.

127

— Ne le touchez pas.

— D'accord, désolé, répondit-il en relevant les deux mains. Mais je ne lui ai pas fait de mal.

J'indiquai sa main.

— Je crois que vous lui avez cassé le doigt.

— Non, je n'ai pas pressé à ce point.

Cet homme était costaud, toutefois. Il n'était pas aussi puissant que Sam – ses muscles ne saillaient pas –, mais il était clairement assez fort pour blesser un petit garçon.

Je regardai de nouveau Monsieur Michaels.

— Vous aurez tous les deux des nouvelles de mon avocat, parce que vous, vous ne devriez jamais toucher un autre enfant que le vôtre, dis-je en indiquant Monsieur Parker.

Puis mon regard se tourna vers Monsieur Michaels.

— Et vous, vous auriez dû être là pour le protéger.

Je me détournai, sortis mon téléphone de ma poche du même geste et appelai Aja. Elle avait été directrice d'un lycée public, elle saurait quoi faire.

— Salut, mon chéri, tu n'appelles pas pour annuler ma…

— Si un homme vient de casser le doigt de Kola à l'école, que puis-je faire ?

— Pardon, *quoi* ?

Je lui répétai ce qu'il venait de se passer et elle me lança une série de questions rapides.

— Je suis en route pour l'hôpital.

— Lequel ? Saint Joe ?

— Ouais.

— D'accord, je vais appeler Rick. Lui ou quelqu'un d'autre sera là d'ici peu.

— Merci.

— Bébé, est-ce que tu as besoin que je sois là ? Ou Dane ?

— Non, je vais bien.

J'inspirai, parce que celui dont j'avais besoin, c'était Sam.

— Entendu.

Je raccrochai, ouvris la porte de l'auditorium, et Kola et Hannah sortirent devant moi.

— Bon, on doit aller à l'hôpital maintenant, d'accord ?

Kola acquiesça et s'appuya contre moi, la tête contre ma hanche.

— Je n'ai pas fait de caprice cette fois, Pa, je le promets.

— Je te crois, mon grand, et je suis content que tu saches quand c'est le cas, et je suis heureux que tu y travailles. Nous devons juste…

— Monsieur Harcourt !

En me retournant, je vis Monsieur Parker remonter le couloir au pas de charge après moi. Je poussai Kola et Hannah derrière moi.

— Vous n'avez pas le droit de me menacer ! C'était un accident, hurla-t-il en m'atteignant.

— Ça n'était pas le cas, le corrigeai-je en lui tenant tête. Vous l'avez blessé exprès, et il n'y a aucune excuse pour ce geste. Comme je l'ai dit, vous pourrez parler à mon avocat.

— Écoute, sale petit pédé, ricana-t-il en enfonçant ses doigts dans ma clavicule. Tu ne vas pas me causer de problèmes. Ton petit minus…

— Monsieur Parker ! hurla Monsieur Michaels – terrifié, je pouvais l'entendre – en accourant dans le couloir.

— Non ! Ce sont des conneries ! Je…

— Reculez, lui dis-je d'une voix froide et dure. Je me sens menacé, Monsieur Parker, et je n'aime pas ça. Je ne veux plus vous voir approcher à moins de trente mètres d'aucun de mes enfants. Donc… reculez.

Ses yeux se rivèrent aux miens.

Il me lança un regard noir, mais franchement, comparé à d'autres de ma connaissance, cet homme n'était pas du tout effrayant. Quelques jours plus tôt, un homme m'avait braqué d'une arme ; un homme sans flingue n'était pas près de m'inspirer la moindre terreur.

Après une minute, il recula d'un pas. Je fis volte-face, agrippai la main droite de Kola et la gauche d'Hannah, et passai la porte de l'école. Madame Petrovich essaya de m'arrêter pour me parler, mais j'étais trop contrarié et je me dirigeai droit vers mon minivan et les fis grimper dedans. En sortant du parking, je jetai un coup d'œil dans le rétroviseur et les vis tous les trois – l'enseignant, la directrice et le parent – sur les marches de l'école.

À L'HÔPITAL, je me rendis aux urgences, et en quelques minutes, nous nous retrouvâmes dans une chambre. Un adulte pouvait attendre des heures, mais pas les petits enfants. Hannah était assise sur son lit près de son frère, en train de jouer à LocoRoco 2 sur sa PSP. Elle adorait ce jeu – elle chantait en même temps même si ces chansons n'étaient pas dans un vrai langage, à mon avis. Son frère la regardait faire, faisant de son mieux pour ne pas se laisser absorber par ce qu'il appelait un « jeu de bébé », mais qui ne l'était vraiment pas.

Je ne fus pas ravi d'apprendre que le Docteur Varma pensait que son doigt était cassé, pas seulement foulé.

— Mais nous allons lui faire passer une radio pour en être sûrs.

Il sourit à Kola, tenant sa main valide dans la sienne.

— Donc tu vas rester ici un petit peu, mon grand, d'accord ?

Kola hocha la tête.

— D'accord, répéta le médecin avant de me regarder. Comment est-ce arrivé ?

Après le lui avoir dit, il m'informa que la police devait être contactée.

— Je vais les appeler, lui dis-je.

Il acquiesça et me dit qu'il ferait une déclaration. Pendant que j'attendais qu'on emmène Kola passer une radio, j'appelai Pat.

Hannah et moi accompagnâmes Kola quand ils vinrent le chercher, parce que mes enfants n'allaient nulle part sans moi. Je ne les quittais jamais des yeux. On m'avait traité souvent de mère nerveuse, mais cela n'avait pas d'importance. C'était pour cela qu'ils ne passaient pas la nuit chez des gens que je ne connaissais pas, qu'ils n'allaient pas au parc sans moi, qu'ils ne parlaient pas à des inconnus. Et c'était marrant de voir combien de fois Kola ou Hannah revenaient à la maison après l'école accompagnés d'un enfant que je n'avais jamais vu de ma vie, en me disant que la mère d'Untel avait dit que c'était d'accord s'il ou elle venait à la maison. Les parents ne m'avaient jamais rencontré et nous n'avions jamais parlé, mais ils étaient sûrs que puisque nos enfants allaient dans la même école, ils seraient en sécurité chez moi. C'était ahurissant. Moi, je devais connaître les gens avant de leur confier mes enfants.

Une fois, Kola m'avait appelé de chez son ami Owen parce que sa mère, Georgette, était partie et que c'était l'oncle d'Owen qui les surveillait. L'oncle, le petit frère de Georgette, avait dix-sept ans. Il les avait emmenés à l'épicerie, où ils avaient acheté des cigarettes, de la bière et du bœuf séché. Owen vivait dans le centre-ville, ce qui voulait dire que mon petit garçon, sans la surveillance étroite d'un adulte, avait traversé un quartier pas vraiment génial, pour aller à l'endroit où se trouvait l'épicerie. J'avais cru que j'allais m'évanouir.

J'avais appelé Sam, complètement consterné, parce que son bureau était plus proche et qu'avec la circulation il m'aurait fallu plus d'une heure pour rejoindre notre fils. Il était parti du travail pour aller directement là-bas récupérer Kola, et Sam avait apparemment terrifié le frère après avoir confisqué la bière et les cigarettes.

Georgette m'avait appelé plus tard ce soir-là pour s'excuser, et je l'avais invitée à prendre un café après l'école, le lendemain. Elle avait été surprise quand je l'avais ramenée chez moi, que je l'avais fait asseoir dans notre coin pour le petit déjeuner pendant que les enfants jouaient à l'étage, et que je lui avais fait un latté avec ma machine à expresso.

— J'adore ta maison, m'avait-elle dit et j'avais apprécié, même si c'était le bazar. Il n'y a qu'Owen et moi à la maison, et... c'est joli, ici.

Je comprenais que les mères qui travaillaient avaient besoin d'aide. J'avais offert d'inviter Owen à la maison pendant les jours fériés, comme le 4 juillet ou le lendemain de Thanksgiving, quand elle devait travailler dans sa boutique. Owen avait une bourse à l'école ; elle n'avait pas l'argent pour l'envoyer là-bas. Elle était seule ; son ex-mari les avait quittés, son fils et elle, sans un regard en arrière. Actuellement, elle le poursuivait en justice pour recevoir une pension alimentaire. Quand Sam était rentré à la maison et que les enfants avaient volé à sa rencontre pour le saluer, même Owen s'était avancé timidement pour lui dire bonjour, et j'avais vu les yeux de Georgette se remplir de larmes et sa lèvre inférieure se mettre à trembler. La façon dont Owen regardait Sam Kage, avec des yeux avides alors que Sam ébouriffait les cheveux du petit garçon, c'était une chose difficile à voir pour elle. Et ce n'était pas parce que c'était moi, ou parce que c'était Sam, c'était juste l'illustration de cette famille devant elle. J'étais encore étonné parfois que toutes ces choses que j'avais cru ne jamais avoir soient désormais miennes.

À cause de ça, puisque je ne prenais rien pour acquis, laisser mon fils passer une radio seul n'était pas une option. Il fallait qu'il sache que j'étais là et que je le serai toujours.

Quand nous revînmes, Chaz et Pat nous attendaient dans la chambre.

Les enfants étaient heureux de les voir et je notai, comme toujours, les différences entre les deux hommes : Chaz dans son costume cravate, Pat portant un sweat-shirt sous sa veste en cuir, avec un jean et des bottes de moto. Ils n'auraient pas pu être plus dépareillés. Chaz était lisse et sophistiqué, et Pat était celui qui vous plaquait contre le mur, empêchant vos pieds de toucher le sol, pendant que le gentil flic vous posait des questions. Ils étaient partenaires depuis toujours, et aucun d'entre eux n'avait envie d'en changer. Sam m'avait dit que tous deux auraient pu passer l'examen

131

pour devenir capitaine et monter en grade, mais aucun des deux ne le ferait jamais. La bureaucratie et la politique, ce n'était pas leur credo ; ils préféraient faire ce qu'ils faisaient le mieux et résoudre des crimes.

— Hé, J, me salua Chaz. Ça faisait longtemps

Puisque nous nous étions vus le soir précédent, je compris sa blague.

— Steph voudrait que Sammy, les enfants et toi passiez à la maison dès qu'il rentrera, d'accord ?

Il pencha la tête vers Pat.

— Elle m'a dit qu'elle en avait déjà parlé à E.

— Évidemment.

Pat rendit son sourire à Chaz, parce que leurs épouses, Stéphanie Diaz et Ersi Cantwell, étaient comme les deux doigts de la main. Quand vos maris étaient aussi proches que Chaz et Pat, mieux valait s'entendre. Ersi disait toujours que grâce à Stéphanie, elle avait trouvé non seulement une amie mais aussi une sœur. Ce qui me plaisait, c'est qu'elles m'avaient également adopté. J'en étais vraiment reconnaissant.

— Dès que Sam rentrera, ce sera avec plaisir.

Chaz hocha la tête.

— Alors, dit Pat en s'approchant de Kola, qu'est-ce qu'il t'est arrivé, Kage ?

Kola adorait quand Pat l'appelait « Kage ». Cela lui donnait l'impression d'être grand et fort, parce que ça lui rappelait qu'il était le fils de Sam, et c'était toujours une bonne chose. J'étais certain que pendant son adolescence, ce serait un problème, mais à six ans, c'était toujours une source de fierté.

— Monsieur Parker a plié mes doigts vers l'arrière quand il m'a retiré le marteau, et il y en a un qui me fait très mal.

Les yeux de Pat se tournèrent vers moi, et son regard était effrayant.

— Oh, dit Chaz en secouant la tête. Tu te rends compte que tu as de la chance que Sam ne soit pas là en ce moment ?

— J'en suis conscient.

— Est-ce que tu peux me montrer comment il a fait ? demanda Pat à Kola. Je serai toi, et tu seras Monsieur Parker.

— D'accord, acquiesça Kola.

Histoire de réduire un peu la tension, je posai des questions à Chaz sur ses trois garçons et à Pat sur ses quatre filles. L'aînée de Pat allait terminer le lycée en juin et l'idée que ses lettres d'admission à l'université arriveraient sous peu paniquait Pat. Non pas qu'il ait besoin de s'inquiéter –

je savais qu'Iris envisageait l'Université de Chicago, et si ce n'était pas son premier choix, ce serait sans doute le second.

Apparemment, d'après les grognements que je reçus, les couvées des deux hommes allaient bien. Ce qui n'allait pas, c'était la façon dont Kola avait été traité par Monsieur Parker. Pat me rejoignit après que Kola lui eut montré ce qu'il avait fait.

— Si quelqu'un touchait l'une de mes filles comme ça, je le tuerais. Je parlerai au doc' et s'il est d'accord, et qu'il dit que la blessure est compatible avec l'histoire de Kola, je vais aller faire ramasser ce type. Compris ?

Je hochai la tête.

— Est-ce qu'il t'a menacé ? Kola dit que tu lui as demandé de reculer.

— Il était trop proche des enfants. Si ça n'avait été que moi, je ne me serais pas inquiété.

Il hocha la tête et posa légèrement une main sur mon dos.

— Les enfants resteront à la maison demain, J, d'accord ?

— OK.

Chaz et Pat sortirent pour aller trouver le médecin, et Rick Jenner, le mari de mon amie Aubrey, entra, suivi de deux femmes.

— Oh.

Je lui souris quand il se dirigea vers moi, la main tendue pour que je la prenne.

— Je me doutais que vous enverriez quelqu'un, mais je ne pensais pas trouver l'un des associés gérants de « Riley, Jenner, Knox & Pomeroy » dans la chambre d'hôpital de mon fils.

Il sourit chaleureusement.

— En fait, c'est « Jenner Knox » maintenant, Monsieur Harcourt, et je suis l'associé fondateur ; Tobias Knox est l'associé gérant, parce que j'aime golfer.

— Je n'avais pas entendu la nouvelle. Félicitations, Rick.

— C'est parce que le Marshal et vous ne venez pas aux soirées auxquelles vous êtes invités.

— Nous ne vivons pas non plus dans la même tranche d'imposition.

Il rit doucement.

— Mais je vous verrai ce soir, n'est-ce pas ?

— Je ne sais pas. Nous verrons comment se sent Kola.

— Non, Pa, pleurnicha Kola. Je dois aller chez Tata Dyl. Elle va faire des chamallows au four, c'est Mica qui l'a dit.

133

Puisqu'il était l'aîné de nos quatre enfants, Mica, le fils de Dylan, faisait souvent de grands projets dont sa mère n'avait aucune connaissance préalable.

— Nous verrons comment tu te sens, bébé.

— Ça ira.

— Laisse-moi parler à ton avocat, d'accord ?

Il plissa les yeux.

— C'est pas l'ami d'Oncle Dane ?

— Si, dis-je à mon fils avant de se tourner vers Rick. Désolé, dites-moi quoi faire.

— Eh bien, pour commencer, j'espère que c'est cassé, parce qu'une fracture va guérir plus vite qu'une entorse, et ce que nous allons faire, c'est poursuivre cette école jusqu'à la mettre à genoux.

Je secouai la tête.

— Oh non, je ne veux simplement pas que Monsieur Parker puisse approcher de mon enfant, d'aucun de mes enfants d'ailleurs.

— Vous voulez qu'on lui interdise de pénétrer sur la propriété de l'école ?

— Oui.

Il acquiesça.

— D'accord, je peux faire ça. Mais vous êtes sûr que c'est tout ?

— Et il devrait payer pour cette visite chez le médecin, vous ne pensez pas ?

— Encore une fois, soupira-t-il, vous vous montrez très gentil. Si c'était moi, je le poursuivrais jusqu'à le mettre sur la paille.

Je fis la grimace.

— Vous ne feriez pas ça.

— Si, je le ferais, je suis comme ça.

— Qu'avez-vous besoin que je fasse ?

— Je vous ferai livrer les papiers par l'une de ces gentilles personnes ici présentes ; voici Theresa Lin et Nadira Kothari.

Je souris aux deux femmes.

— Celle qui se présentera vérifiera le tout avec vous, et nous signerons les papiers avant de les faire enregistrer. Pour le moment, Theresa va se rendre au Palais de Justice pour obtenir une ordonnance restrictive.

— OK.

— OK, répéta-t-il avant de me tapoter l'épaule.

Je commençais enfin me sentir à un peu mieux.

J'APPELAI DYLAN sur le chemin du loft et lui expliquai que le doigt de Kola était cassé et que je n'étais pas certain de le lui laisser. Malgré les pleurnicheries à l'arrière-plan, elle me supplia de déposer les enfants.

— Ça semblait fun et tu ne sors jamais, et tu as juste à faire le trajet jusque chez ton frère.

— Ouais, mais si des assassins venaient chez toi après…

— Vraiment ? Des assassins ? Tu es sûr que ce ne sont pas des ninjas ?

— C'est sérieux.

— Je comprends, mais ta vie ressemble toujours à ça, d'une manière ou d'une autre, et je ne crois pas que quelqu'un viendra pour s'en prendre à tes enfants ou à toi. Je ne pense pas que Sam t'aurait autorisé à te promener sans protection si ce n'était pas le cas. Réfléchis-y sérieusement une minute et réfléchis à ce que tu sais de ton homme.

Elle avait raison.

— Et franchement, dans ma rue ? ricana-t-elle. Qui a plus de voisins fouineurs que moi ?

— Ouais, tu as gagné, marmonnai-je tout bas.

— Tu m'étonnes ! Madame Applebaum et sa meilleure copine, Madame Flores ? Et Madame Wong ? Grand Dieu.

— Donc tu es en train de dire que mes enfants seraient en sécurité avec toi ?

— Tata Dyl, viens me chercher ! couina Hannah.

— C'est bien ce que je dis.

— J'ai juste le sentiment que Kola a besoin…

— Je veux des chamallows ! pleurnicha mon fils.

— Dyl…

— J'entends les chants derrière toi, au fait, dit-elle en éclatant de rire. Allez, bébé, donne-moi tes enfants. Je te promets de ne pas les vendre à des gitans.

Je me mis à rire.

— À moins d'avoir un très bon prix.

— J'espère que Frisquet ne t'a pas rendu folle.

— Il a rendu le chien fou. Moi, ça allait. J'ai une photo géniale où il est pendu au bout de son museau.

Je gémis. Sheila, le Saint-Bernard de Dylan, avait dû vivre un calvaire.

— Alors ?

135

— Sitipi, Pa.

— S'il te plaît, pas « sitipi ».

— Pipi, dit-elle avant de se mettre à glousser. Kola fait pipi !

— Pa ! Hannah dit que je fais pipi !

— Très bien, dis-je à Dylan. Assure-toi que les gitans te donnent le meilleur prix.

À son ricanement, je me sentis normal pour la première fois de la journée.

IX

J'ÉTAIS CACHÉ sur le balcon avec les autres.

— Quoi ? Qu'est-ce que j'ai dit ?

La main d'Aubrey Jenner était posée sur son nez, parce que du vin en était sorti quand elle avait ri.

Dane avait rejeté la tête en arrière et il faisait tout son possible pour ne pas sourire, tout en s'accrochant à la rambarde en béton.

Rick Jenner se tenait près de sa femme, les bras croisés, la tête baissée, tremblant juste assez pour qu'on sache qu'il allait craquer à tout moment.

— Putain de merde.

Jude Coughlin, le plus vieil ami de Dane datant de leur école primaire, jura en se joignant à notre cercle.

— Nous allons tous devoir rester dehors pour respirer, puisqu'il ne reste plus d'air dans tout ce putain d'appartement !

Rick se mit à ricaner ; sa femme posa son visage contre son épaule.

— Parce qu'il a tout aspiré ! continua Jude. Bon sang !

— De quoi est-ce que vous parlez ?

J'étais indigné.

— Il a des brogues [4] en coq, pour l'amour de Dieu ! C'est *ça* qui est important.

— C'est du *phoque*, me corrigea Aubrey en essayant visiblement de ne pas succomber. Exact ?

Jude leva les yeux au ciel.

— Qui fait des godasses en phoque ? lui demandai-je d'un air dramatique. Mon Dieu, ne sais-tu donc rien ?

— Arrêtez, nous avertit lentement Dane, car il était lui aussi sur le point de craquer.

— Je veux dire, continuai-je, *oui* j'aime parler de moi, est-ce que c'est de ma faute si je suis incroyablement riche, éduqué, drôle, urbain

---

4 La « brogue » est un style de chaussure traditionnellement caractérisé par plusieurs pièces de cuir avec des perforations décoratives, dans les tons marron, à semelle large.

et magnifique ? Pourquoi ne voudriez-vous pas parler de moi ? De quoi d'autres désireriez-vous discuter, paysans ?

Il se mit à sourire.

— *Paysans* ?

— J'ai une bague que tu peux embrasser.

Jude s'étrangla de rire.

— J'ai une maison dans les Hamptons, un penthouse près de la Water Tower et une résidence sur Park Avenue. Tu es juste jaloux. Peut-être que si tu passais plus de temps à gérer ton portefeuille d'actions et moins de temps à te masturber, tu serais riche aussi.

Ce fut la dernière goutte. Rick craqua. Sa tête retomba vers l'arrière et il hurla de rire. Aubrey riait si fort qu'elle arrivait à peine à respirer, Dane ricanait et se frottait les yeux parce que des larmes y étaient apparu, et Jude s'accrochait à son épaule, se joignant à Rick d'un rire rauque.

— Je vais tous vous tuer, annonça Aja en débarquant tout à coup sur le balcon.

— Pas moi, dit Dane. Tu as besoin de moi.

Elle grogna à son attention avant de se tourner vers moi.

J'écarquillai les yeux.

— Toi ! s'exclama-t-elle en me lançant un regard noir.

— Quoi ?

— Oh, ne fais pas l'innocent !

— Papa disait toujours « une once de prétention vaut une livre de fumier ».

— Arrête, je vais me faire pipi dessus, arriva à peine à dire Aubrey.

— « *Potins de femmes* » ? rétorqua Aja en essayant à grand mal de ne pas sourire. Tu cites des films, maintenant ?

— C'est un crétin, dis-je à ma belle-sœur en articulant le mot. Comment as-tu pu être amie avec ce type ?

Elle réfléchit.

— Il a probablement changé, suggéra Dane en se frottant le front. N'est-ce pas, mon amour ?

Elle se tourna pour le regarder, parce que ce terme affectueux qu'il n'avait pas l'habitude d'utiliser la fit se mordre la lèvre inférieure.

— Oui ?

— Il était plus terre-à-terre, dit-elle avant de prendre une inspiration. Je pense qu'il en fait trop.

— Oh, tu crois ? ricana Jude. Aja, ma chérie, puis-je t'acheter un diamant ?

Son commentaire, son inflexion, me firent rire.

Elle lui donna un petit coup au torse.

Dane intercepta sa main quand elle l'écarta et l'attira contre lui, et comme toujours, elle trouva parfaitement sa place sous son bras. Elle me passa son verre de vin pour pouvoir poser les deux mains sur le torse de Dane en s'appuyant contre lui.

— Nous n'avons même pas encore dîné, dit enfin Rick, son fou rire perçant toujours dans sa voix. Nous serons pris en otage pendant tout le repas.

— Oh, ces pauvres gens avec qui nous l'avons laissé, dit tristement Aubrey.

Je ne pus m'empêcher de ricaner.

— Si Sam était là, il l'abattrait.

— Voilà pourquoi Sam n'a pas le droit d'apporter son arme à feu aux dîners mondains, me rappela Dane.

— D'ailleurs, ça me fait penser, dis-je en tournant les yeux vers mon frère. Pourquoi diable est-ce que tu as apporté le Super Soaker d'Hannah à l'appartement ?

Il plissa les yeux.

— Mes deux garçons voudraient leur pistolet à eau, pourquoi ta fille ne voudrait-elle pas le sien ? Ça n'a aucun sens.

— Non, grimaçai-je. Ce qui n'a aucun sens, c'est un pistolet à eau en novembre.

— Comme si toi et la logique, ça ne faisait pas deux, se moqua-t-il. Neuf fois sur dix, tes décisions sont erronées.

— Au moins, moi, je n'ai pas des chaussures en caneton.

Son ricanement lui valut un pincement de sa femme et je remarquai alors que son attention était portée sur moi. Je souris comme un dément.

— Toi.

— Moi ?

— Toi, acquiesça Aja.

— Quoi ?

— Tu es terrible.

— Moi ? C'est lui qui a des chaussures en coq.

— Jory !

La sonnette retentit.

— Peut-être que c'est son rencard disparu, dit Jude, plein d'espoir. S'il vous plaît, Dieu, délivrez-nous.

— Oh, ce n'est pas si terrible, le réprimanda Aja.

Nous la regardâmes tous et Dane embrassa son front.

Peut-être que Randall Erickson était un type sympa et simplement très nerveux en compagnie d'un groupe de personnes aussi couronnées de succès. Mais il atterrit au bas de ma liste quand je sortis de la cuisine et vis l'ex de mon partenaire planté là.

— J'aimerais vous présenter le Docteur Kevin Dwyer. Il…

— Jory, me salua Kevin en souriant.

Je ne manquai pas la façon dont ses yeux balayèrent derrière moi, cherchant mon compagnon, et en fus immédiatement agacé.

— Tu connais Jory ? demanda Randall, l'air inquiet.

— Pas Jory. Nous avons une connaissance mutuelle.

Inspirer, expirer.

— Oh ? Qui ça ?

Je m'éclaircis la gorge.

— Il connaît Sam.

— Vraiment, dit Dane comme si c'était la nouvelle la plus fascinante de tous les temps.

— Vraiment, vraiment, répondis-je.

Ma gaieté simulée ne lui échappa pas.

— Je vois.

Il hocha la tête, son regard croisant le mien.

— Nous allons manger ?

— Oui.

Je me forçai à sourire pour lui.

En prenant place à la longue table près de Jude et face à Rick, je me souvins qu'avant d'avoir des enfants, j'avais été un suiveur. Ce n'était pas une révélation ; cela m'était venu quelque temps plus tôt, mais à présent, je pouvais voir des changements chez moi. Par le passé, j'aurais attendu que Dane ou les autres me mettent à l'aise dans les situations stressantes. J'aurais compté sur la présence physique de mon frère pour m'entraîner à table ou me parler au dîner. Mais je n'étais plus ce type. Oui, je comptais toujours sur mon frère pour les gros trucs, comme une planque pour que les hommes de main ne puissent pas m'atteindre avec mes enfants quand ma moitié était absente, mais je n'avais plus besoin qu'il dirige ma vie et me permette de me sentir plus à l'aise. Je n'avais pas besoin de l'appeler en renfort à moins que ce soit pour quelque chose d'extrême comme un enfant blessé, et qu'il fallait la police ou un avocat. Je n'étais plus un gamin ; j'en avais deux moi-même.

Le repas fut bien, mais rien de vraiment mémorable. Les serveurs étaient efficaces et courtois. Le chef devait être génial parce que tout le monde remarqua combien la nourriture était bonne, et le vin provenant de la collection de Dane fut apparemment un triomphe. Tout avait bon goût pour moi, mais rien d'extraordinaire. Si le père de Sam avait été là, à faire ces fameux cheeseburgers au bacon, alors j'aurais pu m'extasier. En l'état des choses, j'étais prêt à rentrer chez moi. Même si j'aimais mon frère et sa femme, je me rendais compte que nous ne pouvions pas vraiment nous fréquenter en société. Mon idée d'un bon dîner, c'était un dimanche soir chez les parents de Sam ou les soirées que je passais avec Dane, Aja et leurs enfants. Je n'étais plus le genre de type à apprécier des cocktails, des hors-d'œuvre et un repas 4 étoiles, si je l'avais jamais été.

Quand le dîner se termina, pendant que le personnel demandait aux invités s'ils voulaient du café avec leur dessert, je me levai et me dirigeai au bout de la table pour m'accroupir près de la chaise de Dane.

— Quoi ?

Ses sourcils étaient froncés.

- Non, rien, c'est juste…

Je baissai la voix.

— Je m'inquiète pour Kola, et ma tête n'est pas vraiment là. Je me suis vraiment montré crétin envers Randall et ce n'est pas sa faute. Normalement, je fais des concessions pour tout le monde, mais j'ai juste envie de partir.

— Bien sûr, je comprends. Dimanche, quand tu ramèneras les enfants, nous dînerons juste entre nous quelque part, dit-il en posant doucement la main sur mon épaule. Tu es sûr que tu es toujours partant pour les prendre vendredi ?

— Oh, absolument. Préparez des vêtements pour eux et j'irai les récupérer après l'école.

— Merci.

La voix d'Aja venait de se tourner sur moi et elle me prit la main.

— Je t'en prie, répondis-je en l'embrassant tout en me levant, avant de contourner la table jusqu'à Rick.

— Hey, où est-ce que tu vas ? me demanda Aubrey.

141

— À la maison, soupirai-je en me penchant pour embrasser sa joue. Je m'inquiète pour Kola.

— Oh, mon chéri, Rick m'a raconté. Tu es si gentil ; si c'était moi, je serais en train de faire un massacre.

Je serrai la main qu'elle m'offrit en souriant puis me tournai vers son mari.

— Tu vas te lever pour que je puisse te serrer dans les bras ou quoi ?

Il ricana, se leva et je me penchai vers lui et il m'attrapa dans ses bras. Ce n'était pas quelque chose que nous faisions lui et moi, se prendre ainsi dans les bras, mais c'était justifié.

— J'étais vraiment sens dessus dessous aujourd'hui et j'avais vraiment besoin d'aide. Tu as été génial et Nadira a été incroyable quand elle est venue et m'a expliqué ce qu'elle faisait, ce qu'il se passait et à quoi je devais m'attendre. Merci d'être intervenu pour arranger tout ça. Normalement, c'est le rôle de Sam.

Il me serra une dernière fois contre lui et s'écarta.

— Pas de problème, m'assura-t-il. Nous sommes amis aussi, tu sais ?

— Nous le sommes, insista Aubrey en prenant ma main et la serrant.

— D'accord, acquiesçai-je avant de les laisser, me dirigeant vers le placard à manteaux près de la porte d'entrée.

J'étais en train d'enfiler ma veste quand quelqu'un appela mon nom.

— Monsieur Harcourt.

— Oh, salut.

Je souris à Randall en me retournant.

— Bon sang, désolé d'avoir été un tel connard envers vous, ce n'est vraiment pas votre faute.

— Je… pardon ?

J'indiquai mon nez.

— Quand je vous imitais, j'ai pris cette voix nasale comme vous quand vous parlez, un peu comme… un canard. C'était vache et…

— Je vous demande pardon ?

Oh-oh. Je me mis à mentir :

— Eh bien, quand je parlais de vous à mon amie Dylan au téléphone, j'ai dit qu'il y avait un type chez mon frère avec des chaussures en ornithorynque ou quelque chose du genre, et j'étais certain que vous aviez tout un tas de qualités, mais que jusqu'à présent, comme vous étiez le seul à parler, il était plutôt difficile de me faire une idée de ces qualités.

— Vous…

— Elle me disait qu'être courtois est une vertu et que vous étiez peut-être nerveux, ce qui expliquait peut-être le monologue sur vos activités… charitables.

Je m'éclaircis la gorge.

— Et je me suis mis à penser que peut-être nous pourrions déjeuner ensemble, dans très, très longtemps.

— Je voulais juste vous demander des éclaircissements, pour comprendre comment vous connaissez Kevin, mais… est-ce que je dois comprendre que vous vous moquiez de moi ?

— Juste le… dis-je avant d'indiquer mon nez, le coin-coin.

— Monsieur Harcourt !

— Juste Jory, le corrigeai-je. C'est Dane, le « Monsieur ».

— Vous… je… comment osez-vous insulter… pourquoi… je…

Pourquoi arrivais-je toujours à faire bafouiller les gens comme ça ?

— Oh, je sais, repris-je en ayant soudain une idée pour faire la paix. Vous aimez les gens riches. Je pourrais inviter Aaron Sutter, vous le connaissez, tout le monde le connaît, et tant que vous parlerez de trucs qui ne sont pas, vous savez, juste sur vous, alors nous pourrions peut-être passer du temps ensemble et manger une espèce de pélican menacé ou quelque chose du genre, hein ?

— Qui êtes-vous ?

— C'est mon frère, dit soudain Dane près de moi. S'il te plaît, rentre chez toi.

— C'est ce que j'étais en train de faire, dis-je pour me défendre. C'est lui qui m'a arrêté.

Dane indiqua la porte et je me dirigeai vers celle-ci.

— Vous… il…

— Allez-vous asseoir, Randall, l'apaisa Dane quand j'ouvris la porte d'entrée et la refermai derrière moi.

Parfois, on ne gagnait rien à s'excuser.

— SES CHAUSSURES étaient en coq ? me demanda Kola en rentrant de chez Dylan. C'est dégoûtant, Pa.

— Oui, je sais.

Nous devions passer prendre du lait et divers autres articles à l'épicerie.

— Hannah, appelai-je quand elle s'éloigna trop de moi dans le rayon des céréales, quand est-ce que c'est trop loin ?

Elle se retourna et leva les yeux vers moi.

— Si tu ne peux pas tendre la main et me toucher, je suis trop loin.

— Très bien.

Je tendis la main.

La façon dont elle marcha à reculons jusqu'à ce que ma paume lui touche le dos était drôle ; je la remerciai de respecter mes souhaits.

— Nana dit que ce n'est pas bien que tu me remercies, que je devrais juste faire ce que tu dis.

— Et qu'en penses-tu ?

— Je pense qu'elle a raison, mais j'aime bien quand tu dis merci.

Je pris la main d'Hannah en regardant Kola faire une drôle de marche de contorsionniste.

— Pourquoi est-ce qu'il fait ça ? demandai-je à Hannah.

— Il ne veut pas que tu te casses le dos s'il marche sur une fissure du carrelage.

— Mais toi, tu t'en fiches si tu me casses le dos ?

— Je pense que tu serais déjà cassé si c'était vrai. Je pense que c'est comme les démons.

C'était nouveau, ça.

— Quels démons ?

— Suzy dit que les démons viennent de l'enfer par le sol et t'attrapent quand tu dors.

— Hmm-hmm.

— Mais le sol, c'est dur, alors comment pourraient-ils passer ? voulut savoir ma fille.

— C'est un excellent point.

— Donc ce genre de choses, je ne crois pas qu'elles soient réelles, dit-elle en mettant fin au sujet.

— Je pense que tu as raison.

— Samedi, après le film, est-ce qu'on pourra aller à l'aquarium ?

Son esprit passait du coq à l'âne encore plus vite que le mien.

— Pourquoi ?

— Les dauphins, dit-elle catégoriquement, comme si ça ne pouvait pas être autre chose.

— Nous pourrons demander à tout le monde, mais je pensais qu'on irait plutôt au parc.

— Oh, le parc, c'est encore mieux, c'est pas grave alors. Tu es très intelligent.

Elle m'offrit un large sourire.

— Merci.

— Pa, dit Kola en ayant visiblement abandonné son inquiétude pour ma colonne vertébrale vu la façon dont il était revenu à ses foulées normales. Qui est-ce que je vais épouser quand je serai grand ?

— Je ne sais pas, ça dépend de qui tu tombes amoureux.

— Mais est-ce que ce sera un garçon ou une fille ?

— Je n'en ai aucune idée, mon amour. Celui que tu veux.

Il réfléchit.

— Est-ce que je dois aller à l'université ? Mica a dit que son père avait dit qu'il devait aller à l'université.

— Oui, tu dois aller à l'université.

— Est-ce que Daddy est allé à l'université ?

— Non.

— Alors pourquoi est-ce que je dois y aller ?

— Si tu veux faire un travail comme votre Daddy, alors tu n'es pas obligé, mais si tu veux être vétérinaire et t'occuper des chats comme Frisquet, alors…

— Ouais, je pense que je veux faire ça.

— Alors tu dois aller à l'université.

— D'accord, alors j'irai à l'université.

— Pense à une bourse.

— Quoi ?

— Je te le dirai plus tard.

Tandis que nous faisions la queue aux caisses, Hannah, qui en avait eu marre de marcher, était assise au sommet du caddie, chantonnant et balançant ses jambes. L'homme derrière nous rit doucement.

Je le regardai par-dessus mon épaule. Si j'avais dû deviner, j'aurais dit qu'il avait environ soixante-cinq ans, un beau visage, bel homme.

Il s'éclaircit la gorge.

— Est-ce qu'elle fredonne « *The Girl from Ipanema* » ?

— Oui, gémis-je. Oh mon Dieu, c'est ma faute. C'est ce que je fais, et maintenant quand elle s'ennuie… enfin, vous avez compris.

— C'est adorable.

Il me sourit.

Je grimaçai.

145

— Sa maîtresse n'est pas fan.

Il rit.

— J'imagine.

Hannah releva les épaules, inclina la tête et dirigea toute sa mignonnitude vers lui, et entre ses petites joues rouges, sa minuscule bouche rose et ses yeux brillants, il fondit.

— C'est une vraie poupée.

— Et elle le sait.

— Vous aurez besoin d'un pistolet pour éloigner les garçons.

— Nous sommes déjà parés dans ce domaine, lui assurai-je.

Sur le parking, je donnai un sac léger à Kola quand nous entendîmes des cris de volatiles.

— Qu'est-ce que c'était ? me demanda Hannah.

— Des coqs, lui dis-je en marchant tandis que je portais trois sacs réutilisables et Kola le dernier.

À la voiture, nous l'entendîmes de nouveau.

— Pa, ça vient de là, dit Kola en indiquant un pick-up Ford garé plus loin.

— Ce ne sont pas nos affaires. Monte dans la voiture, lui ordonnai-je en ouvrant la portière.

— Mais s'ils sont coincés ? demanda Hannah en levant les yeux vers moi, ses grands yeux bruns inquiets.

— Très bien, grimpez tous les deux dans la voiture. Je vais voir ce que c'est.

Une fois mes enfants en sécurité, je m'approchai du pick-up et me penchai par-dessus la remorque pour y soulever une bâche. Dessous se trouvaient trois grandes cages grillagées avec des coqs. Je n'avais jamais été un grand fan d'oiseaux ; les ailes s'agitant devant mon visage étaient une source d'hyperventilation. Les clowns, les oiseaux, les cafards volants – qui s'étaient ajoutés à la liste quand j'étais à Hawaï – et les guêpes me donnaient des frissons. Je ne fus pas ravi de découvrir des coqs, mais qu'ils se trouvent là me semblait tout aussi étrange. Leurs plumes avaient l'air d'avoir été taillées bizarrement ; ils ne ressemblaient pas à ceux qui se promenaient à la ferme pédagogique.

— Qu'est-ce que vous faites, bordel ?

Je me retournai et aperçus deux hommes se dirigeant rapidement vers moi.

— Mes enfants ont entendu les coqs chanter et nous pensions qu'ils avaient des ennuis.

— Oh, dit le premier type.

Et, soudain, je me retrouvai devant un insigne qu'il avait sorti de sous son T-shirt.

L'autre homme l'imita. J'entendis la vitre se baisser derrière moi et Hannah passa sa tête par la fenêtre.

— Est-ce que les poulets vont bien, Pa ?

— Oui, B, lui assurai-je.

Les policiers, inspecteurs Gonzales et Everman, expliquèrent aux enfants, l'un d'eux adossé au pick-up et l'autre à mon minivan, qu'ils avaient pris les coqs à de méchants messieurs qui allaient les faire combattre.

— Pourquoi les font-ils combattre ? voulut savoir Kola.

— Les gens parient pour savoir quel oiseau va gagner.

— Comment savent-ils qui a gagné ?

Kola était tenace quand il s'agissait de quelque chose qu'il ne comprenait pas.

— Est-ce que c'est comme la boxe et il y a des points ?

Je dus me rappeler de parler au père de Sam pour qu'il arrête de regarder les combats avec mon gamin.

— Non, ils les laissent combattre jusqu'à ce que l'un d'eux meure.

— Meure ?

Kola était horrifié.

Hannah, qui à ce moment-là était fatiguée, éclata en sanglots.

— Vraiment ? leur lançai-je.

Je fronçai les sourcils à l'attention des deux inspecteurs, même si c'était Everman qui avait dit ça.

Gonzales donna un coup de coude dans les côtes de son partenaire, l'air penaud.

— Désolé.

Mais je devais réconforter ma fille et je n'avais plus de temps pour eux.

Ils quittèrent le parking en premier et je remarquai en tournant à droite dans la rue que nous les suivions.

Je ne remarquai même pas le Hummer qui passait à toute vitesse jusqu'à ce qu'il s'écrase sur le côté du pick-up et le force à quitter la route. J'étais facilement à cent mètres derrière eux, mais j'éteignis rapidement mes phares et me garai sur le bas-côté.

147

— Pa ?

Je fis taire Kola et appelai le 911 pendant que les agents sortaient de leur voiture.

Il y avait trois hommes dans le Hummer, et ils émergèrent de leur véhicule en tirant.

— Ici le 911, quel est votre urgence ?

— 2-1-1, dis-je rapidement en me souvenant des codes que Sam m'avait appris. J'ai deux officiers en vue.

2-1-1 : agression sur un agent. L'opératrice passa d'intéressée à inquiète en quelques secondes à peine. Elle me demanda où je me trouvais et si j'étais en danger, et puisque je considérais que le danger c'était quand les gens me tiraient directement dessus, je répondis que non. Quatre voitures passèrent de l'autre côté de la rue, puis trois autres, et les méchants durent avoir peur parce qu'ils se précipitèrent soudain vers leur voiture. Tout se termina et le Hummer – les pneus hurlants, partant à toute allure – revint vers moi. Je vis la plaque d'immatriculation, la mémorisai, dis aux enfants de se baisser et me baissai moi-même. La voiture passa à toute allure et j'espérai qu'ils ne nous remarquent pas dans notre Mercedes, sachant qu'ils auraient de toute façon été incapables de relever ma plaque à cette vitesse.

Je donnai leur plaque à l'opératrice et lui dis que j'allais vérifier comment allaient les agents. Elle me dit que j'aurais de la compagnie dans quelques minutes, police et ambulance.

Me rapprochant autant que possible du van, je sortis et enfermai les enfants à l'intérieur. J'étais toujours au téléphone avec l'opératrice quand j'allai voir les agents.

Everman était touché, du sang coulait de son flanc. Gonzales était sous le pick-up, allongé sur le dos, et il haletait en me disant qu'il avait été touché à la jambe et à l'épaule.

— Est-ce que Lou est en vie ?

— Oui, répondis-je. Vous allez bien ? Les secours sont en route.

— Ouais, je vais bien, et merci.

— Tenez le coup, l'apaisai-je en revenant à son partenaire.

Je retirai mon manteau, puis mon pull et le T-shirt sous celui-ci. Il faisait froid dehors, mais j'avais besoin d'appliquer une pression sur la plaie et il n'y avait aucune autre option. Everman gémit quand je pressai le vêtement roulé en boule contre son flanc.

— Vous êtes qui déjà ? me demanda-t-il quand je le drapai de mon manteau et glissai mon pull plié sous sa tête.

— Vous connaissez Sam Kage ?

Il toussa.

— C'est un Marshal, c'est ça ?

— Ouais.

— Ouais, je me souviens. C'était un sacré inspecteur de la criminelle.

J'acquiesçai.

— Je suis marié avec lui.

— Compris, dit-il quand nous entendîmes tous deux les sirènes au loin. Je suppose que vous n'avez pas vu la plaque d'immatriculation du...

— J'ai déjà appelé pour la transmettre à la police, répondis-je en portant le téléphone à son oreille.

— Hey, geignit-il à l'opératrice, vous avez la plaque ?

Il lui parlait encore quand l'ambulance et une flotte de voitures de police arrivèrent. J'indiquai sous le pick-up, puis répondis rapidement à des questions pour que les policiers puissent ranger leurs armes à feu et que tout le monde sécurise le lieu au lieu de s'inquiéter que quelqu'un s'apprête à leur tirer dessus.

Kola et Hannah purent s'asseoir dans une voiture de police avec un très gentil jeune homme qui leur expliqua tout ce qui s'y trouvait. Je me tenais à l'extérieur de celle-ci après avoir renfilé mon pull et mon manteau, le T-shirt ayant été sacrifié pour la bonne cause, et fis ma déclaration à de nouveaux inspecteurs. Gonzales et Everman furent emmenés à l'hôpital dans des ambulances séparées, et Chaz et Pat – qui étaient apparus je ne sais comment – se tenaient désormais avec moi pendant qu'on m'interrogeait. Les deux nouveaux mecs – il y avait bien trop de personnes en une nuit pour suivre – me promirent que mon nom n'apparaîtrait pas dans les journaux.

— Vous devriez recevoir une médaille, Monsieur Harcourt.

Mais je ne voulais pas de citations pour bravoure ou quoi que ce soit. J'avais fait ce que n'importe qui avec un partenaire dans les forces de l'ordre aurait fait.

— Son nom ne peut pas être divulgué, insista Chaz, se servant de sa taille, de son statut, de son mandat, de son passif, la totale, en plus de qui il était, pour intimider les deux plus jeunes inspecteurs.

— Jamais, rajouta Pat.

Et tout aussi terrifiant que soit Chaz, il était très doux par rapport à Patrick Cantwell.

L'accord des inspecteurs juniors fut rapide : ils promirent qu'il n'y aurait pas de presse, aucune. Je rencontrai le capitaine de Gonzales et

Everman, Ibrahim Khouri, qui avait l'air propre et présentable même si, à vingt-deux heures, il était tard pour avoir l'air aussi beau. Il me remercia d'être venu au secours de ses hommes et s'assura de me passer sa carte. Il ne savait pas vraiment pourquoi Chaz et Pat étaient là, et ils se mirent à lui expliquer ce qu'il m'était arrivé un peu plus tôt ce jour-là, omettant Sam complètement. Khouri escorta Chaz pour parler à Kola.

En me retournant, je vis Kola sortir de la voiture et glisser sa petite main dans celle du capitaine, qui s'était agenouillé dans la poussière devant mon petit garçon pour qu'ils se retrouvent plus ou moins au même niveau. J'aurais été prêt à parier que le Capitaine Khouri avait lui-même des enfants.

Il hocha la tête pendant que Kola racontait à son tour ce qu'il s'était passé. Le visage d'Hannah se crispa en écoutant son frère, et après une minute, elle traversa l'herbe en courant vers moi.

— Tu vas bien, B ? demandai-je en la soulevant.

— Je veux rentrer à la maison et dans ma chambre et je veux que Daddy revienne.

Elle se mit à gémir à la fin de sa phrase.

— Je sais, B, l'apaisai-je en lui frottant le dos, sa tête retombant contre mon épaule. Il sera bientôt à la maison. Peut-être que ce soir on pourrait tous dormir dans ma chambre, hein ?

Elle acquiesça contre mon cou et je demandai à l'inspecteur si nous en avions terminé.

Il acquiesça. Il me donna sa carte et me dit qu'il me recontacterait, et nous eûmes le droit de rentrer chez nous. Le capitaine m'informa qu'il verrait la suite avec Chaz et Pat, et je le remerciai avant de faire grimper mes deux enfants dans la voiture pour enfin rentrer chez nous.

— Heureusement que nous n'avons pas acheté de glace, leur dis-je.

Et soudain, les choses allaient mieux, elles étaient normales, parce qu'ils pensèrent tous les deux qu'une glace fondue partout dans le coffre était hilarant.

CE SOIR-LÀ, allongé entre mes deux petits fraîchement douchés, tous deux en pyjama et pelotonnés contre moi, j'essayai d'appeler Sam. Je tombai sur sa boîte vocale, et puisque je n'étais jamais certain de savoir à quel point son téléphone était sûr, je lui envoyai juste un texto avec un cœur avant d'éteindre la lampe.

X

Je n'étais pas du genre à démarrer sur les chapeaux de roue le matin. J'étais probablement un vampire réincarné, à vrai dire. Sans surprise, j'étais donc encore devant la cafetière, attendant qu'elle produise le précieux élixir qui me permettrait de tenir debout, quand il franchit la porte.

Je fus stupéfait.

Je ne m'étais pas attendu à le voir avant des semaines. Découvrir Sam Kage, avec ses vêtements froissés et sa barbe de trois jours, en train de me regarder d'un air renfrogné fut une surprise.

— Qu'est-ce qu'il se passe, bordel ? rugit-il.

Je levai les sourcils.

— Bonjour à toi aussi.

Il grogna, laissa tomber son sac, retira son caban et le jeta sur le canapé avant de s'avancer.

Je contournai l'îlot central de la cuisine, qui servait de comptoir d'un côté et de bar de l'autre. La disposition ouverte du loft signifiait qu'une pièce succédait à la précédente, et je fus donc reconnaissant pour cette petite barrière entre nous.

— Qu'est-ce que tu fais ?

— Pourquoi es-tu énervé ?

Ses yeux s'écarquillèrent.

— Pourquoi suis-je énervé ? Je ne sais pas... Laisse-moi réfléchir.

Je croisai les bras en attendant.

— Kola s'est fait casser le doigt, tu as dû protéger tes enfants tout seul devant ce psychopathe et tu as été témoin d'une attaque sur deux policiers !

— Le pire, c'était le dîner. Ton petit ami était là.

Je frissonnai.

Il gronda du fond de la gorge et se jeta sur moi.

J'aurais pu courir, mais il était trop tôt le matin. À la place, je me retournai et il courut jusqu'à moi, m'agrippa fermement les bras et me secoua.

— Pourquoi tu me laisses toujours partir ?

151

— Pourquoi tu n'arrêtes pas de partir ? demandai-je en retour, sachant d'après son regard hanté et à vif que j'avais devant moi un homme absolument dévoré de culpabilité, d'inquiétude et de douleur.

Il était malade de ne pas avoir été là pour Kola, Hannah et moi.

— Je crois toujours que si je veux que quelque chose soit bien fait, je dois absolument le faire moi-même.

— Je sais.

Je souris et ma voix s'adoucit, et il me relâcha, ses mains se déplaçant jusqu'à mon visage, le prenant en coupe.

— Ce n'est rien.

Un halètement lui échappa avant que sa mâchoire ne se crispe.

— Tu es en colère contre toi, pas contre moi.

Il ne me contredit pas. Il n'eut pas besoin de le faire ; je le vis.

— Laisse tomber tout ça, ajoutai-je en enroulant mes mains autour de ses poignets. Je suis fou de bonheur que tu sois là.

Il hocha la tête, et quand je me dressai vers lui, j'entendis son souffle se couper.

Encore.

Après tant d'années, je coupais encore le souffle à cet homme.

C'était un don.

Il scella ma bouche de la sienne et m'enveloppa de ses bras, se servant de toute sa puissance pour me presser contre lui, nos corps alignés, nos langues entremêlées, notre baiser intime et languide. Je lui appartenais et il pouvait me tenir aussi longtemps qu'il le voulait.

Mes bras s'enroulèrent autour de son cou quand il me souleva de terre, les mains sur mes fesses. Je glissai mes jambes contre ses cuisses, jusqu'à ses hanches, et les resserrai. Mon gémissement le poussa à me serrer plus fort encore, ses grandes mains brusques s'enfonçant dans ma peau quand il sortit de la cuisine pour remonter le couloir.

J'avais vraiment envie de rentrer à la maison. Chez nous, le sexe matinal se passait dans la buanderie. J'avais perdu le compte du nombre de fois où j'avais été pris sur la machine à laver.

Il rompit le baiser, haletant, et j'inspirai également avant de capturer de nouveau sa bouche. Je suçai sa langue et il tituba vers l'avant, tout en me portant, puis s'arrêta soudain et me plaqua contre le mur.

— Où sont nos enfants ? demanda-t-il en chuchotant à mon oreille, mordillant le lobe.

— Toujours… au lit… tôt… dis-je sans pouvoir terminer ma phrase et embrassant sa gorge jusqu'à son menton, le mordant doucement avant de rejoindre à nouveau sa bouche, sucer sa peau, à deux doigts d'y laisser des suçons.

Un bruit frustré lui échappa, d'abord un grondement, puis un soupir avant qu'il ne se redresse du mur et continue à remonter le couloir.

— Où ?

— Première porte, lui indiquai-je. Ferme à clé quand…

— Oui.

Je souris contre sa bouche. Quand nous arrivâmes, il ferma la porte derrière lui d'un coup de pied et soudain ses mouvements furent rapides, violents et puissants.

Après m'avoir reposé sur mes pieds, il fit passer mon T-shirt par-dessus ma tête pour me le retirer, puis en fis de même avec le sien, l'agrippant entre ses épaules. Je tendis les mains vers lui, saisissant son torse, aimant cette sensation.

Mon profond gémissement appréciateur provoqua une réaction violente. Ma nuque se retrouva dans sa poigne de fer et il me fit faire volte-face et me poussa vers l'avant, ma joue pressée contre le bois froid et solide de la porte.

Tes mains.

Immédiatement, je les mis au-dessus de ma tête, les paumes à plat. En même temps, j'écartai les jambes. Il empoigna fermement mes cheveux et le message de ne pas bouger fut très clair. Je restai immobile et il s'éloigna, puis j'entendis le bruit du tiroir de la table de nuit derrière moi et celui d'un sachet en plastique. Nous étions ensemble depuis si longtemps que peu importe où nous étions, où nous restions, certains trucs trouvaient toujours leur place familière. Il savait où chercher du lubrifiant.

Il tira le cordon de mon pyjama, puis le baissa sur mes hanches avant de me le retirer. Quand je sentis son souffle chaud sur mes fesses, le mien s'emballa parce que je savais ce qui allait venir. Il me mordit fort, cela laisserait l'empreinte de ses dents, mais je m'en fichais. Les coups de langue qui suivaient, la succion, en valaient la peine.

Si nous n'avions pas été séparés, si cela était un besoin matinal normal, il aurait écarté mes fesses et glissé sa langue à l'intérieur de mon orifice. Mais il me malmenait et allait me plaquer au mur pour me pilonner. J'avais hâte.

Chaque muscle de son grand corps dur était tendu et prêt à agir pour me prendre. Et j'en avais envie. Je voulais que Sam Kage me rende fou.

Le premier doigt lubrifié glissa en moi et sa bouche se referma contre mon épaule, où son nom était tatoué depuis des années. J'avais demandé à un artiste d'y tracer sa signature, juste « Sam », et de l'encrer. Il ne se lassait jamais de voir son prénom sur mon corps. C'était là où ses lèvres se posaient chaque fois qu'il me prenait par derrière.

Je pressai mes fesses contre lui et il gémit d'un air appréciateur avant de les caresser, puis de les gifler.

— Si belles, si parfaites et rondes et fermes... comme un cœur... toujours incroyables.

— Quoi ?

— Tu es si petit et pourtant... tu me prends en entier.

C'était le cas et je pouvais le faire, et il y avait beaucoup de lui à prendre. Il me remplissait et m'étirait comme jamais personne ne l'avait fait.

— Rien que te regarder... dit-il d'une voix qui n'était plus qu'un gémissement rauque, je pourrais jouir.

Je pressai contre son doigt et il en ajouta un second, travaillant les anneaux serrés de mes muscles, essayant de pousser mon corps à se détendre.

— Résiste-moi, m'ordonna-t-il. Vas-y, essaie, parce que j'ai trop hâte.

J'entendis le tintement de sa boucle de ceinture, la fermeture à glissière, puis le son de la chair contre la chair. Puis je l'entendis lubrifier sa queue, et je sentis son liquide pré-séminal avant le contact de son énorme gland contre ma raie. Il pressa entre mes fesses, laissant son sexe les écarter, et le premier à-coup me fit sursauter.

Son angle changea, se baissa, et il pressa vers le haut, profondément et durement, le lubrifiant lui facilitant la tâche. Mes muscles frissonnèrent autour de lui.

— Oh mon Dieu, gémit-il bruyamment, colérique, s'enfonçant, poussant, ondulant en moi sans hésitation. Tu m'as aspiré ; ton cul m'a englouti entièrement, putain.

Je transpirais, mais je me sentais glacé à la fois, pendant qu'il me pilonnait contre la porte, cognant fort, sans se soucier du bruit. Il relâcha mes mains, s'écartant pour pouvoir observer sa queue disparaître dans mon cul encore et encore. Je savais ce qu'il regardait, il me l'avait dit de nombreuses fois au fil des ans.

La poigne d'acier reprit à l'arrière de ma nuque. Ses doigts laisseraient des marques, mais je savais qu'il s'en fichait. Seul l'exercice de sa puissance et de sa domination importait, me voir le recevoir, sentir les parois soyeuses autour de lui, savoir que je n'appartenais qu'à lui.

Je fus empalé encore et encore sur sa longueur épaisse et chaude, puis soudain sa main gauche glissa sur la mienne. Nos doigts s'entrelacèrent, aplatis sur la porte, et son autre main empoigna mon membre dégoulinant.

— Jouis, fut l'ordre guttural qu'il me lança en poussant plus fort, me branlant tandis que je criais son nom. Tu es si bon quand tu t'offres à moi.

Ce mouvement de bascule, ses va-et-vient… Mon corps n'était plus que friction et chaleur, sons et odeurs. Mon orgasme me fut arraché en quelques secondes, et tout mon corps se serra à la fois.

— Oh merde ! cria Sam, mes muscles enserrant sa queue si fort qu'il ne pouvait plus bouger, le maintenant dans mon orifice et ses spasmes. Jory… bébé…

Je tremblais. Lui aussi. Puis il se répandit en moi et je pus sentir chaque pulsation, chaque tremblement, et entendre son souffle contre mon oreille.

Il enroula ses bras autour de moi et me serra fort, son torse musclé plaqué contre mon dos, sa bouche ouverte contre mon épaule, simplement planté là à embrasser chaque parcelle de peau qu'il pouvait atteindre.

J'aurais voulu pouvoir simplement me dissoudre en lui, j'eus même l'impression que j'aurais pu le faire s'il resserrait encore son emprise. J'ouvris la bouche pour parler.

— J'ai des choses à dire.

— Vas-y.

Il inspira, puis se libéra doucement de mon corps, avant de me soulever et de m'emmener jusqu'au lit. Une fois là-bas, il m'y laissa et se dirigea vers la salle de bains.

J'attendis et il revint avec une bouteille d'eau fraîche et un gant de toilette chaud.

— Ce mini frigo dans la salle de bains, c'est génial, dit-il en ouvrant la bouteille et me la passant. Il nous faut la même chose à la maison.

— Oui, répondis-je en riant doucement avant de hoqueter quand il nettoya sans ménagement le sperme entre mes cuisses et mes fesses, puis essuya mon abdomen.

Ce n'était pas parfait ; j'étais encore un peu collant, mais pas aussi sale. Pas que je m'en souciais. J'adorais sentir l'odeur de Sam, j'adorais sentir sa semence sécher sur ma peau.

— Comme si tu t'en fichais.

— Quoi ?

— Tu te fiches que je te nettoie ou pas.

Je secouai la tête. Cet homme devenait très doué pour lire mes pensées.

Il grogna et je compris qu'il était satisfait avant qu'il ne se détourne et jette le gant de toilette vers la salle de bains.

— Tu as atteint l'évier ?

— J'ai presque atteint l'évier.

— Ça suffira, répondis-je en lui offrant la bouteille.

Il vida le reste, la reposa sur la table de nuit, puis il descendit vers moi, me poussant contre le lit à la force de son corps.

Cela me coupa le souffle et je me mis à rire quand il enroula ses bras sous moi, autour de moi, me serrant fort.

Je la sentis alors, cette tension en lui. Normalement, après le sexe, il était décontracté et détendu.

— Dis-le, quoi que ce soit, l'exhortai-je parce qu'il avait besoin que je l'entende.

— Kevin, murmura-t-il en se mettant à me mordiller le cou. Il voulait toujours que je sois calme, que je ne crie pas, que je ne l'agrippe pas, que je ne le bloque pas.

— Hum.

— Il disait que j'étais bruyant et que mon caractère était volatile.

Mon rire fut bas et sombre, je sentis le tremblement traverser sa carrure massive.

— Il voulait être actif. Il pensait que si je l'aimais, je devais le laisser faire. Il disait qu'un véritable partenariat signifiait que je devais m'ouvrir à lui, de toutes les manières.

Je penchai la tête vers l'arrière pour pouvoir voir ses yeux bleus brumeux et j'essayai vraiment de garder un visage impassible.

— Et ?

— Et qu'il aille se faire foutre ! Tu ne m'as jamais rien dit de tel, jamais !

— Donc… dis-je en me mettant à ricaner en le voyant commencer à froncer les sourcils. Il te trouvait terrifiant et voulait te baiser.

156

Il grogna.

Mon rire s'amplifia.

— Jory ! gronda-t-il, écartant mes jambes pour qu'il puisse me déposer là où il le voulait, enroulé autour de ses hanches. Qu'est-ce que tu... je...

— Je t'appartiens, Sam Kage, l'interrompis-je en l'attirant dans un baiser.

Il me dévora et je geignis, resserrant mes jambes, gigotant sous lui, enfouissant mes mains dans ses cheveux.

— Toi, dit-il, sa bouche planant au-dessus de la mienne, sa langue glissant sur ma lèvre inférieure. Tu m'appartiens, putain, et tu es la seule personne qui me comprenne et me laisse être moi.

— Je le sais, voilà pourquoi tu ne devras jamais, *jamais* me quitter. D'accord ?

— D'accord, acquiesça-t-il avant de m'embrasser à nouveau.

Il enfla à nouveau, ce désir, le même que j'avais ressenti la première fois que j'avais vu cet homme, celui qui l'avait poussé à revenir vers moi encore et encore, l'attraction qui s'était enflammée, avait brûlé et couvait désormais constamment, prête à reprendre feu à tout moment.

Je me retrouvais sur ses genoux, ma jambe droite drapée autour de la sienne, ma cuisse gauche pressée contre les muscles durs de son ventre, sa poigne de fer agrippant cette même jambe sous le genou. Son bras droit se trouvait autour de mon flanc, pinçant et tirant mon téton tandis qu'il suçait l'autre et s'enfonçait en moi.

Ma tête retomba contre son épaule et je déconnectai. Ma vision devint blanche ; il n'y avait plus que mon orgasme, la sueur froide et son torse se soulevant contre mon flanc.

Je criais son nom encore et encore, et son baiser, quand il tira ma tête sur le côté, fut brûlant et humide.

— Sam, arrivai-je à croasser tout bas.

— À moi, fut sa seule réponse.

JE NE m'étais pas rendu compte que j'étais aussi fatigué, mais quand vous étiez le seul parent, vous dormiez en quelque sorte moins profondément que d'habitude, sachant que si un intrus entrait, vous seriez la seule ligne de défense.

Une heure plus tard, quand on frappa à la porte, Sam me laissa glisser tendrement de son torse où je somnolais et m'installa sur l'oreiller. Je

157

l'entendis enfiler ses vêtements, puis le cri de joie après le cliquetis de la serrure.

— Daddy !

— Salut, mon grand, dit-il doucement à Kola, le faisant taire avant que la porte se referme et que tout soit étouffé.

Un instant plus tard, une main se glissa dans mes cheveux, tapotant, caressant, enroulant de longues mèches autour de mon oreille, traçant les sourcils.

Mes yeux papillonnèrent et je vis ma fille me regarder, le regard plein d'espoir.

— Salut, B, chuchotai-je.

— Daddy est rentré.

— Hmm-hmm.

Je lui souris.

— Kola lui a dit, pour son doigt.

Je ne voulais même pas m'occuper de ça. J'avais trop sommeil.

— J'ai dit à Daddy que le monsieur t'avait poussé.

Il m'avait poussé d'un doigt, c'était tout, mais pour ma fille, c'était probablement la même chose.

— Daddy nous emmène à l'école maintenant, mais pas pour y aller, juste pour leur rendre visite. Il a dit que nous devons aller parler à tout le monde.

Oh mon Dieu.

— Ses amis sont là, dit-elle gaiement.

Ce qui voulait dire que Chaz et Pat étaient dans le salon, prêt à aller botter des culs avec Sam.

— C'est super.

— J'ai dit à Daddy d'appeler Oncle Dane et c'est ce qu'il est en train de faire.

Elle était douée, ma fille. Appliquée.

— C'est bien, B.

— Ma chérie ?

Hannah tourna la tête à cet appel.

— Sors d'ici.

— Mais Daddy, Pa…

— C'est bon, Pa a sommeil.

Elle se redressa et m'embrassa, puis déguerpit du lit. Quelques secondes plus tard, des lèvres se posèrent entre mes omoplates.

— Je dois me lever, marmonnai-je. Je peux y aller avec toi.

— Non, gronda-t-il en embrassant ma tempe, sa main glissant le long de mon dos avant que ses lèvres ne suivent. Rendors-toi. Je ramènerai le déjeuner en rentrant.

Mes paupières étaient si lourdes.

— Je te promets de ne tirer sur personne.

Je souris et il tourna ma tête, puis m'embrassa.

— En plus, tu sens le sperme et la sueur.

Je soupirai profondément, puis Kola apparut, embrassant ma joue.

— On va parler à la directrice, Pa.

J'aurais été prêt à le parier.

Une heure plus tard, je me levai, pris une douche, retirai les draps du lit, les changeai et ajoutai les vêtements du sac de Sam à la lessive. Le café que j'avais préparé des heures plus tôt était froid, alors je le jetai et me fis du thé à la place.

J'allumai un feu parce que j'avais froid et que la grisaille dehors avait besoin que je chauffe l'intérieur pour équilibrer. Quand j'entendis les clés dans la serrure une heure plus tard, je me détournai du *Magnificent Mile* [5] que j'étais en train de fixer, pour regarder vers la porte.

C'était juste Sam et les enfants, pas de Chaz ni de Pat. Sam posa un grand sac blanc sur le comptoir de la cuisine. Le repas sentait incroyablement bon, même de l'autre côté de la pièce. Dans une main, Sam portait la boîte où il rangeait son arme et, dans l'autre, quelques vêtements sur des cintres, qu'il avait rapportés de la maison.

— Nous ne rentrons pas ? lui demandai-je quand Hannah se faufila vers moi.

— Non, m'informa-t-il en remontant le couloir vers la chambre.

— Tu pourrais élaborer ? criai-je à sa suite.

— Non !

— Je vois que tu es passé prendre ton arme ! hurlai-je en m'agenouillant devant ma fille pour me préparer à mon câlin.

5 Le « Magnificent Mile » est une portion de Michigan Avenue dans le centre de la ville de Chicago (Illinois). Elle s'étend du pont de Michigan Avenue (qui enjambe la rivière Chicago) à Oak Street dans le secteur de Near North Side. Situé à un pâté de maison à l'est de Rush Street, qui est connue pour son animation nocturne, le Magnificent Mile sert de principal axe entre le secteur du Loop (deuxième plus important quartier d'affaires des États-Unis après Manhattan à New York) et le quartier historique du Gold Coast Historic District.

Sa voix porta dans le couloir.

— Bien sûr !

Je serrai Hannah dans mes bras et Kola se joignit à nous. Son plâtre semblait avoir été changé.

— Hey, mon grand, qu'est-ce qui s'est passé, là ?

— Daddy m'a emmené chez le docteur après avoir vu Madame P.

— Oh, je vois, répondis-je en lui souriant, relâchant Hannah pour pouvoir câliner mon garçon. Tu aimes la nouvelle couleur ?

Il acquiesça.

— Le violet, c'est ta couleur préférée, donc je l'ai choisi pour toi.

— Merci.

Je soupirai, le serrant fort, adorant la façon dont il s'appuyait contre moi de tout son poids, sa tête lourde contre mon épaule.

— Daddy a crié sur Madame P, me dit Hannah.

— Vraiment ?

Elle plissa les lèvres comme je le faisais souvent et c'était marrant de la voir faire pareil.

— Quoi d'autre ?

— L'ami d'Oncle Dane était avec Daddy quand il est allé voir Madame P, me rapporta Kola en s'écartant de notre câlin pour me regarder dans les yeux. Ils avaient tous les deux l'air un peu en colère.

Mes yeux papillonnèrent parce que franchement, pauvre Madame Petrovich. Sam Kage et Rick Jenner dans la même pièce, c'était trop horrible à envisager.

— Daddy nous a dit que nous pouvions retourner à l'école lundi prochain.

— C'est bien, répondis-je en me levant.

— Oliver et sa maman sont venus et m'ont vu avec Kola quand nous partions. Elle a dit qu'elle était vraiment désolée pour ce qu'a fait Monsieur Parker.

— Eh bien, c'est une bonne chose.

— C'est quoi, divorcé ? me demanda Kola, l'air inquiet.

— Divorcé, ça veut dire que tes parents ne vivent plus ensemble, lui expliquai-je.

Il inspira.

— Est-ce que vous allez divorcer un jour ?

— Pas de divorce, dit Sam en revenant dans la pièce.

160

Il était vêtu d'un T-shirt blanc et d'un pantalon de survêtement, et il était pieds nus. J'arrivai à peine à respirer. Même ses vêtements pour traîner à la maison me donnaient chaud.

— Pas vrai ? me demanda-t-il en s'arrêtant devant moi.

— C'est vrai, acquiesçai-je quand il passa une main autour de mon cou et m'attirer pour un baiser.

Le silence me surprit, et ça devait sembler aussi étrange à Sam, parce que nous nous séparâmes en même temps pour regarder nos enfants.

— Ça ne vous rend pas malade aujourd'hui ? leur demandai-je.

Kola secoua la tête.

— Non, répondit Hannah en nous souriant. Ça va.

Apparemment, les marques d'affection étaient parfois une bonne chose.

SAM PORTAIT Hannah sur ses épaules et je tenais la main de Kola quand nous allâmes rejoindre Duncan Stiel. Quand j'avais appris que Duncan quittait la ville pour une mission le jour suivant – il s'envolait vers New York –, j'avais insisté pour que Sam l'invite à dîner. Duncan avait accepté, choisi *The Char*, un restaurant *steak house* qu'il aimait, et nous étions sortis. En arrivant, je me rendis compte que c'était un peu plus chic que ce à quoi je m'étais attendu, mais la décoration à l'intérieur – l'éclairage, le jazz, les peintures murales – et l'odeur de bonne nourriture me procurèrent une sensation chaleureuse. Le restaurant semblait haut de gamme, mais pas trop raffiné pour ma famille.

— Sam ?

Quand nous nous retournâmes, nous découvrîmes l'inspecteur Duncan Stiel en train de nous attendre au bar.

— Jory ?

Et à l'autre extrémité, comme je l'avais demandé, se trouvait Aaron Sutter.

— J'ai faim, dit Hannah en posant le menton sur la tête de Sam.

— Qu'est-ce que tu as fait ?

Sam fut instantanément suspicieux.

— Pardon, quoi ?

J'écarquillai les yeux.

Mais Sam n'allait pas se faire avoir.

161

Bon, oui, je jouais un peu les entremetteurs, mais franchement, était-ce un crime ?

Les muscles de la mâchoire de Sam commencèrent à se contracter.

— Écoute-moi juste. J'ai eu une révélation.

— Est-ce que tu as perdu la tête, pu-…

— Il y a un enfant sur ta tête, lui rappelai-je.

Il poussa un grondement.

— Oooh, s'exclama Hannah, ravie. Recommence, Daddy. Tout ton corps a tremblé.

J'étais sur le point d'être assassiné et elle voulait que cet homme continue à gronder.

— Que se passe-t-il ? demanda Duncan tandis qu'Aaron nous rejoignait, entrant dans le cercle que nous formions.

— Salut, dis-je en souriant de toutes mes dents à Duncan. J'espère que cela ne vous dérange pas si nous sommes six à dîner.

Il se tourna pour regarder Aaron.

— Oh… non, j'ai juste… d'accord.

Aaron détailla Duncan de haut en bas d'un œil critique, comme il le faisait toujours quand il ne voulait pas en manquer une miette. Il regarda ses larges épaules, son torse massif qui descendait vers une taille étroite. Il remarqua ses longues jambes musclées qui étiraient son jean. L'inspecteur fut entièrement cartographié et catalogué : ses yeux gris, ses cheveux blond cendré et ses grandes mains compétentes. Je vis Aaron inspirer et se figer comme il ne l'avait jamais fait. Il aimait les hommes plus petits, comme moi, c'était vrai, mais j'avais soupçonné qu'il pourrait lui aussi se laisser malmener un peu. Je devinais également que Duncan Stiel avait un petit côté soumis. Ce fut amusant de voir l'ami de Sam inspirer vivement et de voir le mien se lécher les lèvres quand leurs regards se croisèrent.

— Oh mon Dieu, geignit Sam tout bas.

— Duncan, est-ce que tu nous as réservé une table ? demandai-je gaiement.

— Effectivement, m'assura-t-il en indiquant le fond du restaurant.

Je fus ravi de voir que sa main se posa immédiatement contre le dos d'Aaron pour le diriger.

Je sus à cet instant que Duncan n'avait aucune idée de qui était Aaron, et Aaron, comme les rares fois où cela arrivait, était absolument ravi.

162

Au dîner, j'observai Duncan commander, passer un bras sur le dossier de la chaise d'Aaron, et je constatai qu'Aaron, que je n'avais jamais vu troublé, souriait nerveusement et tripotait sa serviette en papier.

Sam fut surpris.

Hannah régala tout le monde de ses histoires de toboggan aquatique à l'hôtel de Phœnix et Kola nous montra son plâtre et nous raconta ce qu'il s'était passé. Aaron me demanda si j'avais un avocat. Duncan demanda à Sam s'il voulait qu'il aille avec lui pour « parler » à Monsieur Parker. Ce qui fut agréable, c'est qu'ils offrirent ça tous les deux aussi rapidement.

Quand les amuse-bouche arrivèrent – des tartines de fromage pour les enfants, des champignons farcis et des bruschettas pour les adultes – Duncan se pencha tout près d'Aaron et lui dit qu'il allait se régaler parce que tout était tellement bon.

Sam ouvrit la bouche pour expliquer à Duncan qui était Aaron, et qu'il ne serait probablement pas impressionné, mais Aaron le devança.

— Je suis certain que je vais adorer.

Duncan demanda si nous voulions un autre verre et quand Aaron le remercia, je le vis s'agiter sur son siège et je sus ce que cela voulait dire. Je laissai tomber ma serviette pour le confirmer.

Sous la table, leurs cuisses se touchaient, leurs genoux se pressaient l'un contre l'autre, et… oh oui, Houston, préparez-vous au décollage.

J'étais toujours aussi doué.

C'ÉTAIT AMUSANT de les voir, les deux victimes de mon rencard improvisé, ensemble devant le restaurant sous l'auvent, quand nous nous éloignâmes. Aaron avait proposé de déposer Duncan chez lui et l'inspecteur avait accepté. J'espérais que le pote de Sam demanderait au mien d'entrer quand ils arriveraient, ou qu'Aaron demanderait à son chauffeur de les ramener chez lui. L'endroit où ils allaient n'avait pas d'importance ; je voulais juste qu'ils soient ensemble. Mais moi, j'en avais terminé : la balle était dans leur camp, maintenant.

La main sur ma nuque me fit sourire.

— Méchant Jory. Vilain.

— Aww, mais ils étaient tellement mignons.

— Est-ce qu'on peut dîner, maintenant ? pleurnicha Kola. La viande était dégueu, les pommes de terre étaient dégoûtantes, et je n'ai jamais vu des brocolis aussi gros.

— Ils étaient « immentesques » acquiesça Hannah en me tenant la main.

Kola était désormais sur les épaules de Sam.

— Gros comme des arbres, Pa.

— Très bien, cédai-je. Je vous ferai des sandwiches au beurre de cacahuète et à la confiture quand nous rentrerons.

— Est-ce que je peux en avoir aussi ? voulut savoir Sam.

Apparemment, les frou-frous leurs passaient au-dessus de la tête en matière de gastronomie.

De retour au loft, nous découvrîmes que Frisquet avait complètement éviscéré un coussin. Il bondissait toujours sur la pauvre chose et fit son imitation de statue quand Sam cria.

— Il peut toujours te voir, dit Hannah en plissant son petit nez à l'attention de son chat. Frisquet et Pa sont tous les deux vilains.

— Pourquoi suis-je vilain ? lui demandai-je.

— Je ne sais pas, c'est Daddy qui l'a dit.

Je regardai Sam.

— Tu sais ce que tu as fait.

J'allai faire des sandwiches pendant que Sam discutait avec le chat.

Après que tout le monde sauf moi eut mangé – j'avais vraiment apprécié mon repas –, nous allâmes nous installer ensemble pour regarder un film Pixar. Celui avec les insectes était le préféré d'Hannah, et c'était son tour de choisir.

Sam leur suggéra d'aller chercher les oreillers sur leur lit pour que nous puissions tous nous allonger par terre. Quand ils s'envolèrent, il s'allongea et tapota la place à côté de lui.

— Oh bon sang, non.

— Pourquoi pas ?

— Mon cul palpite encore, vu comme tu l'as pilonné tout à l'heure. Je vais m'allonger sur le canapé.

— Comme si j'allais t'attaquer devant mes enfants.

— *Tes* enfants ?

— *Nos* enfants, peu importe. Tu sais bien ce que je voulais dire.

Je levai un sourcil.

— Putain.

— Sam.

— Pardon, pardon, marmonna-t-il. Deux jours à traîner avec d'autres flics, ça revient tout de suite.

— Hmm-hmm.

— Nos enfants.

— C'est bien, répondis-je en riant. Et non, je ne pense pas que tu m'attaquerais devant eux.

— Alors viens là.

Mais je ne lui faisais malgré tout pas confiance.

— Et c'est bien si ça palpite, m'informa-t-il. Ce n'est pas de la douleur, ça palpite pour rappeler à ton cul à qui il appartient.

— Ah, vraiment ?

Son grognement voulait dire oui.

Il était beau, tout alangui et sexy sur le tapis épais avec ses paupières à demi closes qui me dévisageaient.

— Je veux parler du tireur dans notre chambre d'hôtel.

— C'est une longue histoire.

— J'ai fait la sieste ; je peux rester réveillé tard pour l'écouter.

Il tapota de nouveau le tapis.

Je l'enjambai, restai debout, les yeux baissés vers cet homme qui m'avait suffi dès l'instant où il était entré dans ma vie.

Ses mains se glissèrent à l'arrière de mes mollets.

— Assieds-toi.

Je me laissai retomber sur lui, à califourchon sur son abdomen, et il me repoussa immédiatement pour que mes fesses se posent contre son entrejambe.

Son grondement heureux et ses mains glissant sous mes cuisses, d'abord doucement puis avec plus de pression, me poussèrent à me tortiller.

— Ne fais pas ça, dit-il brusquement.

— Ne fais pas quoi ? demandai-je en faisant pivoter mes hanches, lui montrant à quel point je le pouvais, à quel point mon corps était flexible.

— Arrête.

Je fis courir mes fesses le long de son membre durcissant et poussai un petit cri quand il m'agrippa fermement.

— Je n'arrive plus à penser qu'à ses fossettes sur ton cul, maintenant, dit-il dans un murmure rauque. Alors arrête de m'exciter avant que je te bouffe.

— Oh pitié, bouffe-moi, suppliai-je.

Ses yeux étaient brûlants comme la lave quand les enfants débarquèrent à toute allure dans la pièce.

Je me penchai sur lui, une main à plat sur le sol de chaque côté de sa tête, et l'embrassai. Il s'ouvrit à moi et je sentis son érection tendre sa fermeture éclair quand ma langue vérifia l'état de ses amygdales.

— Beuuuurk.

Kola semblait dégoûté.

La chaleur de cet homme brûlait à travers mes vêtements, ma peau, et je ruai contre lui sans le vouloir.

— Oh, tu vas me le payer.

Le grondement haletant de Sam me fit sourire quand je rompis le baiser.

Il attrapa ma lèvre inférieure de ses dents, mordillant doucement mais fermement, et je soupirai parce que la domination de cet homme était une chose dont je ne me fatiguais jamais.

— Je veux te parler, lui dis-je quand il me permit de m'asseoir.

— Je te proposerai un marché.

Il me sourit d'un air malicieux.

J'allais vraiment avoir des problèmes.

JE N'ARRIVAIS pas à dormir, et je ne savais pas comment Sam le pouvait, donc je n'arrêtais pas de le pousser quand il s'endormait.

— Je suis réveillé, disait-il sur la défensive et je devais me forcer à ne pas sourire.

Chaque fois que je surprenais cet homme en train de faire quelque chose qu'il considérait comme faible – comme s'endormir quand il était fatigué, parce que les humains ordinaires avaient besoin de repos, mais jamais lui –, il devenait hargneux. Comment osais-je l'accuser d'avoir besoin de fermer les yeux quand ce n'était si clairement pas le cas ?

— Donc le tireur, il travaille pour ce type qui, comme nous le savons maintenant, a enlevé le témoin.

— Non, en gros le tireur mort, Tishman, travaillait pour Christian Salcedo, qui est celui que notre témoin, Andrew Turner, fait chanter.

— Donc tu avais raison.

Il hocha la tête.

— J'avais raison ; Turner a quelque chose de gros sur Salcedo, donc celui-ci l'a enlevé au WITSEC pour l'empêcher de témoigner.

— Mais en général, les méchants n'abattent-ils pas les gentils pour les empêcher de parler ?

166

— Normalement oui, mais dans ce cas, comme je te l'ai dit la semaine dernière, Turner n'est pas vraiment gentil, et il fait peur à Salcedo.

— Alors quoi ?

— Eh bien maintenant, nous sommes plus ou moins au point mort. Nous ne pouvons pas contacter Salcedo parce que ce que sait Turner sur son opération le mettrait en prison, mais quel que soit l'as dans la manche de Turner, il garde Salcedo au pas.

— Donc ce Salcedo, il est foutu de toute façon. Il t'aide, il va en prison, il continue à cacher Turner, il va en prison.

— Ouaip.

— Mais il court le risque d'aller en prison pour toujours, parce qu'il a enlevé Turner.

Sam acquiesça.

— Est-ce que tu penses que Turner est avec Salcedo maintenant, où que ce soit ?

— Ouais, je pense que Salcedo a déplacé Turner après que nous avons failli l'attraper à Phœnix.

— Mais comment est-ce que Salcedo savait ce que nous faisions à Phœnix ?

Il grimaça, mais seulement une seconde. N'importe qui l'aurait manqué, mais pas moi, je connaissais chacune de ses expressions.

— Sam ?

Il regarda le plafond.

— Oh mon Dieu, quoi ?

Ses yeux se posèrent de nouveau sur moi.

— Mon patron a une théorie, et c'est une très bonne théorie, d'ailleurs.

J'attendis.

— Pour que tu sois à la page, Salcedo était le type qui a réussi à s'enfuir quand je poursuivais ce cartel de la drogue en Colombie.

— Tu n'as jamais dit que quelqu'un s'était échappé.

— Jamais ?

— Sam !

— Putain, grogna-t-il en rejetant le drap qui le recouvrait et se précipitant vers la fenêtre de l'autre côté de la pièce.

Je hoquetai et il fit volte-face.

— Salcedo était un membre du cartel que tu as coffré ?

— Oui.

— Et ?

167

— Et puisque c'était le dernier homme qui restait et que nous ne l'avons jamais attrapé, il a pris du galon dans son organisation.

— Et ? Allez, j'ai l'impression de t'arracher des dents. Est-ce que ton informateur à Phœnix est celui qui a identifié Turner ?

— Ouais, ou plutôt il était.

— Il était ?

— Il est mort.

— Oh. Donc quelqu'un savait qu'il avait trouvé cette information et te l'avait transmise, que Turner est toujours en vie et qu'il va bien.

— Tu es très doué, dit-il d'un ton irrité.

— J'ai des années d'entraînement.

J'étais furieux en quittant le lit.

— Jory…

— Et maintenant, tout à coup, à l'improviste, le Docteur Kevin Dwyer réapparaît.

Ses épaules s'affaissèrent.

— N'est-ce pas étrange.

Je le fusillai du regard.

— D'accord, dit-il en se dirigeant vers moi. Mon patron pense que je…

— Tu vas te servir de Kevin pour attraper Salcedo et Turner, terminai-je en relevant la main.

Il s'arrêta.

— Ouais.

— Donc Kevin est lié à Salcedo.

— Nous le pensons, oui. La connexion est cachée. Je ne sais pas comment ils se connaissent, mais Kevin était le seul qui savait quand nous allions nous attaquer au cartel… Je buvais beaucoup à l'époque et je pensais pouvoir faire confiance au type que je baisais.

J'étais en train de digérer ces informations.

— Donc ouais, il semble logique que mon informateur m'ait contacté, qu'ils l'aient découvert, puis que soudain Kevin réapparaisse en ville.

— Mais ces gens ont dû te suivre et me voir, ainsi que les enfants, et ce type, Salcedo, a quand même pensé qu'envoyer Kevin était une bonne idée ? Il a dû croire qu'il pourrait te tenter et t'éloigner de ta famille.

— Salcedo a dû me voir avec Kevin en Colombie, il y a toutes ces années. C'est probablement la dernière fois qu'il m'a vu.

— Et qu'en est-il de son tueur à gages à Phœnix ?

168

— Ce type a été envoyé dans *ma* chambre, après *moi*. Je doute que Salcedo se soit renseigné sur moi, tout court. Il a entendu dire que mon indic m'avait contacté et il a fait entrer Kevin en jeu. Kevin est la seule personne que Salcedo connaît et qui me connaît.

— Alors qu'est-ce que tu es en train de dire ?

— Que je doute que Salcedo soit au courant pour toi et les enfants.

— Mais Kevin le sait maintenant.

— Voilà pourquoi tu es ici et pas à la maison.

— Donc tu ne t'inquiétais pas pour nous à cause de Phœnix, tu t'inquiétais pour nous à cause de Kevin.

— Oui.

— Comment penses-tu que Kevin ait décroché ce boulot à County ?

— Comment a-t-il fait pour réapparaître tout à coup, tu veux dire ?

— Ouais.

— Je pense qu'il travaille probablement là-bas gratuitement. Sanchez et Ryan sont en train de vérifier en ce moment même. Kowalski et Dorsey suivent Kevin, et White et d'autres gars de la police de Chicago sont en train de poser des micros dans son appartement.

— D'accord.

Je digérais encore.

— Alors quoi ?

Je n'étais pas certain de ce qu'il voulait dire.

— À quoi penses-tu ?

— Juste que ce type, Salcedo, devait vraiment croire que Kevin Dwyer te menait par le bout du nez.

— Pitié, pitié, ne pense pas à tout ça. Ce que pensent les autres, c'est de la merde. Le plus important, c'est ce que je sais et ce que je crois.

— Alors quoi ? Qu'est-ce qui se joue vraiment, là ?

— Je ne te suis pas.

— Est-ce que tu vas devoir convaincre Kevin que tu as envie de lui pour qu'il te mène à Salcedo ? Est-ce que c'est ce que tu es censé faire ? Est-ce que tu es censé lui faire la sérénade pour pouvoir t'infiltrer chez lui et voir ce qui se passe ? Jusqu'où vas-tu devoir aller ?

Il fronça les sourcils.

— Dis-lemoi.

— Tu as vu tout ça à la télé, c'est ça ?

— Ne me prends pas de haut !

169

— Ce n'est pas le cas. Dis-moi juste ce que tu penses que je vais faire ! répondit-il, sa voix s'élevant quand il avança d'un pas.

Je reculai.

— Tu vas commencer par aller à son travail et lui dire que tu dois le voir.

Il continua à s'avancer.

— Puis tu vas lui dire que tu n'arrêtes pas de penser à lui, dis-je, mes yeux se posant sur son corps.

Je le regardai comme je savais que Kevin Dwyer l'avait fait et le ferait encore. Bel homme, beau corps. Même les cicatrices ne faisaient qu'ajouter à son allure.

— C'est ce que je dois dire ?

Je pris une inspiration tremblante, après avoir reculé jusqu'au mur. Sam s'arrêta devant moi, ne s'imposant pas, simplement debout, les yeux rivés aux miens.

— Sam ? Qu'est-ce que tu vas devoir faire ?

— Je ne sais pas, dit-il.

Mais ses yeux ne posaient pas de questions, ils étaient pervers et brûlants.

— Qu'est-ce que je dois faire pour attraper Salcedo ? Turner ? Jusqu'où devrais-je aller ?

Ma bouche était sèche, j'avais une boule dans la gorge et du mal à respirer.

— Jory ?

— L'embrasser ?

— Je devrais l'embrasser ?

Oh mon Dieu, qu'est-ce que j'étais censé dire ?

— Qu'est-ce que ton patron veut que tu fasses ?

— Mon patron ?

— Ouais.

— Eh bien, dit-il en relevant la main pour agripper mon menton, son pouce glissant sur ma lèvre inférieure. Mon patron, puisqu'il est plutôt brillant, ne veut pas voir mon imitation de Valentino. Ce qu'il veut, c'est qu'on mette l'appartement de Kevin sur écoute – ce que nous avons déjà fait – et qu'on le suive, où qu'il aille, et il veut que le reste de mes hommes et moi lui fassions une peur de tous les diables, pour voir combien de temps il lui faudra avant de craquer.

Il me fallut une seconde pour comprendre.

Il leva les yeux au ciel.

— Sam !

— *Franchement* ? Tu penses que les US Marshals séduisent les gens avec le sexe ?

Dit comme ça, ça avait l'air vraiment idiot.

— Nous abattons les gens ! Nous les mettons en prison et nous les protégeons ! Nous n'organisons pas des opérations sophistiquées où nous couchons pour obtenir des secrets d'État. Ça, c'est la CIA !

— Sam !

Il émit un bruit de pur dégoût.

— Je pensais seulement…

— Je n'embrasse que toi, idiot.

Je fronçai les sourcils.

Il poussa un soupir, puis j'eus droit au sourire que j'adorais, le sourire démoniaque, celui qui faisait briller ses yeux.

— Et d'ailleurs, tu sais, mes compétences en matière de séduction sont un peu rouillées, parce que maintenant il me suffit de claquer des doigts pour tirer un coup.

Il vit mon regard devenir meurtrier et se mit à rire tout en m'attrapant, m'enveloppant de ses bras couverts de muscles.

— Sam !

— Il n'y a que toi que j'agrippe, que toi que je baise, et je ne veux dormir qu'avec toi dans mes bras. Je ne suis pas James Bond, tu sais ; je ne vais pas sous couverture et je ne couche pas sur une bande-son de Hans Zimmer.

Il souriait toujours, mais ses yeux étaient rivés aux miens, suppliants.

— Bébé, Salcedo a fait une erreur en envoyant Kevin, et nous allons l'exploiter.

J'acquiesçai parce que je n'arrivais pas à parler.

— Et maintenant, je comprends que Kevin Dwyer n'a jamais eu le moindre sentiment pour moi, du tout. Tout ce qu'il a dit, tout ce qu'il m'a dit qu'il ressentait, c'était un mensonge.

— Non, lui dis-je. Il s'est peut-être retrouvé dans une mauvaise position, Sam, mais j'ai vu la façon dont il te regardait, et ça, c'était réel.

Mais Sam n'y croyait pas ; je pouvais le voir sur son visage. Il avait pris sa décision et c'était fini. Peu importe ce que Kevin Dwyer avait dit, avait fait, Sam l'avait jugé et c'était terminé.

J'avais besoin de poser les mains sur lui, de le serrer dans mes bras, de le tenir, mais il était tellement plus fort que moi, tellement plus grand, et ce fait, qu'il ne soit que puissance et contrôle, était la chose la plus excitante au monde.

— Je pense que tu as tort à propos de Kevin. Je pense qu'il pourrait être revenu sous les ordres de Salcedo, mais je ne doute pas que ses sentiments aient été réels, à l'époque, et je serais prêt à parier que si tu étais partant, il adorait te récupérer.

— Comme je m'en fous. Ce jour-là, je suis retourné lui parler dans le couloir, et est-ce que tu veux savoir ce que je lui ai dit ?

Je mourais d'envie de le savoir.

— Ce ne sont pas mes affaires.

— Je pense que si.

J'acquiesçai pour qu'il continue.

— Il m'a dit qu'il voulait me revoir.

Bien sûr qu'il avait dit ça.

— Et je lui ai dit que j'étais marié, que j'avais une famille et qu'il ne faisait plus partie de ma vie. Je lui ai souhaité le meilleur et je suis parti.

C'était si froid, si définitif, et si j'avais été à la place de Kevin, ça m'aurait tué.

— Je t'ai dit la même chose quand tu as débarqué dans ma vie après trois ans d'absence.

— Non, m'assura-t-il. Tu m'as dit que tu ne pensais pas que ça pourrait marcher, mais c'était juste parce que tu avais peur que je te fasse encore du mal. Tu n'avais pas encore de vie, tu n'avais pas de mari ni d'enfants. Il y a une grande différence.

Oui, il avait raison.

— Et j'ai toujours su que j'étais le seul pour toi, toujours. Je n'ai jamais eu le moindre doute.

— Non ?

— Non, répondit-il en secouant la tête. Voilà pourquoi je ne pouvais pas être le type dont quelqu'un d'autre avait besoin, parce que j'étais déjà celui dont *tu* avais besoin.

J'avais l'impression que mon cœur allait gonfler à me sortir du torse.

— Dis quelque chose.

Je plissai les yeux pour ne pas pleurer.

— Alors tes gars vont mettre l'appartement de Kevin sur écoute ?

— Comme je l'ai dit, c'est déjà fait.

Sa poigne se desserra pour que je puisse libérer mes bras et les enrouler autour de son cou.

— Sam.

— Oui ?

Je déglutis difficilement.

— Tu sais combien tu m'aimes ?

— Ouais.

— Je t'aime pareil.

Il m'embrassa alors, une main à l'arrière de ma tête, me tenant toujours tandis que sa bouche ouvrait la mienne, souhaitant entrer.

Je lui rendis sa passion, son désir ardent, le besoin profond et palpitant, me pressant contre lui, gémissant alors que ma langue caressait la sienne dans notre danse familière. Nous nous séparâmes en même temps, parce que la chaleur nous envahissait, mais plus que ça encore, une sorte d'émotion haletante.

— Ça a toujours été… nous, dit-il rapidement.

— Oui, acquiesçai-je.

Je léchai sa lèvre inférieure, la suçotai, la mordis doucement jusqu'à ce qu'il gémisse profondément.

— Toujours.

— Alors ?

— Alors.

— Embrasse-moi encore.

— Je suis très possessif.

— Je sais, c'est bien.

Je l'embrassai encore pour qu'il sache que ça ne changerait jamais.

XI

Sam rentra le vendredi soir et fut stupéfait par tout ce bruit.

— Quoi ?

— Laisse-moi résumer, dit-il en me regardant d'un air renfrogné. Je pourrais être en danger mortel, des gens pourraient être en train d'essayer de me tuer, mais Dane et Aja nous ont quand même envoyé leurs enfants ?

— Déjà, commençai-je en croisant les bras et l'imitant, si tes enfants sont en sécurité – et ils le sont – alors les leurs aussi, et *allô* ! Aja a besoin de faire l'amour.

— Oh, pour l'amour de Dieu, gémit-il, pourquoi diable avais-je besoin d'entendre ça ?

— Parce que c'est vrai ! Elle a besoin d'une soirée en amoureux !

Il était encore abasourdi quand les enfants surgissant de l'autre pièce se ruèrent sur lui : Kola et Hannah, rapidement suivis de Robert, qui était du même âge qu'Hannah, et de Gentry, qui venait tout juste d'avoir deux ans. Il leva les mains vers Sam, qui le prit dans ses bras et le serra contre lui.

Gen était adorable, avec les yeux de Dane et les pommettes d'Aja ; Robert avait hérité des yeux brun clair de sa mère et de ses longs cils, mais il avait les traits de son père, son nez et sa mâchoire. Je disais souvent à Aja que les filles feraient la queue pour ses garçons.

« Nous verrons qui arrive à convaincre Maman. »

J'étais prêt à parier qu'il n'y en aurait pas beaucoup. Le simple fait d'imaginer avoir Aja Harcourt comme belle-mère serait terrifiant. Elle était intelligente et magnifique. Bon courage pour essayer d'être à la hauteur !

J'avais prévu de faire le dîner, mais Regina avait appelé et m'avait dit qu'elle avait fait des lasagnes et qu'elle souhaitait que nous venions. Je lui avais expliqué que nous accueillions Robert et Gentry, et puisqu'elle ne les avait pas vus depuis la rentrée de l'école, elle fut ravie de les avoir aussi.

Une fois là-bas, je m'excusai quand je vis le numéro d'Aaron Sutter apparaître sur l'écran de mon téléphone.

— Alors ?

Il marmonna au bout du fil.

— Quoi ? Je pensais que tu m'appellerais pour me raconter, me défendis-je.

Il soupira profondément.

— C'était si terrible ? Je pensais que vous aviez...

— Il a dû aller bosser à New York, en intervention.

— Ouais, je sais. Je pensais que ce serait bien. Si tu le détestais, ce serait terminé. Si tu l'appréciais, il te manquerait.

Silence.

— Aaron ?

Il n'était jamais silencieux ou pensif, et cela me faisait un peu flipper.

— Il est dans le placard, tu sais. Pour exemple, personne à son boulot ne sait qu'il est gay.

— Ouais, eh bien, seuls tes amis savent que tu es gay. Même ta famille ne le sait pas.

— Ils le savent.

— Ils le *soupçonnent*, comme tout le monde, mais tu n'as jamais fait ton *coming out* à la presse, à tes parents ou à ton frère. Tu ne te rends jamais à de grands événements avec un homme à ton bras. Toi et moi ne sommes jamais arrivés ensemble, nous ne sommes jamais partis ensemble. Quand j'apparaissais sur les pages mondaines avec toi, c'était toujours en tant qu'ami. Tu as des amis incroyables, qui ne souffleraient jamais un mot au sujet de ta vie personnelle. Même Todd, que je hais, ou que je haïssais, même lui, il...

— Todd s'est marié et a déménagé dans le Connecticut, tu sais. Tu l'apprécierais sans doute maintenant.

— Ne t'emballe pas, ricanai-je en me souvenant de son pote qui m'avait toujours pris pour de la merde. Je dis juste que tu as de bonnes personnes dans ton entourage et qu'elles ne te balanceraient jamais.

— Ouais, je sais.

— Alors quoi ?

— Non, j'ai juste... c'était sympa, tu vois ? Il comprend.

— D'accord. Et ?

— Et quoi ?

— Et Duncan Stiel ? Quel est le problème ?

Il s'éclaircit la gorge.

— Il m'appellera à son retour.

— C'est tout ?

— Ouais.

175

— Donc, dis-je en faisant durer le mot. Tu ne vas pas aller à New York pour lui rendre visite ?

— Non, répondit-il, l'air irrité. Il travaille et je dois me rendre à Berlin demain pour discuter de contrats et de... trucs.

— De *trucs* ?

— Juste... Au revoir.

— Qu'en est-il de ta vente aux enchères ?

— J'ai parlé à Fallon. Tu as vu l'argent, n'est-ce pas ?

En effet. Je ne vérifiais pas le compte d'affaires tous les jours comme je le faisais avec mon compte personnel, mais j'avais vu le transfert.

— Ouais, mais ne veux-tu pas jeter un coup d'œil à ce que nous...

— Non, tu sais que je te fais confiance. Fais-le, c'est tout.

Il ne semblait pas lui-même.

— Hum, en général, tu essayes de me draguer, tu vois ?

Rien.

— Non pas que ça ne soit pas mieux comme ça, et Sam en sera certainement ravi, mais... je pensais que je te rendais service, pas que j'allais te pourrir la vie. Je suis désolé que Duncan et toi n'ayez pas...

— Quoi ?

— Aaron, tu n'as pas aimé Duncan ? Est-ce qu'il t'a apprécié ? Je veux dire, c'est quoi ce bordel ?

Il s'éclaircit la gorge, mais il n'y eut pas de grandes effusions d'information.

— Tu commences vraiment à...

— Il est différent de ce que je pensais.

— Et tu es différent de ce que tu as toujours été, lui dis-je parce que franchement je n'avais jamais rencontré cet homme avant.

D'aussi longtemps que je connaissais Aaron, il s'était montré arrogant, sûr de lui, bruyant et impertinent. Il y avait eu des périodes calmes, oui ; à une époque, il avait essayé de me pousser à emménager avec lui et de voir la vie qu'il pourrait m'offrir. Il y avait eu des périodes où il avait essayé de me changer, me rendre dépendant, me pousser à l'aimer, corps et âme. Mais l'homme au bout du fil était incertain, et ce n'était simplement pas Aaron Sutter.

— Jory.

C'était ma faute. Je l'avais cassé.

— Que puis-je faire pour toi ?

— Je... je veux aller à New York.

— Vraiment ?

— Vraiment.

— Et qu'est-ce qui t'en empêche ?

— Il ne vaudrait mieux pas insister si je ne devrais pas, dit-il en se raclant la gorge.

— Est-ce que ça ne montrerait pas ton intérêt ?

— Ou des tendances compulsives, répondit-il en soupirant longuement.

— Donc tu ne veux pas avoir l'air trop empressé ?

— Je ne veux pas donner l'impression de vouloir plus que ce qu'il y a déjà, expliqua-t-il. Ce n'est pas bon.

— D'accord. Puis-je te demander ce que vous vous êtes dit avant de vous séparer ce soir-là ?

Il grogna.

— C'était rusé, ou bien tenté. Demande-moi ce que tu veux vraiment savoir.

— Est-ce que tu as couché avec lui ?

C'était le cœur de la question.

— Oui, en effet.

— Et ?

— Et hors de question que je te raconte ce qu'il se passe dans mon lit.

— Tu me racontes toujours !

J'étais indigné.

— Pas cette fois.

Pas cette fois.

— Tu ne parlais jamais à tes potes de nous.

— Qu'est-ce que cela a à voir avec…

— Tu ne le faisais pas, l'interrompis-je.

— Et alors ?

— Pourquoi tu ne le faisais pas ?

— C'est de l'histoire anc-…

— Pourquoi ?

— Parce que tu étais spécial.

Il était factuel et agacé à la fois.

— As-tu parlé de Duncan à quelqu'un ?

— Tu es le seul qui soit au courant pour l'inspecteur et moi.

Oh-oh.

— Donc il sait qui tu es, puisque tu l'as ramené chez toi.

177

— Oui.

— Et comment est-ce que ça s'est passé ?

Ça devenait bon et ça me tuait de devoir lui tirer les vers du nez.

— Il est dans le placard, et moi aussi. Il a apprécié que je comprenne, j'ai apprécié qu'il le fasse aussi.

— Donc cette partie-là était parfaite.

— Ça l'était, acquiesça-t-il.

— Oh, pour l'amour de Dieu, Aaron, tu es en train de me rendre fou ! criai-je. Est-ce que tu veux revoir Duncan ou pas ?

— Je…

— Aaron !

— Très bien ! Oui, je veux le revoir ! Pourquoi diable crois-tu que je veuille aller à New York ?

— Qu'est-ce qu'il a dit ? Qu'est-ce que tu as dit ? Bon sang, on est où là, au collège ?

— Il a dit que quand il rentrerait, il voudrait me voir et il voulait savoir si je serais d'accord.

— Et tu as dit, « bordel oui, inspecteur, j'adorerais vous revoir ».

— En gros.

En gros ?

— Aaron Sutter, vous me semblez un peu troublé.

— Ouais.

Ouais ?

— Aaron ?

— Je vais raccrocher.

— Tu n'as pas intérêt, le menaçai-je. Parle-moi.

— Je ne peux pas.

Bordel. De merde.

— Essaie.

— Je l'ai apprécié

— Ouais, ça j'avais compris, et ensuite ?

— Et ensuite… je veux dire, il m'a tout dit.

— Qu'est-ce que c'est, « tout » ?

— À propos de lui, du fait qu'il baise des inconnus dont il ne se rappelle ni le nom ni le visage, et qu'il y avait un type, un type spécial, et que ça n'a pas fonctionné à cause de lui.

— À cause de qui ?

— Duncan. Comme je te l'ai dit, il n'est pas sorti du placard et le type l'était, et il avait donc besoin que je le comprenne et bien sûr, c'est le cas, et tu aurais dû voir à quel point il était soulagé et… il était… et je voudrais… merde.

— Tu veux quoi ? Le faire emménager chez toi ? L'enfermer ?

— C'est le genre d'homme qui a besoin d'appartenir à une seule personne. Ça se voit.

— Le désespoir, ça n'est pas sexy.

— Normalement, non.

Oh mon Dieu.

— Mais il veut appartenir à quelqu'un, et toi, quoi ?

Il poussa un grognement.

— Aaron ?

— L'idée qu'il continue à vivre comme il l'a fait, alors qu'il voulait tellement rester… je… et je ne sais même pas si… je ne sais pas.

Le poids de ce que j'avais fait me frappa. Je pensais connaître les gens, connaître les choses, mais peut-être n'était-ce pas le cas, et au final, Aaron Sutter s'était avéré être un ami, quelqu'un sur qui je pouvais compter.

— Je suis désolé…

— Pourquoi serais tu désolé ? Ne sois pas encore désolé.

J'inspirai.

— Je te tiendrai au courant de ce qu'il se passe.

— Quand ?

— Quand je rentrerai de New York.

— Donc tu vas y aller ?

— Je suppose.

Et puisque je n'avais plus de conseils à donner, je fermai ma gueule et le laissai me raccrocher au nez.

— J ?

Sam semblait inquiet quand je réapparus dans le salon.

— Désolé, je devais parler à Aaron.

— Oh ? Et comment ça se passe avec Duncan ?

— Je n'en ai aucune idée.

Sam acquiesça, puis me pointa du doigt.

— Si ça se termine par des coups de feu, tout sera ta faute.

— Franchement ? Tu crois que c'est une chose sympa à dire ?

179

— Je dis juste que… un flic, un play-boy… comment est-ce que ça pouvait te sembler logique ?

Rien ne me semblait jamais logique, là était bien le problème.

SAM AVAIT annulé sa partie de pêche avec Chaz et Pat, mais puisque l'emmener au cinéma aurait été une punition cruelle, je rejoignis les autres – Dylan et ses deux enfants ; Stuart et sa mère, Jessica ; Tess et son père, Gordon ; mon copain Evan et ses deux fils, Bryce et Seth – au cinéma vers onze heures du matin. C'était toute une organisation, avec autant de gamins – dix en tout – pour arriver à faire s'asseoir tout le monde avec du pop-corn, une boisson et des serviettes. À la moitié du film, Gentry eut besoin de faire pipi, mais tout se passa bien, et comme Aja me l'avait dit, il était presque propre désormais et quand il dit qu'il avait besoin d'y aller, nous y allâmes.

Ensuite, nous emmenâmes les enfants déjeuner, puis sur un terrain de jeu près de chez Dylan. C'était sympa d'être tous assis à discuter. Je n'avais pas vu Evan depuis deux mois, et c'était agréable de rattraper le temps perdu. Gordon et Jessica semblèrent bien s'entendre, et puisqu'ils étaient tous deux parents célibataires, je fus plutôt satisfait.

— Tu es le dieu de l'amour, me taquina Dylan.

— Je suis toujours aussi doué.

Evan leva les yeux au ciel et j'en profitai pour lui demander comment allait Loudon, son partenaire, son mari, l'homme qu'il avait toujours dit qu'il ne rencontrerait jamais et à qui il était marié depuis onze ans. Ils étaient faits l'un pour l'autre. Evan était du genre nerveux et inquiet, et Loudon était calme et posé. Je les avais souvent vus en pleine action, et parfois la personnalité obsessionnelle d'Evan était une bonne chose – cela les empêchait de faire des erreurs. D'autres fois, Loudon lui rappelait que prendre le temps de respirer et de se recentrer était la meilleure chose à faire. C'était agréable de voir que leurs garçons, Bryce et Seth, avaient des facettes des deux. Comme Sam et moi, Evan et Loudon avaient adopté, Bryce en Espagne et Seth en Afrique du Sud.

Quand Dylan alla voir pourquoi Mabel et Mica étaient pendus la tête en bas, tandis que Seth comptait en dessous, Evan se pencha vers moi et posa une main sur mon genou. Je la recouvris rapidement de la mienne.

— Qu'est-ce qu'il y a ? lui demandai-je.

— Hey, euh, Loudon et moi discutions l'autre jour, et nous avons tous les deux convenus que, Dieu nous en préserve, s'il nous arrivait quoi que ce soit, nous voudrions que Sam et toi preniez les garçons.

Je me tournai lentement pour voir son visage.

— OK ?

C'était un choc.

— Vous êtes sûrs ? Enfin, Loudon a toujours dit combien il s'inquiétait pour le boulot de Sam, et…

— Ouais, mais tout comme moi, Loudon sait que personne ne s'occupera mieux d'eux que Sam. Il ne laissera jamais rien leur arriver, et tu t'inquiètes autant que moi.

— Pourquoi est-ce que les gens disent toujours ça ? Je ne m'inquiète pas.

Il me jeta un coup d'œil.

— Quoi ?

— Allons, Jory. Tu es très protecteur et j'adore ça. Et Sam sera comme un gardien de prison, et j'aime ça aussi. Je veux dire, quand tous les enfants grandiront et qu'ils commenceront à courir dans la nature, parce que si la malédiction dit vrai et que tes enfants te ressemblent… oh, mon chéri, tu te rends compte à quel point tes enfants seront hors de contrôle ?

Je frissonnai rien que d'y penser.

— Où est-ce que tu veux en venir ?

— Sam sera celui vers qui nous nous tournerons tous. Il vérifiera où ils sont, gâchera les fêtes, flanquera une peur bleue à tous ceux que nos gamins fréquenteront et fera bien comprendre à ces gens que s'ils déconnent avec eux, leur vendent de la drogue, fument ou boivent avec eux, alors il sera là pour leur mettre une balle.

J'acquiesçai, parce que c'était fort probable. Pas un véritable meurtre, mais les menaces et la peur que Sam pourrait inspirer, et qu'il inspirerait.

— Et il a tous ces amis flics, et j'ai rencontré ses potes… Chaz et Pat, c'est ça ?

— C'est ça.

— Ouais, tu vois, et j'ai rencontré leurs gamins, et ils sont gentils, donc…

— Ils ont des mères, tu sais, ces gamins. Il n'y a pas que la paternité en jeu.

— Non, je sais, je veux juste dire qu'ils sont dans les forces de l'ordre et que leurs gamins s'en sont bien sortis, et puisque nous comptons tous sur Sam pour surveiller nos gamins, alors nous sommes sûrs que si Loudon

181

et moi sommes frappés par une boule de feu ou par un bus, alors nous voudrions que Sam et toi preniez le relais.

— Mais ta mère…

— Elle est âgée, Jory, et les enfants auront besoin de parents actifs, de deux personnes qui peuvent suivre physiquement, de même que le reste.

J'observai son visage et n'y vis qu'un sérieux absolu.

— Je vois bien Hannah et Kola, et ils sont bizarres, dit-il en haussant les épaules, parce que tu es bizarre, mais les miens sont pareils, exactement pour les mêmes raisons. Mes garçons seront un peu tordus, parce que Loudon et moi le sommes. Aucun moyen de l'éviter. Tu es un bon père. Je me suis toujours dit que tu le serais.

— Vraiment ?

— Oui, bébé, répondit-il en serrant mon genou. Tu as le plus grand cœur au monde.

Je soupirai longuement.

— D'accord. Où est-ce que je signe ? Ce serait un honneur d'être le tuteur de tes enfants.

Il acquiesça.

— Tu n'as pas besoin de demander à Sam ?

— Oh non.

Je secouai la tête en me retournant pour regarder le terrain de jeu, observer Hannah grogner sur Gentry tout en le pourchassant, tandis qu'il riait et courait.

— Sam accepte ce genre de responsabilité comme un honneur. Il a réagi de la même façon quand je lui ai dit que Dane et Aja nous avaient désignés dans leur testament pour être les tuteurs de Robbie et de Gen. Il était profondément ému. Parce qu'ils nous confient ce qu'ils ont de plus précieux au monde, leurs enfants. Il prend cela très sérieusement.

— Je sais, répondit Evan en me tapotant la jambe et me souriant. Et vous ferez de votre mieux. Je ne pourrais pas demander mieux.

J'acquiesçai quand il se leva pour aller voir ce qu'il se passait, puisque Dylan parlait à sa fille, qui était toujours à l'envers, et que Mica retenait son souffle.

En regardant autour de moi, je vis Gentry à terre, tressaillant chaque fois qu'Hannah prétendait creuser dans sa tête avec ce qui ressemblait, vu la façon dont elle tenait ses mains, à un couteau et une fourchette imaginaires. J'arrêtai Kola quand il passa près de moi en courant avec Stuart et Tess.

— Qu'est-ce qu'elle fait, ta sœur ?

182

— Oh, elle mange le cerveau de Gentry. C'est un zombie.

— Avec des couverts ?

— Tu lui as toujours dit de ne pas se servir de ses mains, répondit-il, impassible.

— Oh ouais, évidemment.

Il haussa les épaules et s'enfuit en courant. Quelques instants plus tard, Robbie me dépassa en hurlant.

— Et toi, qu'est-ce que tu es ? Un loup-garou ?

Il s'arrêta pour me regarder.

— Mon papa dit que ça n'existe pas. Je suis un loup enragé.

Un loup enragé. C'était vraiment le gamin de Dane, même s'il n'avait que quatre ans. J'acquiesçai.

— Continue.

Son sourire fut gigantesque quand il s'éloigna en courant. Quelques minutes plus tard, Kola décida d'être un loup enragé avec lui, et Robbie s'illumina à cette idée. J'étais tellement heureux que mes enfants et ceux de mon frère s'entendent si bien.

— Mica voudra être un scientifique maléfique quand il sera grand, me dit Dylan quand je m'installai sur la cage à poules avec elle.

Il était plus facile de voir tout le terrain de jeu de haut, et tous les gamins trouvèrent cela génial que nous puissions grimper jusque-là. Bien sûr, je dus alors les informer que c'était mal.

— Tu es l'exemple de ce qu'il ne faut pas faire ? me demanda Evan d'en bas, les bras croisés.

— Ma vie sert d'avertissement pour beaucoup de choses, lui rappelai-je.

— Je ne peux pas te contredire.

Il haussa les épaules avant de s'éloigner.

— Alors, raconte ? L'objectif de carrière de Kola ? me demanda-t-elle.

— Vétérinaire, dis-je en souriant. Du moins cette semaine. Et Mab ? Que veut-elle faire dans la vie ?

— Elle veut être US Marshal.

— Tu plaisantes ?

— Non. Sam lui a dit que les filles pouvaient faire les mêmes choses que les garçons. Et je l'aime vraiment d'avoir dit ça, mais j'espère qu'elle changera d'avis.

— Moi aussi, acquiesçai-je.

183

— Mais si je meurs, ce sera la fin.

Je me tournai vers elle et plissai les yeux.

— Pardon ?

Elle haussa les épaules.

— Si Chris et moi mourons, et que vous obtenez la garde de Mica et Mabel, elle vivra avec son idole. *Game over.*

— Est-ce que tu te rends compte du nombre d'enfants que je devrai élever si tous mes amis, mon frère et sa femme meurent soudainement au cours d'une croisière maudite ?

Elle se mit à ricaner.

— Ouais, tu ferais mieux de t'assurer que nous ne partions pas tous ensemble en vacances sans toi.

Je grognai.

— Je m'en souviendrai.

— Ça vaut mieux, dit-elle en riant.

Et je l'attrapai pour m'assurer qu'elle ne tombe pas de la cage à poules et ne s'ouvre pas la tête. Je n'avais pas envie d'expliquer ça à son mari.

SAM AVAIT trouvé absurde d'imaginer Duncan et Aaron ensemble, et quand je lui dis que deux des parents des camarades de classe de Kola avaient échangé leurs numéros au parc, il leva les yeux au ciel.

— Quoi ? Je suis toujours…

Je marquai une pause théâtrale.

— Le dieu de l'amour.

Il me fit signe d'approcher.

— Viens-là, le dieu de l'amour.

Je m'enfuis en courant mais il me rattrapa facilement, et quand je me retrouvai sous lui par terre dans le couloir, ses yeux étincelants de malice et de chaleur, je fondis.

— Dieu que je t'aime.

Il agita ses sourcils à mon attention

— Tu te rends compte du nombre d'enfants que nous aurons à élever si tout le monde meurt d'un coup ?

Il fronça rapidement les sourcils.

— Pardon ?

— Evan et Loudon vont nous désigner comme tuteurs légaux de leurs enfants.

— Ils ne m'aiment même pas !

Il était outré.

— Bien sûr qu'ils t'aiment. Tout le monde t'aime.

— Depuis quand ?

— Depuis qu'ils t'ont vu prendre soin de moi, prendre soin de nos enfants et nous aimer de tout ton grand cœur. Difficile de ne pas adorer un homme quand tu sais qu'il n'est que tonnerre et foudre à l'extérieur, et bonté gluante et chaleureuse à l'intérieur.

Il lui fallut une seconde pour digérer ce que je venais de dire.

— Je ne crois pas que tout ça était un compliment.

J'éclatai de rire.

Ce soir-là, Sam et moi fîmes des pancakes, des œufs et du bacon pour le dîner puisque nous allions prendre un brunch le lendemain matin, et pas un petit déjeuner traditionnel. Je détestais manger deux fois le même repas d'affilée. C'était amusant de voir Sam prendre les commandes pour la forme des pancakes, puis essayer de son mieux de les faire.

—Arrête de soupirer, grommela-t-il en se penchant pour m'embrasser sur le nez.

XII

L'ENDROIT OÙ Dane et Aja voulaient que nous nous rejoignions pour le brunch à onze heures le lendemain matin se trouvait dans le centre-ville, et ils nous attendaient dehors quand nous arrivâmes. Gentry vit sa mère quand nous approchâmes et se précipita vers elle. Je lui fis signe pour qu'elle nous remarque, puisqu'elle parlait à son mari, puis indiquai son enfant. Elle s'agenouilla et tendit les bras, et il lui rentra dedans comme le faisaient les tout petits, son visage contre son cou, inspirant son odeur en la serrant de toutes ses forces. Sa félicitée absolue en fit un moment parfait.

Robert se précipita vers son père, et Dane le serra fort avant qu'Aja et lui n'échangent les enfants. Ils avaient l'air d'aller mieux tous les deux, Aja reposée, Dane souriant comme jamais. Dane était plutôt un mec à l'air renfrogné que joyeux. Ils avaient eu besoin de ce week-end seuls, et je réitérai mon offre : quand ils voulaient. Sam acquiesça légèrement pour qu'ils sachent que vraiment, ça allait.

D'un geste rapide, pour que personne d'autre ne puisse le voir, Aja écarta le col de sa blouse et me montra un suçon, puis le recouvrit. Dane se tourna pour nous regarder quand il m'entendit ricaner.

— Quoi ? lui demandai-je.

— Quoi ? répéta-t-elle.

Il se retourna, les sourcils froncés, et nous regarda tous les deux, Aja et moi, avant d'entraîner Hannah et Robert dans le restaurant, Sam à sa suite.

— Alors ?

Je souris lentement à ma belle-sœur.

Elle ressemblait à un chat qui vient d'avaler un canari.

— Agréables, ces deux journées ? Tu as bien dormi ?

— Dormi ? toussota-t-elle.

Je me mis à rire, et Sam nous jeta un regard noir par-dessus son épaule.

— Merci de nous avoir offert deux nuits de relâche, dit-elle en souriant. Nous n'en avons pas besoin toutes les semaines, ni même tous les mois, mais c'est agréable de savoir que nous avons cette option.

— De rien.

— Et il en va de même pour le Marshal et toi.

— Nan, répondis-je en haussant les épaules. Nous pouvons tirer un coup en vitesse dans la voiture.

Et bien sûr, je sortis cela au moment d'atteindre la table, quand la serveuse venait juste de nous demander si celle-ci nous convenait.

Sam grogna et laissa retomber sa tête vers l'arrière, heurtant la banquette. Dane laissa retomber son visage dans sa paume.

— C'est quoi, « un coup en vitesse » ? voulut savoir Hannah parce qu'elle avait des oreilles effrayantes.

Elle se tourna vers son oncle en attente d'une réponse. La serveuse se mit à glousser, Aja s'étouffa, et je dis à Hannah que cela voulait dire passer par le drive-in.

Elle eut l'air confuse et son frère lui dit qu'elle comprendrait quand elle serait plus grande. Il eut l'air très satisfait.

APRÈS LE brunch, une fois les vêtements et les sacs à dos échangés, Dane dit à Sam qu'il était content de le savoir de retour et qu'il l'attendrait à son bureau le lendemain. Sam acquiesça, puis ils partirent.

— Pourquoi as-tu rendez-vous avec Dane ?

— Oh, tu sais parfaitement pourquoi.

Je n'en avais aucune idée, puis cela me vint tout à coup.

— Oh, la maison.

— Ouais, la maison, grommela-t-il. Je devrais savoir qu'il ne sait pas te cacher un secret.

— Ouais, tu devrais, répondis-je en lui lançant un regard appuyé. Et donc ?

Il enroula ses bras autour des jambes de Kola, puisque mon fils était assis sur ses épaules et que je portais Hannah parce qu'elle avait mal au ventre.

— Alors, qu'est-ce que tu en penses ?

— Je pense que j'adore cette maison, mais je ne sais pas si nous pouvons nous la permettre.

— Tu l'as toujours adorée.

Oui, c'était vrai.

La grande maison Queen Anne à deux niveaux, située dans le quartier historique d'Oak Park et était plus grande que celle où nous vivions

187

actuellement. Il y avait presque 325 m² d'espace de vie, un grand grenier, de hauts plafonds, des planchers en bois et une cave complètement rénovée avec un lave-linge et un sèche-linge. Quand je l'avais vue la première fois, des années plus tôt, quand Dane et Aja avaient emménagé après s'être mariés, j'en avais été malade de jalousie. Bien sûr, comme c'était mon frère, je m'en étais remis, mais quand ils avaient déménagé... l'envie était revenue. Le fait que Sam et moi étions si synchronisés qu'il l'ait voulue aussi pour moi, pour lui, pour les enfants, me rendait follement heureux. Et je savais que Dane la vendait en gros pour un quart de sa valeur, pour un quart de ce qu'il avait payé, mais je savais également que pour lui, ce n'était pas ce qui importait.

— Je ne t'ai jamais vu comme ça pour quoi que ce soit, dis-je à Sam.

— Je n'ai jamais rien voulu pour vous à ce point.

— Tu y penses depuis un moment, n'est-ce pas ?

— Ouais, et je pense que nous pourrions nous en sortir. Le crédit sera plus élevé que ce que nous payons actuellement, mais pas de beaucoup, pas du genre 1000 $ de plus. Et la maison est plus grande, dans un meilleur quartier, les écoles sont bonnes, et surtout ton frère nous offre vraiment une bonne affaire.

Je me retournai pour pouvoir voir ses yeux.

— Je comprends enfin que Dane fait exactement ce qu'il dit.

— Il t'a fallu tout ce temps ?

Il haussa les épaules.

— Ouais, mais maintenant je sais que s'il dit qu'il veut que j'achète la maison pour les enfants et toi, parce qu'il apprécie que je prenne soin de vous, même si ce n'est pas son rôle de me récompenser de faire quelque chose que j'aime, de faire quelque chose qui fait partie de ma nature, je le comprends.

— Une épiphanie. Je crois que je me sens tout chamboulé.

— J'essaie d'avoir une conversation sérieuse avec toi.

— Oui, mon cher.

Il passa un bras autour de mon épaule et m'attira contre lui, et c'était agréable d'être tous les quatre ensemble, avec ma famille.

— Donc tu disais ?

— Je veux qu'on déménage. Je veux la maison.

— D'accord.

J'inspirai, m'appuyant contre lui.

— Moi aussi. J'ai toujours adoré cette maison. J'étais malade quand ils ont déménagé.

— Je me fichais qu'ils déménagent, je voulais juste qu'on l'achète avant qu'ils la vendent. Je savais qu'il avait des offres, avant même qu'ils la mettent en vente.

— Et tu lui as demandé de faire quoi ?

— Juste d'attendre jusqu'à ce que je puisse rassembler un capital. Je patientai. Il soupira profondément.

— Ce que ton conn-…

— Je transporte un gamin, lui rappelai-je.

— Ce que ton *frère* a interprété comme… « trafiquer les rapports pour que le Marshal puisse se le permettre », dit Sam avant de tousser.

J'écartai la tête pour pouvoir embrasser sa mâchoire.

Son grondement satisfait me fit sourire.

— C'est un sacré numéro.

— Oui.

— Je veux dire, il m'a raconté qu'une maison avait besoin d'habitants, autant que des gens ont besoin d'une maison… C'est quoi, ça ?

— Il est architecte. Il croit que les maisons ont besoin d'être aimées pour devenir des foyers.

Il grogna.

— Ce n'est pas une question de taille pour moi ; il est question de l'endroit où je prévois d'élever mes enfants, où nous allons passer nos vacances, mettre des lumières pour Noël, les enlever. C'est là où je veux être jusqu'à ma mort. Nous ne déménagerons pas en Floride, en Arizona ou quelque part comme ça quand nous serons vieux. Ce sera l'endroit où nous enfants reviendront quand ils iront à l'université, l'endroit où ils amèneront leur famille pour les vacances. Tu comprends ?

— Je comprends.

— C'est juste que… je m'y sens chez moi.

— Alors faisons-le. Demain, va signer les papiers nécessaires avec Dane pour lancer l'acquisition, et j'appellerai Madame Souza, notre agent immobilier, pour mettre la maison en vente.

Il était vraiment heureux, et quand je vis sa joie, mon cœur bondit.

— Tu aurais dû me dire que tu la voulais autant.

— Ouais, je sais. Je promets de te le dire la prochaine fois.

189

Cela n'avait pas d'importance, parce que seule importait la façon dont il m'étreignit, son souffle chaud caressant mon oreille et ses lèvres glissant sur ma joue. C'était tout ce dont mon cerveau avait besoin.

EN REMONTANT le Magnificent Mile vers le loft, nous nous arrêtâmes à Water Tower Place parce que j'avais besoin d'une nouvelle boîte à lunch et d'une robe pour Thanksgiving pour Hannah, et d'un nouveau sac à dos pour Kola.

— Qu'est-il arrivé à l'ancien ? me demanda Sam.

— Frisquet, répondirent Kola et Hannah ensemble.

— Vraiment ?

— Tu as vu comment il a tué cet oreiller l'autre soir, dit Hannah à son père.

Le regard douloureux qu'il me lança me poussa à lever les mains.

— Quoi ? C'est une force destructrice de la nature. Que veux-tu que j'y fasse ?

Sam se tira une balle dans la tête avec son doigt.

Je levai les yeux au ciel.

Je trouvais le shopping amusant, et Kola était également fan. Hannah et son père préféraient s'asseoir et manger une glace. J'abandonnais finalement et leur dis que nous devions laisser tomber nos courses « fun » parce que nous devions aller à l'épicerie. Sans surprise, ils n'en furent pas plus impatients.

Quand nous rentrâmes, je fis l'erreur de m'allonger sur le canapé et de me pelotonner avec Hannah au lieu de prendre simplement les clés de la voiture et de ressortir immédiatement pour aller à l'épicerie, qui ne se trouvait pas assez près pour marcher.

— On y va ? me demanda Sam, mais je pouvais entendre l'humour dans sa voix.

— Dans une seconde, promis-je même s'il faisait froid et couvert dehors et que tout ce que je voulais faire, c'était de rester blotti ici sans bouger.

— Ton chat est roulé en boule au milieu de notre lit.

Il avait eu une bonne idée.

Sam alluma un feu et la télévision, et quand il eut terminé, il nous poussa tous les deux hors du canapé, Hannah et moi, pour prendre notre place.

190

— Daddy ! s'exclama-t-elle, indignée.

Il grogna à son attention.

Je me relevai et m'allongeai sur lui, m'enroulant autour de son torse, ma tête sous son menton. Hannah se blottit sous son bras gauche. Kola nous rejoignit, sa PSP à la main, la tête à l'autre bout du canapé, ses jambes entre les miennes, sur celles de Sam. Nous étions une pile de corps chauds, tous pressés les uns contre les autres, et je n'arrivai pas à garder les yeux ouverts.

— J'aime bien quand il y a d'autres personnes ici, déclara Kola après quelques minutes à n'écouter que le football. Mais j'aime bien aussi quand il n'y a que nous.

— Moi aussi, dit Sam et je sentis son rire gronder dans sa poitrine.

— Quoi ?

— Ta fille, dit-il et quand j'ouvris les yeux, il souriait largement.

La tête vers l'arrière, les yeux fermés, mon doux petit ange ronflait comme un marin ivre.

— Je vous l'avais dit, grommela Kola à l'autre bout du canapé. C'est vraiment un garçon, à l'intérieur. Elle pète aussi, vous savez.

Oui, je savais.

SE RÉVEILLER d'une sieste au milieu de la journée n'est jamais une bonne chose. Vous vous levez grincheux et prêt à retourner au lit. J'étais donc de mauvaise humeur quand nous nous rendîmes à l'épicerie.

Une fois là-bas, Sam et Kola allèrent chercher du lait, du pain et le reste de l'essentiel, et Hannah et moi allâmes sélectionner les fruits. J'avais des pommes et du raisin, et je choisissais quelques bananes quand quelqu'un prononça mon nom. Avant que je puisse me retourner, je sentis une main sur mon épaule, puis un flingue au milieu de mon dos – et je savais à quoi ça ressemblait pour l'avoir déjà vécu.

— Viens avec moi.

— D'accord, répondis-je parce que je voulais avant tout éloigner cet homme de ma fille.

— Pa ?

Hannah releva les yeux vers moi, tirant sur ma main, essayant de me faire avancer, avant de découvrir seulement l'homme et essayant de me contourner pour voir mon dos.

— Viens.

— Non, ma chérie, répondis-je. Va chercher Daddy.

191

Son visage se plissa et elle commença à cligner des yeux comme elle le faisait toujours avant les larmes.

— B, lui ordonnai-je en sentant le pistolet pousser durement contre mon dos. Cours.

Elle ne discuta pas. Elle était courageuse, ma fille, mais elle comprenait ce que voulait dire mon ton, et le son de ma voix n'avait laissé aucune place à la discussion. Elle partit en courant pour aller chercher Sam. L'idée de ma petite fille courant toute seule dans un magasin m'aurait d'ordinaire soulevé l'estomac, mais elle s'était mise à crier. Je pus l'entendre – et j'étais certain que tous les chiens de la région pouvaient l'entendre aussi – quand elle se mit à pleurer et appeler son père.

— Merde, marmonna le type derrière moi.

Je priai en silence pour que kidnapper les enfants n'ait pas été à l'ordre du jour ; je n'avais pas la moindre idée de ce que j'aurais fait pour que mon bébé soit en sécurité.

L'homme m'attrapa durement le biceps et m'entraîna loin du rayon des fruits et légumes pour passer la porte du magasin où une berline noire tournait au ralenti, à mi-chemin du parking. Nous étions proches de celle-ci et l'avions presque atteinte quand la portière s'ouvrit. Je vis un pantalon de costume, mais personne ne se pencha vers l'avant pour que je puisse voir un visage.

— Personne ne bouge ! entendis-je Sam hurler derrière moi.

Tout se déroula atrocement vite.

— Lâchez votre arme et allongez-vous par terre !

Son rugissement furieux me traversa. Mon ravisseur me poussa vers l'avant en même temps, et alors seulement, un homme avec un pistolet se pencha.

Je n'avais que mon propre corps pour protéger Sam et m'assurer qu'aucune balle n'atteindrait l'homme que j'aimais.

— À terre !

Mais l'ordre m'atteignit, et pour une fois, je ne le remis pas en question ni ne m'inquiétai ni même ne réfléchis. Normalement, c'était moi qui agissais, mais j'étais tellement habitué à lui maintenant, à notre vie, à une division claire entre nous. Je faisais les choses de tous les jours, et Sam s'occupait des urgences. Je m'occupais des devoirs, il s'occupait des gens avec des flingues. On fonctionnait comme ça. Donc il me donna un ordre et j'obéis. Je m'effondrai simplement sur l'asphalte.

Il y eut des coups de feu et des cris. Le moteur de la voiture rugit, les pneus crissèrent, il y eut une rafale de coups de feu, puis quand je levai juste un peu la tête, je vis la voiture filer et son pare-brise arrière explosa avant qu'elle ne percute une voiture garée.

— Reste à terre ! hurla Sam en courant près de moi.

Je le regardai courir vers la voiture, s'arrêter, s'accroupir sur le côté et hurler de l'endroit où il se trouvait, pressé derrière la portière arrière du côté conducteur. Quiconque se trouvait à l'intérieur de la voiture aurait mieux fait de sortir immédiatement, avant qu'il ne commence à y faire des trous.

Il y eut des sirènes, puis tout un mur de sons, et quand je relevai les yeux, je vis la portière du côté conducteur s'ouvrir.

On jeta une arme avant qu'un homme n'émerge, les doigts entrelacés sur sa tête. Il s'agenouilla instantanément avant que Sam lui ordonne de s'allonger par terre, les bras et les jambes écartés.

Dès que l'homme eut obéi, Sam cria aux autres occupants de la voiture, quels qu'ils soient, de sortir. Il ne se précipita pas vers celle-ci, il n'ouvrit pas les portières, il attendit simplement. Après un autre instant, la portière arrière s'ouvrit et un homme tomba par terre. Il agrippait son épaule droite et il y avait beaucoup de sang.

Sam ne bougea toujours pas, jusqu'à ce que des véhicules de police l'entourent. Des agents se ruèrent vers la voiture, Sam désigna quelque chose, et ils se baissèrent pour la contourner. Ils atteignirent les portières et les ouvrirent, puis je les vis pousser un soupir collectif avant de commencer à ranger leurs armes. Une ambulance se gara, et alors seulement, en me relevant, je remarquai qu'un homme sans vie se trouvait à moins de deux mètres de moi.

Tout fut un peu flou jusqu'à ce que Sam revienne vers moi et se laisse tomber sur un genou.

— Tu as été incroyable dis-je

Je repris mon souffle, me mettant à trembler.

— Bébé, tu m'as écouté.

Il sourit de toutes ses dents, même si sa voix se brisa.

— Pour une fois, hein ?

— C'était le moment parfait pour commencer, m'assura-t-il en m'écrasant entre ses bras, me serrant si fort que je crus que mes côtes allaient se briser. Bon, allez, tu dois bouger.

Il me traîna sur mes pieds, me jeta par-dessus son épaule comme un pompier, puis appela à l'aide. Deux agents arrivèrent rapidement, séparant la foule, et je fus de retour dans le magasin où il me posa près de la porte d'entrée, sur la gauche, où se trouvaient les caddies. C'était aussi là que se trouvaient Kola et Hannah.

Quand les enfants me virent, ils accoururent. Dès que Sam me reposa, je fus pris d'assaut par deux petits humains. Sam donna l'ordre aux agents de me garder, ainsi que les enfants, et de ne laisser personne s'approcher, peu importe qui, il s'en fichait.

— Je vous autorise à faire usage d'une force mortelle. Compris ?

Ils comprenaient.

Sam partit alors, ressortant en courant par les portes.

— Pa, que s'est-il passé ? me demanda Kola en s'asseyant près de moi par terre, tenant ma main dans la sienne. Hannah m'a dit qu'il y avait un autre homme, mais on l'a pas vu.

— Tout va bien, je vais bien, il ne m'a pas fait de mal, dis-je à mon fils avant de me tourner vers ma fille. Tu as fait du bon travail en allant chercher Daddy, B. Je suis si fier de toi.

Elle hocha la tête et je vis à quel point ses yeux étaient gonflés et devinai ce qu'il s'était passé. En l'attirant sur mes genoux, je regardai de nouveau mon garçon.

— Et tu as fait du bon travail pour traduire ce dont elle avait besoin, Kola, lui dis-je. Je parie qu'elle pleurait beaucoup et que Daddy n'a pas compris.

Son sourire fut énorme.

— Il ne comprenait pas, mais moi oui.

Je posai une main sur sa joue.

— Bien joué, mon cœur.

Il rayonnait de fierté, Hannah se mit à avoir le hoquet, et je les agrippai fermement tous les deux, tandis que le chaos tournoyait autour de nous.

En écoutant Kola parler à Hannah, lui dire que quand on rentrerait, si elle voulait, il jouerait à *Candy Land* avec elle avant d'aller au lit, et en l'entendant accepter et lui dire qui elle voudrait être, le nœud froid de peur au creux de mon ventre commença lentement à disparaître. J'aurais le temps de régler tout ça dans ma tête, plus tard. Pour l'instant, je devais être un roc pour mes enfants. J'allais bien, donc ils allaient bien. Voilà comment ça fonctionnait. Qui aurait cru qu'un jour ce serait moi, l'adulte ?

XIII

Je dus rentrer sans Sam. Impossible de faire autrement. J'allais assez bien pour conduire ; c'était quelque chose de normal, et je le fis donc. Bien sûr, une voiture de police se trouvait devant nous et une autre derrière, et quatre agents nous escortèrent jusqu'au loft, qui fut soigneusement fouillé avant que nous soyons autorisés à y passer la nuit.

Une fois à la maison, je fis des choses normales. Nous dînâmes, je fis des sandwiches au fromage grillé et de la soupe à la tomate avec des biscuits apéritifs. Les enfants prirent leur douche et enfilèrent leurs pyjamas. Nous préparâmes des vêtements pour le lendemain matin, avant de remplir le nouveau sac à dos de Kola avec les trucs de l'ancien, puis, puisque Hannah ne voulait pas jouer à un jeu, nous nous installâmes ensemble sur le canapé pour regarder le DVD de « *Schoolhouse Rock !* », Parce qu'Hannah aimait les chansons et que Kola comprenait les maths.

Hannah s'endormit peu après dix-neuf heures, ce qui était de toute façon son heure de coucher, et je mis Kola au lit à vingt heures, qui était la sienne les jours d'école.

Quand on frappa à la porte, je vérifiai le judas et fus surpris de découvrir Chaz à côté de l'un des agents.

J'ouvris la porte et il eut l'air peiné.

— Qu'est-ce qui ne va pas ?

— Tu dois descendre. Sam est là. Pat et moi…

Il s'arrêta, en regardant le couloir vers l'ascenseur quand celui-ci sonna et que Pat en descendit. Il courut vers moi quand Chaz posa une main sur mon épaule, reportant mon attention vers lui.

— Bon, Pat et moi allons rester avec les enfants. Tu dois y aller.

— Où est-ce que je vais ?

— Rejoindre Sam, en bas, réitéra Chaz. Où est ton manteau ?

J'entrai et attrapai le premier truc qui me tomba sous la main dans le placard, mon imperméable, et l'enfilai sur le jean et le pull que je portais, ainsi que mes baskets. Normalement, je ne portais que des chaussettes à la maison si j'avais l'intention d'y rester.

Après que Chaz eut verrouillé la porte derrière moi, je pris l'ascenseur pour rejoindre Sam. Il se trouvait dehors avec, d'après ce que je pouvais voir, toute son équipe de Marshals, d'autres hommes en costume et des patrouilleurs en uniforme. Quand je les rejoignis, il releva les yeux et me lança un faible sourire.

Je savais que ça le chagrinait de ne pas pouvoir m'attraper, passer un bras autour de moi. Je savais que les types qui bossaient avec lui à son bureau étaient cool avec le fait que Sam vive avec moi, ou qu'au moins ils ne diraient rien devant lui, mais c'était une situation professionnelle et devant notre immeuble se trouvaient beaucoup de gens qui ne me connaissaient pas, ni Sam.

— Bon, voilà ce qui se passe, me dit-il, les yeux rivés aux miens. Il se trouve que le type que j'ai abattu et les deux autres travaillent pour Salcedo. Ils cherchaient à te capturer ce soir, parce qu'ils ont reçu l'information que je n'étais pas en ville. Qui peut savoir que je n'étais pas en ville, Jory ?

Je m'éclaircis la gorge.

— Kevin Dwyer.

— Oui, acquiesça-t-il. Il t'a vu l'autre soir à la fête de Dane, sans moi. Quand il t'a demandé, tu lui as dit que je n'étais pas en ville, et quand il a demandé à Dane quand est-ce que tu t'attendais à ce que je rentre, il a dit à Kevin qu'il ne savait pas.

— Et comment sais-tu ça ?

— D'après les micros que l'on a planqués chez le docteur Dwyer, et cela a été confirmé par des textos qu'il a envoyés de son téléphone portable à d'autres personnes. Nous avons cloné son téléphone en même temps que nous avons placé son appartement sur écoute.

— OK, dis-je avant d'inspirer. Mais pourquoi suis-je ici dans le froid, plutôt qu'en haut avec mes enfants ?

— Salcedo ne sait pas encore qu'il ne t'a pas capturé.

— Tu veux dire qu'il pense que ses gars sont toujours en route avec moi.

— Oui.

— Et donc quoi ?

— Et donc, en échange d'avoir balancé ses complices pour faire un deal, Monsieur Morelos, qui se trouve dans la voiture – l'homme qui conduisait – a accepté de te conduire au point de rendez-vous avec Salcedo. Nous avons besoin que tu y ailles avec Monsieur Morelos, en portant un micro, pour attirer Salcedo afin que nous puissions l'arrêter. Aucun d'entre nous n'a jamais vu cet homme. Même moi. J'ai entendu parler de lui. Nous étions même censés nous rencontrer une fois, mais cela a échoué. Donc personne ne sait à quoi il ressemble. Si tu y vas, il devrait être facile à identifier.

— Et si je n'y vais pas ?

— Si tu n'y vas pas, ils sauront que nous avons chopé leurs gars et disparaîtront dans la nature. Nous avons besoin que tu ailles là-bas.

Je les vis alors, les muscles du cou de Sam se tendre rapidement, ses yeux se plisser légèrement, et je compris que ce n'était pas son choix, et en aucune façon son idée.

— Monsieur Harcourt ?

En me retournant, je découvris Clint Farmer.

— Nous nous trouvons dans une situation unique. De toute évidence, Monsieur Salcedo a envoyé Monsieur Dwyer ici pour garder un œil sur Sam, parce qu'ils avaient l'impression qu'il approchait trop d'Andrew Turner. Ils ont essayé de le tuer par deux fois à Phœnix et, ce soir, ils ont essayé de vous kidnapper. Nous avons donc besoin de mettre un terme à tout ça avant qu'il ne s'attaque de nouveau à lui. Le problème étant, bien sûr, que nous n'avons pas la moindre idée d'à quoi ressemble Monsieur Salcedo.

J'acquiesçai.

— J'ai besoin de vous faire poser un micro et que vous entriez dans cet entrepôt, sur le chantier naval, pour rencontrer ces personnes.

— D'accord.

Il inspira.

— Nous ne vous demanderions jamais une telle chose si nous pensions qu'il voulait vraiment vous faire du mal. Vous étiez en train d'être capturé pour servir de moyen de pression, rien d'autre. Nous avons la certitude que personne ne veut vraiment vous blesser.

— Bien sûr.

— Cela étant dit, il y a toujours un danger que quelque chose puisse mal tourner.

— Je comprends.

— Malheureusement, vous êtes le seul à pouvoir le faire.

— Ouais, j'ai compris.

— D'accord, est-ce que nous sommes prêts à y aller, alors, Monsieur Harcourt ?

Je n'arrivais pas à répondre. Oui, je voulais que tout ça en finisse, mais d'un autre côté, ce n'était plus simplement moi. Si je mourais, cela affecterait l'homme que j'aimais et les deux petits humains qui vivaient avec moi.

Il attendit un moment, puis pris mon bras et m'escorta hors du cercle d'hommes avant de se retourner vers moi.

— Il y a trois ans ma femme, Maggie, s'est retrouvée au milieu d'une frappe de la mafia.

Il avait toute mon attention.

— Les détails sont encore un peu flous, mais elle travaille dans les relations publiques et son entreprise organisait un événement, et ce gentil vieux bonhomme lui a donné une lettre à transmettre à son fils. Franchement, on peut pas faire plus « *Diamants sur canapé* », n'est-ce pas ?

Son ton, la référence… j'aimais bien ce type.

— Bon, et tout à coup, nous nous retrouvons avec des hommes de main en train de la suivre, en train d'essayer de la tuer, et elle n'avait pas la moindre idée de ce qu'il se passait, puis un soir, comme j'essayais de décider si je devais l'enfermer ou l'embrasser, elle me dit : « Ah oui ».

Il marque une pause.

— « Je crois que ce vieil homme m'a donné une lettre que j'ai oublié de transmettre. Elle est rangée sous « S » comme « Service » dans mon dossier ».

Je lui souris.

Il imita une strangulation et je compris que sa femme lui faisait perdre la tête.

— Je l'aime, mais j'ai failli l'étrangler.

— Que s'est-il passé ?

— J'ai dû lui faire poser un micro et l'envoyer seule dans une pièce remplie de types que je ne connaissais pas, ou elle devrait fuir pour le restant de ses jours. Donc je comprends. Je comprends ce que je vous demande, ce que je demande au Marshal, à votre famille. Je comprends, donc le choix vous appartient.

— Est-ce qu'elle va bien ? Votre femme ?

Il sortit son téléphone et me montra une photo d'une femme en train de lui sourire, au milieu de ce qui ressemblait à une cuisine démolie. Il n'y avait pas un centimètre d'elle qui ne soit pas recouvert de farine.

— Des cookies pour la classe de CE2 de ma fille, cet après-midi. Impossible de dire à quoi ça ressemble maintenant.

J'inspirai.

— Si ce sont des conneries, vous êtes vraiment doué.

Il leva la main pour que je puisse voir son alliance dorée.

— Ce ne sont pas des conneries.

— D'accord.

— D'accord, soupira-t-il avant de faire un geste des doigts. Nous accourrons en un clin d'œil, Monsieur Harcourt.

— Appelez-moi Jory.

UNE HEURE plus tard, nous conduisions en silence vers le quartier des entrepôts.

— Tu veux bien me parler ?

— Je suis désolé, répondis-je. Je porte un micro, Marshal. Je ne crois pas que ce soit le bon moment pour me poser des questions.

Il grogna.

Je croisai les bras.

— Pourquoi es-tu fâché contre moi ?

— Oh, je ne sais pas, répondis-je d'un air sarcastique. Qu'est-ce que ça pourrait bien être ?

Je vis sur son visage quand il comprit, et il poussa un long soupir avant de se tourner vers moi.

— Ce n'était rien.

— Ton patron semble croire qu'un homme essayant de te tuer, ce n'était pas, en réalité, « rien ».

— Ouais, mais…

— C'est comme quand Rico et toi avez dû tirer sur des gens pour vous en sortir, c'est comme quand tu dois aller travailler tous les jours et mettre ta vie en jeu, puis rentrer à la maison le soir comme si de rien n'était, en me demandant ce qu'on mange à dîner !

— Jor-…

— Tu as tué un homme ce soir, Sam, à cause de moi et…

— Écoute, dit-il en me saisissant le menton et le tirant de côté pour pouvoir voir mon visage. J'ai abattu cet homme parce qu'il s'est retourné et a tiré sur moi. J'étais terrifié de te toucher, mais je n'allais pas le laisser t'emmener dans cette voiture. Mais si ça avait été n'importe qui d'autre dans la même situation, j'aurais aussi tiré, tu comprends ?

Je me libérai et m'adossai au siège.

199

— Oui, Marshal, je comprends. Si n'importe qui d'autre s'était trouvé à ma place, vous vous seriez comporté exactement de la même façon. Je vous reçois cinq sur cinq.

Nous continuâmes la route en silence.

— Tu ne m'écoutes pas du tout, marmonna-t-il dans sa barbe.

— Je t'écouterais, mais tu ne dis jamais rien. Tu ne me dis jamais ce que...

Je me rappelai que je portais un micro.

— ... peu importe.

La voiture s'arrêta finalement près des docks et je vis une lumière à mi-chemin d'une petite jetée, sur la gauche. Le chauffeur, Monsieur Morelos, sortit en premier et j'étais sur le point de le suivre quand Sam agrippa fermement mon poignet et me traîna hors de mon siège jusque sur ses genoux.

— Qu'est-ce que tu fais ? murmurai-je.

Il empoigna mes cheveux d'une main, enroula l'autre autour de ma gorge et inclina ma tête vers l'arrière. Tout aussi vite, tout aussi facilement, je fus à sa merci.

— Je tuerai tous ceux qui essaieront de te faire du mal, tu comprends ?

Mes yeux croisèrent les siens et j'y vis sa chaleur, sa possessivité, et je compris. J'écoutai.

— Tu crois que je me sens coupable à cause de cet homme que tu as tué, mais ce n'est pas le cas.

Il me relâcha et je me détournai, me redressai et grimpai sur ses cuisses à califourchon.

— Si l'homme avait jeté son arme et levé les mains, tu ne l'aurais pas tué. Tu penses que tu l'aurais peut-être fait parce que ce type avait l'intention de m'emmener avec lui, mais Sam, tu ne ferais jamais de mal à un homme non armé.

Ses mains se glissèrent dans mes cheveux, les écartant de mon visage.

— Je sais que si ce type s'était rendu, tu ne l'aurais pas tué. Mais il t'a tiré dessus, il n'y avait pas d'autre choix. Tu devais me sauver et te sauver, toi. Tu as des enfants, Sam. Tu m'as, moi, donc il n'est pas question de savoir si tu rentreras à la maison, il n'est pas question de savoir si c'est toi ou un autre. C'est toi.

— Je sais que tu es énervé que je ne partage pas assez de ces conneries avec toi, mais quand je rentre à la maison, je suis simplement heureux d'être là… Je t'ai, toi, et les enfants et ce stupide chat, et honnêtement, je me sens si différent que ma tête ne se trouve simplement plus là-bas.

Je plongeai profondément dans ses yeux magnifiques.

— Je te jure que je te parlerai davantage. J'y travaillerai, promis. Mais le simple fait de franchir cette porte et de voir tous ces doux visages… ça me répare. Tu comprends ?

— Je comprends maintenant, espèce de grand imbécile, soupirai-je en lui souriant.

Il m'attira rapidement vers l'avant, violemment, et le baiser que je reçus fut ravageur mais rapide, puis je me retrouvai en dehors de la voiture, planté là, étourdi et un peu vacillant.

Heureusement, le conducteur n'avait rien vu et il agrippa donc fermement mon biceps tout en m'escortant vers la porte « 15 ».

— Comment vous êtes-vous lancé dans une vie de crime ? lui demandai-je en essayant de le pousser à la conversation. J'ai des enfants, donc j'aimerais surveiller les signes avant-coureurs.

Après un moment, il se tourna pour me regarder.

— C'est comme ça que vous discutez ? Vous essayez de m'insulter ?

— Eh bien, je disais justement à mon meilleur ami l'autre jour que je pensais que la vie de chacun pouvait être un exemple, une leçon, vous ne pensez pas ?

— « Meilleur ami » ? Qui parle comme ça ? demanda-t-il en ouvrant la porte et me poussant à travers.

— Vous n'avez pas de meilleur ami ? demandai-je en le notant mentalement, me retournant pour le regarder par-dessus mon épaule.

— Je…

— Non, c'est bon, dis-je distraitement. Bon Dieu, j'aimerais bien avoir mon téléphone pour pouvoir faire une liste. Ma mémoire n'est plus tout à fait ce qu'elle était.

— Mais vous êtes qui, bordel ? demanda-t-il en sortant son flingue de l'étui sous sa veste et le pointant vers moi avant que nous nous dirigions vers la lumière.

— J'essaye juste de rester calme. Vous n'êtes pas nerveux ?

Il ne répondit pas.

— Bon sang, cette lumière vers laquelle je marche est vraiment forte, dis-je à Sam et à tous ceux qui m'écoutaient. Et c'est censé être une bonne chose ?

201

C'était un gigantesque entrepôt, mais nous n'allâmes pas très loin. Quand nous nous arrêtâmes, je découvris cinq hommes. J'en connaissais un.

— Docteur Dwyer, lui dis-je.

Il inclina la tête de côté et plissa les yeux.

Cela me prit plus longtemps que je ne l'aurais souhaité, j'étais fier d'être plus rapide d'habitude.

— Oh, soufflai-je. Vous êtes Salcedo ! C'est brillant.

Il ne dit rien.

— Et même parler de vous-même à vous-même ? Vous êtes un génie.

— Où sont les autres ? demanda un homme à Monsieur Morelos.

— Aucune idée. J'ai fait ma part. Nous sommes sortis, et il n'y avait personne. Aucune voiture, personne. Ils se sont taillés tous les deux.

— Tu étais censé conduire.

— Javi a changé les ordres. Il a décidé de conduire et Cranston était de renfort dans la voiture.

Silence.

— Cranston était un Marshal. Il ne se serait pas taillé.

— Le Marshal de Vegas, clarifiai-je. Le ripou.

— Tais-toi.

— Nous l'avons capturé au…

— Qu'est-ce que c'est que ce bordel ? demanda un type en s'avançant dans la lumière.

— Monsieur Turner, dis-je en le reconnaissant d'après les photographies que Sam m'avait montrées ce jour-là, chez nous.

Ses yeux croisèrent les miens.

— Qui es-tu et pourquoi es-tu là ?

— Je suis ici, supposément, pour faire pression et pousser le Marshal Sam Kage à arrêter ses recherches, mais je soupçonne que ce qu'il va vraiment se passer, c'est que je vais mourir et que vous allez mourir aussi, parce que je serais prêt à parier que Salcedo est mort, lui dis-je en prétendant ne pas savoir qui était Salcedo pour que le micro que je portais capte tout, chaque confession, chaque vérité.

À quoi cela servaitil de me promener en étant sur écoute si rien n'était incriminant ?

— Il n'est pas mort, espèce de connard ! dit-il en désignant Dwyer. Il est juste là, et…

— Ah-ha ! hurlai-je. Vous, Kevin Dwyer, vous êtes Salcedo ! Comment diable avez-vous fait ça ?

— Bien sûr que c'est Salcedo. Qu'est-ce que c'est que ce bordel...

— Vous êtes *tellement* mort, dis-je à Turner. Salcedo va mourir et il ne restera plus que le Docteur Dwyer, donc quoi que vous ayez ou que vous pensiez avoir sur Salcedo... Est-ce que c'est une vidéo ? Du porno ? Bref, quoi que ce soit, cela n'aura pas d'importance parce qu'il sera mort et qu'il recommencera une toute nouvelle vie ici, avec mon Marshal, après votre mort et la mienne.

Turner pivota pour regarder Dwyer/Salcedo.

— Est-ce que c'est vrai ? Tu vas disparaître et prendre l'identité du docteur que tu as créée ?

— Vous êtes vraiment docteur ? demandai-je.

— Oui ! hurla-t-il et je vis son flingue.

— Est-ce que vous avez couché avec Randall Erickson l'autre soir ?

Je ne savais pas pourquoi c'était ce que je trouvais le plus révoltant, mais bon sang, c'était le cas.

— DEA [6] !

Le premier cri retentit, des lampes de poche apparurent et beaucoup de pieds tambourinèrent sur le béton.

— Tout le monde à terre !

Je me jetai au sol.

— Les mains derrière la tête !

Tout en m'exécutant, j'entrelaçai les doigts à l'arrière de ma tête et attendis. Il me vint à l'esprit que Salcedo avait pénétré dans le loft de Dane et Aja et qu'il s'était servi de Randall pour ce faire, simplement pour pouvoir demander à mon frère s'il savait où se trouvait Sam. Je détestai qu'il se soit servi de Dane pour m'atteindre et atteindre Sam. Pire encore, il s'était servi de Randall. Ça serait un sacré coup pour son ego.

— Qu'est-ce qui se passe, bordel ? entendis-je quelqu'un crier. Pourquoi est-ce qu'il y a des US Marshals et la police de Chicago dehors ?

C'était déroutant, parce qu'il y avait tant de personnes, chacun avec son propre objectif. Je finis dans une petite pièce, menotté, assis par terre en face de Dwyer/Salcedo, qui était entre le chauffeur et Monsieur Turner.

— Alors, qu'est-ce que vous avez sur lui ? demandai-je à Turner. Toute la documentation qui prouve que Dwyer et lui sont la même personne ?

6 La DEA (Drug Enforcement Administration) est le service de police fédéral américain dépendant du Département de la Justice des États-Unis chargé de la mise en application de la loi sur les stupéfiants et de la lutte contre leur trafic dans le cadre de la campagne des États-Unis contre la toxicomanie.

Il acquiesça.

— Ouais. J'ai toutes les preuves que c'est le même type.

Je regardai Dwyer.

— Et donc, puisque vous ne vouliez pas aller en prison, vous l'avez fait sortir de WITSEC.

Il me dévisagea simplement.

— Mais ce que je ne comprends pas, c'est pourquoi ne pas être entré aussi à la protection des témoins ?

— Parce que ça n'a jamais été envisagé pour moi, dit-il avant de grimacer. Qu'est-ce que… je ne comprends pas.

Des hommes entrèrent alors et je vis les insignes de la DEA, et tout le monde fut emmené sauf moi et Dwyer/Salcedo.

— Avant, commençai-je, quand vous avez dit que vous ne compreniez pas, vous voulez dire pour moi et Sam, c'est ça ? Vous ne comprenez pas notre couple, comment nous sommes ensemble ou pourquoi ?

Ses yeux se plissèrent de haine.

— Oui.

Je comprenais. C'était un homme magnifique.

— Il n'a jamais pensé qu'il y avait quoi que ce soit entre vous deux. Il pense s'être servi de vous tout ce temps.

Il commença à hocher la tête.

— Il a raison.

Mais c'était des conneries, et ma preuve se trouvait là sur son visage, dans son regard.

— Il a tort. Racontez-moi. C'était nouveau alors, cette identité. Vous êtes allé à l'école de médecine. Allez, racontez-moi toute l'histoire.

— Ce n'était pas censé être ma voie. Mais les autres n'étaient pas intelligents et le temps était venu de monter en échelon ou de m'écarter… puis nous avons dû obtenir des informations de la part d'un idiot d'inspecteur de la police de Chicago qui travaillait sous couverture avec une équipe fédérale. Il les possédait, ces informations, parce qu'il a fini par arrêter un ami.

Dominic.

— Donc Sam et vous… vous avez parlé.

Il haussa les épaules.

— Il était brisé, alors. Son ami le plus proche… c'était un tel gâchis, il buvait tellement, puis quand il s'est blessé et est venu à l'hôpital…

— Quoi ?

204

— Après avoir posé les mains sur lui… j'en voulais plus.

Il soupira.

J'avais besoin d'entendre tout ça de Sam, pas de cet homme.

— Et maintenant, tout ce dont vous aviez peur a fini par arriver malgré tout.

— Oui, c'est vrai.

— Vous aviez beaucoup de gens sous vos ordres, votre propre Marshal, même… ce type, Cranston, de Vegas.

— Vous n'avez pas idée.

— Et pour quoi ?

Il secoua la tête.

— En aviez-vous fini avec Sam ou aviez-vous toujours l'intention de réapparaître dans sa vie ?

— Quand il est parti, il a été très spécifique sur ce qu'il voulait dans sa vie, et qui… Et comme il vous l'a dit, ça n'a jamais compté du tout.

Je secouai la tête quand la porte s'ouvrit.

— Vous êtes tous les deux des menteurs.

— Je soupçonne qu'il y a une part de vérité, dit-il en levant les yeux vers le patron de Sam.

— Vous savez que vous portez toujours un micro, non ?

Farmer me lança le même regard affligé que Sam me lançait assez souvent.

— Mais vous allez tout effacer, en dehors de l'arrestation, n'est-ce pas ? demandai-je en lui souriant.

— C'est comme si c'était fait.

— Merci.

POUR LA seconde fois cette nuit-là, je me retrouvai seul à la maison sans mon homme. Après avoir laissé partir Chaz et Pat, je pris une longue douche chaude pour me laver de cette journée. J'essayai d'attendre Sam, mais je finis par m'assoupir peu après deux heures du matin. Je devais préparer les enfants pour l'école dans quatre heures et demie.

XIV

Sam n'était toujours pas rentré au matin, et je fus déçu parce que je voulais qu'il m'accompagne pour ramener les enfants à l'école. Le texto que j'avais reçu m'avait informé qu'il était toujours en train d'être débriefé, et en fin de compte, Dane m'attendait sur le parking quand je m'y engageai.

— Est-ce que ton maniaque de mari va mieux, aujourd'hui ? demanda-t-il d'un air irrité.

— Je ne vois pas du tout ce que tu veux dire.

Apparemment, Sam avait appelé Dane à un moment donné, au cours de la nuit ou tôt le matin, et ils avaient longuement parlé de la maison, puis Sam avait demandé à Dane de venir me soutenir parce qu'il savait qu'il serait toujours avec les types de la DEA.

— Je ne veux pas savoir. Tout ce que je sais, c'est qu'on dirait que vous ne retournerez pas chez vous, mais que vous déménagerez directement du loft dans la maison d'Oak Park. Des déménageurs et du personnel d'entretien vont aller à ton domicile actuel aujourd'hui. J'ai demandé à Pedro de s'occuper de tous les formulaires de changement d'adresse.

— Mes voisins vont être tellement confus.

— Je soupçonne que Sam s'en fout.

— Je me demande à quoi ressembleront les nouveaux.

Je plissai les yeux.

— Différents, m'informa-t-il quand nous nous engageâmes dans les escaliers, Hannah me tenant la main, et Kola celle de Dane. Tu possèdes désormais une maison dans l'Oak Park historique. J'ai pris la liberté de contacter l'homme qui s'occupe du terrain pour le moment, Monsieur Kincaide, et de lui dire que tu allais prendre en charge la facturation. Si Sam et toi voulez le faire vous-même, vous pouvez, mais il y a des règles très spécifiques sur la façon dont le jardin doit être entretenu et...

— Est-ce qu'on peut mettre des lumières de Noël ?

— Quoi ?

— C'est une condition sine qua non, Dane.

— Bien sûr que tu peux mettre des lumières de Noël. Quel genre de...

— Je voulais juste être sûr.

— Même si je vivais jusqu'à mille ans, je ne comprendrais jamais tous les endroits différents où ton cerveau peut aller.

J'étais sûr que c'était vrai.

Nous escortâmes d'abord Kola jusqu'à sa classe, où se trouvait pour le moment Mademoiselle Taylor et non pas Monsieur Michaels. Pauvre fille, je crus qu'elle allait se liquéfier sur place en voyant Dane. Quand il se tourna enfin et lui sourit, elle se transforma en flaque et je gémis.

En emmenant Hannah jusqu'à sa classe, elle expliqua à son oncle qu'elle avait eu des ennuis à cause du pistolet à eau.

— Ne porte jamais une grosse arme, l'avertit-il. Il te suffit d'avoir un petit vaporisateur comme ceux que tu utilises quand tu repasses les vêtements, et tu te sers de ça. Comme ça, tu peux tester pour voir s'il y a une sorcière sans l'alerter sur ce que tu es en train de faire.

Ses yeux s'écarquillèrent et elle hocha la tête.

— Pardon ? Et c'est mon cerveau qui fonctionne bizarrement ? dis-je avec irritation.

— Je ne vois pas de quoi tu parles.

Dane charma également Madame Brady, la vieille femme minaudant en l'observant de ses yeux gris anthracite. Et oui, il était beau, mais il y avait autre chose. J'avais toujours eu le sentiment que Dane était hors du commun. J'étais tellement reconnaissant de l'avoir dans ma vie.

— Je ne te le dis pas aussi souvent que je devrais, commençai-je à dire en remontant le couloir avec lui vers l'entrée, mais j'apprécie tout ce que tu fais pour moi, et j'aime…

— Oui, pareil. C'est bien.

Il fut brusque quand il tapota ma joue, avant de se détourner pour emprunter l'escalier jusqu'au perron, puis il me fit un signe de la main sans se retourner et se dirigea vers le parking.

J'aurais dû le savoir.

— Monsieur Harcourt ?

En me retournant, je découvris Madame Petrovich.

— Je suis désolé pour mon mari, lui dis-je. C'est un hurleur.

Elle hocha la tête.

— Je suis désolée pour Monsieur Michaels, qui a été renvoyé, et Monsieur Parker, à qui on a interdit l'entrée de l'école.

— OK.

Elle tendit la main et me saisit le bras.

207

— Votre famille et vous faites partie de la nôtre depuis trois ans, Monsieur Harcourt, depuis que Kola a été inscrit en école maternelle, comme Hannah maintenant. Vous n'avez pas hésité à l'inscrire ici, parce que Kola s'en sortait si bien. Je ne veux pas que cela change à cause de cet incident, mais surtout parce que je ne veux pas que vous pensiez que nous nous fichons de vos enfants. Tous ces enfants sont la chose la plus importante au monde pour moi, je ne serais pas là si ce n'était pas le cas, mais Kola est si précieux, et Hannah…

Elle se mit à sourire.

— Je ne sais pas ce qui se passe dans la tête de cette fillette parfois, mais j'ai hâte de la voir tous les jours.

— OK.

— J'espère donc sincèrement que nous pourrons tous surmonter cet incident et revenir aux choses comme elles étaient avant. C'est la première affaire de ce genre dans cette école, je peux vous assurer que ce sera certainement la dernière.

Je lui souris.

— Vous allez ajouter des aides à toutes les classes, n'est-ce pas ?

Elle s'éclaircit la gorge.

— Que voulez-vous dire ?

— Vous demandez cela depuis un moment, mais le conseil ne bougeait pas.

Je hochai la tête en lui souriant.

— J'ai lu le bulletin d'information et c'est un très bon moyen de prouver votre point de vue.

Elle me prit la main.

— Vous savez que je n'aurais jamais choisi d'avoir…

— Je sais, vous ne vouliez pas qu'un enfant illustre vos inquiétudes, mais cela a clairement servi à le faire, n'est-ce pas ?

— Oui, certainement.

Elle soupira en relâchant ma main. C'était une femme vraiment séduisante dans son costume Donna Karan, avec une coupe de cheveux courte et élégante, des lunettes de lecture accrochée à une chaîne, des perles, un maquillage impeccable et des yeux bleu foncé rivés à mon visage. Je l'avais trouvé si parfaite la première fois que nous nous étions rencontrés, et cette perception n'avait jamais changé.

Je croisai les bras.

— Est-ce que Rick Jenner a effrayé le conseil ?

— Monsieur Jenner a *terrifié* le conseil. Jenner Knox est un cabinet d'avocats très reconnu ici, à Chicago.

— Mais il n'a même pas un an, dis-je en écarquillant les yeux, tout innocent.

Elle s'éclaircit la gorge.

— Richard Jenner vient peut-être de créer ce nouveau cabinet, Monsieur Harcourt, mais nous savons tous qu'il était l'associé gérant de son ancienne entreprise pendant de nombreuses années.

Je levai un sourcil.

— Il est assez intimidant.

— Oui, Madame, je sais.

Elle plissa les yeux.

— Je dois dire que quand vous avez postulé ici, le Marshal et vous, je ne me doutais pas que s'il y avait un problème un jour, un homme comme Richard Jenner se retrouverait dans mon bureau.

— Mon frère, que vous venez de voir... vous l'avez vu ?

— Il serait difficile à manquer.

— Ouais, eh bien, il prend soin de moi, c'est lui qui est effrayant, et...

— Ne vous méprenez pas, Monsieur Harcourt, le plus effrayant dans ce scénario, celui qui l'a toujours été et qui, je soupçonne, le sera toujours, c'est le Marshal Kage.

Je m'éclaircis la gorge.

— Encore une fois, désolé qu'il ait crié.

— Il avait tous les droits de le faire.

Je serrai son bras.

— Nous surmonterons cela.

— Tant mieux, murmura-t-elle. Nous nous verrons après l'école.

— Oui, m'dame.

Je souriais en atteignant le minivan.

Après être sorti du parking, je tournai à gauche et une voiture me dépassa, puis se rabattit brusquement et s'arrêta. Je dus enfoncer le frein, au risque de lui rentrer dedans.

La portière s'ouvrit et dès l'instant où je vis Monsieur Parker sortir avec une batte de base-ball à la main, j'attrapai mon téléphone et composai le 911. Tandis qu'il me hurlait de sortir de ma voiture de pédé et de ramener mon cul de pédé, je parlai à l'opératrice. Quand il se mit à cogner sur le capot, elle me demanda ce qu'était ce bruit. Je lui expliquai qu'il tapait sur ma voiture.

— Et c'est nouveau, geignis-je parce que franchement j'étais en sécurité tant que je ne sortais pas.

Elle sembla plus paniquée que moi.

Il frappa la vitre, et à ce stade, j'avais passé l'opératrice sur le haut-parleur et je me servais de mon téléphone pour filmer ce qu'il se passait, parce qu'il n'y avait rien d'autre à faire : j'étais coincé jusqu'à ce que la police arrive.

— Monsieur Harcourt, avez-vous signalé un 211 l'autre soir ?

— Ouais.

— C'est merveilleux, ce que vous avez fait. Je... nous n'étions pas autorisés à vous contacter ou... aucun de...

— Lequel connaissez-vous ? demandai-je tandis que Monsieur Parker arrachait le rétroviseur du côté passager.

Qu'est-ce que j'allais dire à Aaron ?

— L'inspecteur Everman est mon beau-frère... Nous vous sommes tous très reconnaissants.

— Est-ce qu'ils vont tous les deux bien ?

— Oui, soupira-t-elle longuement. Tous deux vont complètement se rétablir.

— Tant mieux, je... Merde.

— Qu'est-ce qui ne va pas ?

Il était retourné à sa voiture et avait désormais une hache.

— Dites aux agents en chemin que ce type a désormais une hache.

— Je les en informe. Éloignez-vous des vitres, Monsieur Harcourt. Ils seront là dans moins d'une minute.

— D'accord.

J'inspirai, me précipitant sur la banquette arrière pendant que Monsieur Parker se jetait sur ma voiture et s'attaquait au pare-brise.

J'en avais vraiment marre d'entendre des sirènes et des cris, mais l'océan d'uniformes bleus fut plutôt cool, et la façon dont ils tenaient leurs armes braquées sur lui jusqu'à ce qu'il lâche sa hache était un peu comme une scène tirée d'un film.

Il se retrouva à terre, et c'était un peu exagéré à mon avis, mais ils n'avaient aucun moyen de savoir ce qu'avait pris ce type, et il était grand et fort. Quelqu'un lui enfonça son genou entre les omoplates, un autre au creux du dos et le dernier s'assit sur ses jambes. Ça ne devait pas être confortable.

Ils l'attachèrent en accrochant ses poignées à ses chevilles et le transportèrent à l'arrière d'une des voitures de police. Une fois là-bas, ils vinrent me chercher. La rue de ce petit quartier de banlieue était remplie de familles qui travaillaient, il n'y avait donc personne sur le trottoir pour assister à toute cette excitation.

Je fis ma déclaration à l'Agent Fields, tandis que d'autres hommes en uniforme se joignaient à nous, se rassemblant autour de nous. Ils me demandèrent si J'allais bien et je leur expliquai de nouveau que je n'étais pas sorti du van. Ensuite, il fut temps de prendre des photos. Quand mon téléphone sonna, je vis que c'était Sam et m'excusai.

— Où es-tu ? me demanda-t-il.

— Où es-tu, *toi* ?

— Je suis enfin à la maison. J'ai pris une douche et... Est-ce que tu es allé travailler ? Je veux te parler de tout ça et je... j'ai besoin de te voir, alors est-ce que tu peux rentrer ?

Je toussotai.

— En réalité, je suis avec la police.

Il y eut un bref silence.

— *Quoi* ?

— Après avoir déposé Kola et B, je me suis fait attaquer par monsieur Parker, mais je rentrerai après en avoir terminé avec la police et avoir appelé Aaron pour savoir où emmener le...

— Il t'a attaqué ?

— Eh bien... répondis-je en désignant d'un geste la pauvre Mercedes qu'il ne pouvait pas voir. Ouais, ou plutôt le van, pas moi. Enfin ouais, moi, mais surtout le van. Cela aurait été moi s'il avait pu m'atteindre, mais...

— Bon Dieu, Jory ! Est-ce que tu es blessé ?

— Non, je ne suis pas blessé, est-ce que tu m'as écouté ? J'étais dans le minivan et il l'a réduit en miettes.

— Où...

Sa voix se brisa, touchant le fond.

— Où est-ce que tu es, exactement ?

Je lui lus le panneau de signalisation que je pouvais voir, indiquant la rue où je me trouvais, et lui dis de ne pas quitter parce que le policier devait me parler.

— Passe-lui le téléphone.

— Mais Sam, je...

— Passe-lui le téléphone, grogna-t-il.

— Très bien, mon Dieu, ne fais pas ce bruit, aboyai-je en passant mon iPhone à l'agent.

Il eut l'air confus.

— Parlez juste…

Je hochai la tête en lui indiquant de porter le téléphone à son oreille.

— Parlez au Marshal.

Ce fut amusant de voir les yeux de l'homme s'arrondir et s'écarquiller, et il se mit à répondre aux questions qu'on lui lançait rapidement, à en juger par la brièveté et la rapidité des réponses. Apparemment, l'ex-femme de Monsieur Parker le poursuivait désormais en justice pour obtenir la garde exclusive de leur fils en raison de l'incident avec Kola à l'école. Jusqu'à ce que la garde soit réglée, Oliver resterait chez sa mère, et elle avait également déposé une ordonnance restrictive à l'encontre de son ex-mari.

Si Sam n'avait pas été Marshal ou un ancien inspecteur de la police de Chicago, il n'aurait pas reçu toutes ces informations, mais en l'état des choses, l'agent lui raconta tout et enchaîna les « oui monsieur, non monsieur, très bien monsieur » jusqu'à ce que mon téléphone me revienne.

— Ne bouge pas. Pose ton cul sur ce trottoir et attends-moi.

— Mais, et le…

— Je vais envoyer une dépanneuse pour le van. Assieds-toi…

— Comment diable est-ce que ça pourrait être ma faute ?

— Tu es un aimant à ennuis.

— Pas du tout !

— Je serais prêt à parier que tu as réussi à dire ça en restant impassible !

— Sam !

— Raccroche. Je dois appeler Aaron Sutter, ce qui va vraiment me faire une putain de journée !

— Il aime vraiment Duncan, tu sais.

— Oh, quelle nouvelle fantastique !

— Ton sarcasme ne m'échappe pas.

— Je m'en fous ! La seule…

— Oh, allons, tu t'en fiches un peu, je le sens. Duncan Stiel et toi…

— Comme j'allais le dire, la seule chose pour laquelle ces deux-là sont doués, putain, c'est se rendre malheureux, mais ce sont tous les deux des connards, alors ils se méritent l'un l'autre, bordel !

— On recommence à jurer ?

— Jory !

Oh, il était en colère, et pour une raison quelconque, je n'arrivais plus à m'arrêter de sourire. Bon Dieu, j'aimais Sam Kage quand il était comme ça, et cela entraînait ces ruées au lit qui me coupaient le souffle. Parce que quand Sam était furieux, il devenait froid et silencieux, mais en ce moment, irrité et poussé à bout, il était comme l'un de ces taureaux de rodéo sur le point de charger et de décimer tout ce qui se trouvait sur son passage. J'avais hâte de rentrer à la maison pour qu'il me jette sur le lit et m'empêche de m'échapper. Oh, j'étais tellement partant... j'allais complètement me faire passer dessus. Je frissonnais rien que d'y penser.

— Dane a dit que nous déménagions, l'appâtai-je un peu plus.

— Je t'ai déjà dit que nous déménagions ! Est-ce que tu écoutes ce que je te dis parfois ? Jamais ?

C'était tellement drôle.

— Et donc Dwyer et Salcedo étaient le même type, hein, Sam ? J'imagine que l'amour est aveugle et que ça t'a échappé.

— Quoi ? Qu'est-ce que tu viens de me dire ?

Je ricanai. Impossible de m'en empêcher.

— Ce n'est rien, tu l'aimais, il t'aimait, mais tu devais rentrer pour...

— Je suis rentré parce que l'opération était terminée que je devais te revenir ! J'avais besoin de toi ! J'avais envie de toi ! Je t'aimais ! Voilà pourquoi je suis rentré, putain !

— Tu m'aimais ? le poussai-je.

— Jory, je le jure devant Dieu, je vais t'éclater la tête si tu ne...

— Donc tu m'aimes ? Sam ? Vraiment ? Je suis le bon ? Le seul ? Vraiment ?

— Je vais te tuer !

— Oh allons, dis que tu m'aimes. Allez, Sammy, tu peux le dire... allez...

— *Sammy* ?

Je fus pris d'un fou rire, son indignation totale me tuant. Il rugit et la ligne fut coupée, et j'eus soudain envie de me cacher ou de m'enfuir, mais à la place, j'appelai Aaron.

— Je ne peux pas te parler, me dit-il quand il décrocha. Ton homme est sur l'autre ligne.

— Ouais, mais tu me préfères.

— Ouais, mais Duncan... Il a mentionné qu'il respectait beaucoup Sam, et il pense vouloir suivre le même chemin que lui et devenir Marshal et j'espérais qu'il puisse obtenir l'aide de celui-ci.

— On ne décide pas un beau jour de devenir Marshal ; c'est un vrai boulot, tu sais.

— Oui, je sais, et il le sait.

213

Et cela me frappa.

— Bon sang, Aaron, tu fais plus qu'apprécier Duncan Stiel !

— À plus tard, dit-il avant de me raccrocher au nez.

Il me fallut une minute pour digérer le fait qu'Aaron Sutter venait de me raccrocher au nez. D'habitude, c'était moi qui raccrochais, pas lui. Mais j'étais passé à l'arrière-plan ; j'étais enfin clairement dans la colonne des amis, parce que le bon était enfin arrivé.

J'avais toujours pensé que ne pas être l'homme qu'Aaron Sutter voulait serait une déception. C'était un coup de boost à l'ego d'être l'homme idéal, celui que le cœur d'un autre désirait. Je pensais que cela me manquerait le jour où je tomberais de mon piédestal. Je pensais, dans le secret de mon cœur, que je serais triste, mais maintenant que j'y faisais face, que je comprenais que je ne serais pour toujours que son ami, j'étais ravi… et terrifié.

Et si Duncan n'était pas prêt pour la force de la nature qu'était Aaron ? S'il fuyait ? Et si…

J'aiderais si je le pouvais, mais c'était tout ce que je pouvais faire. Toute ma vie, j'avais tenté de tout arranger – ou essayé de le faire –, mais je n'avais jamais vraiment eu le moindre contrôle. Je n'avais du pouvoir qu'envers moi-même, de l'influence sur quelques autres personnes et la capacité de rendre Sam et mes enfants heureux. Que demander de plus ?

Je tournai la tête en entendant rugir un moteur, vis l'énorme voiture de Sam et courus sur le trottoir. Il se gara à côté de moi, la portière s'ouvrit à la volée, et il en sortit et se précipita à l'avant de la voiture pour me rejoindre.

Je tendis les bras.

Il se figea.

— Viens là.

J'agitai les doigts.

— Qu'est-ce que c'est que ça ?

— C'est moi, qui délire de te voir.

— Pourquoi ?

— Parce que je t'aime, dis-je en lui lançant un regard noir. Maintenant viens là.

— Je t'aime aussi, gronda-t-il en bondissant sur moi.

Je me retrouvai dans ses bras, écrasé dans une étreinte d'acier, son visage pressé contre mon cou tandis qu'il tremblait fort.

— Je ne te quitte pas, je ne te quitterai jamais. Nous allons bien ensemble, nous sommes solides. Car sans toi, où est-ce que je serais ?

Il inspira mon odeur.

— Je me fiche de savoir qui tu as aimé ou qui t'a aimé. Je ne suis pas jaloux, parce que regarde où tu es, maintenant. Tu m'as choisi, tu as choisi notre vie et tu n'iras nulle part sans moi ou les enfants.

— Non, promit-il en relevant la tête et prenant mon visage entre ses mains.

Dans ses yeux, je vis l'émotion qui l'envahissait, puis il m'embrassa violemment, complètement, dévorant ma bouche.

— Je ne te quitterai...

Il m'embrassa plus fort, plus profondément, sa bouche brûlante et humide.

— Jamais, tu es à moi, c'est grâce à toi que tout fonctionne.

Je n'aurais pu imaginer quelque chose de mieux.

MON FANTASME sexuel torride fut repoussé à plus tard, puisque Sam et moi dûmes nous rendre au poste de police pour porter plainte contre Monsieur Parker, ce qui prit beaucoup plus longtemps que je ne le pensais. Ils me demandèrent s'il avait crié quoi que ce soit en attaquant ma voiture, mais je mentis et répondis que non. Je savais pourquoi il était enragé et, honnêtement, cela avait moins à voir avec ma sexualité, et tout à voir avec son ex-femme et son gamin, et le fait de pouvoir projeter sa colère quelque part. Le fait que je sois gay n'était pas le problème ; le problème, c'était que j'avais servi de remplacement. Je n'étais pas la victime d'un crime haineux ; j'étais le bouc émissaire, parce qu'il avait des crises de colère. Et puisque je ne voulais plus y penser, je supprimai la vidéo de son attaque avec la batte de base-ball, puis la hache. Je ne voulais pas me retrouver coincé par mon mensonge et devoir dire que cela avait été trop douloureux pour continuer à avoir l'air plausible.

Je n'étais pas certain de savoir ce qui lui arriverait. C'était la deuxième fois qu'il retournait en prison en quelques jours – Chaz et Pat l'avaient ramassé pour avoir brisé le doigt de Kola – et il ne serait pas inculpé avant le lendemain matin.

En quittant le poste de police, je demandai à Sam ce qui allait se passer.

— Tu as entendu ce qu'a dit l'agent Marion. Il nous a dit que Monsieur Parker avait avoué avoir appris de son ex le jour où tu allais ramener Kola à l'école, sous prétexte de venir s'excuser, mais à la place, il t'a tendu une embuscade.

— Il n'ira pas en prison, n'est-ce pas ?

— Ça dépendra de ses antécédents. Nous ne savons pas ce qu'il se passe entre son ex et lui.

— Je pensais qu'il aurait juste droit à de nombreuses heures de thérapie ordonnée par le tribunal.

— Peut-être, je ne sais pas.

— Si, tu le sais, insistai-je. Tu as été flic combien de temps ? Tu sais.

Il tourna ses yeux brumeux vers moi.

— Il a de la chance d'avoir été là quand les flics sont arrivés.

— De quoi est-ce que tu parles ?

— S'il s'était enfui ou avait essayé de se cacher après ce qu'il t'a fait… dit-il avant d'inspirer. Est-ce que tu trouves que je suis un homme raisonnable ?

— Oui, lui assurai-je.

— Non, me corrigea-t-il en secouant la tête. Grimpe dans la voiture.

J'avais suivi ses instructions et la main sur ma nuque me rapprochant de lui me fit sourire. Sam se rappelait juste, en me malmenant un peu, que j'allais bien. Je ne fus pas surprise, de retour au loft derrière des portes closes, qu'il ait besoin de se retrouver avec sa peau contre la mienne, pour s'assurer que j'étais en un seul morceau. Nous ne sortîmes même pas du lit pour manger.

Il me laissa me doucher et cuisiner pendant qu'il allait chercher les enfants à l'école. Je ne m'étais même pas rendu compte qu'il pleuvait dehors jusqu'à ce qu'ils rentrent et passent la porte en ressemblant à des rats mouillés.

Sam se contenta de me lancer un regard noir en ordonnant à tout le monde de se déshabiller et de prendre chacun une salle de bains. Une fois les enfants douchés et changés, il en fit de même, puisqu'il était juste sorti du lit, collant, en sueur et sentant le sexe, pour aller les chercher. Il revint d'un pas traînant dans le salon et s'effondra sur le canapé en portant un vieux jean, un T-shirt et des chaussettes de sport. Ses paupières semblaient lourdes, ses cheveux rebiquaient et sa peau était rougie par la douche chaude. Il était complètement irrésistible, et planté là, contre le dossier du canapé, j'arrivai à peine à écarter mes mains de lui.

216

J'adorais le regarder, ses cils dorés posés contre ses joues, son torse massif se soulevant et retombant, contenant son grand cœur, la puissance et la force de cet homme, même au repos. Quand je suivis son nez du bout du doigt, il fronça les sourcils et je ne pus m'empêcher de me pencher et d'embrasser son front. Son ronronnement grondant me fit sourire.

Il était épuisé, et puisqu'il était réveillé depuis plus de vingt-quatre heures, je n'en étais pas surpris. Malgré tout, quand Hannah le secoua deux heures plus tard, il se réveilla. Le bruit de trompette qu'elle imitait le fit un peu grimacer, à cause du volume, mais puisque je savais que c'était juste pour annoncer son entrée, je ne lui demandai pas de baisser le ton. Je n'étais pas fan de m'entendre dire de me taire ou de me calmer, j'essayais donc de ne pas le faire avec mes enfants. J'étais bruyant et j'élevai des êtres bruyants. Ils devraient compter sur Sam pour apprendre la retenue.

— Qu'est-ce qu'on fait ? demanda Sam, la voix rocailleuse, en s'asseyant sur le canapé, se frottant l'œil droit de sa paume.

Il n'avait pas dormi profondément, parce qu'honnêtement, il devait se trouver dans son lit avec moi enroulé autour de lui, ou être pelotonné contre mon dos pour pouvoir le faire. Il n'y avait qu'avec moi qu'il était complètement détendu, donc faire la sieste sur le canapé ne l'avait pas mis complètement KO. Mais cela le rendait suffisamment ébouriffé et vaseux pour devoir se frayer un chemin jusqu'à l'éveil. La fanfare d'Hannah, ou du moins ce qu'elle pensait ressembler à une trompette, l'avait autant surpris que Frisquet, qui s'était blotti sur son torse. Ils avaient été adorables tous les deux : ce grand homme fort et son chat au poil soyeux. Mais je me serais fait assassiner si j'avais osé prendre une photo, donc je m'étais abstenu.

— J ?

Il grogna de nouveau en bâillant, les yeux larmoyants une minute pendant qu'il pressait ses avant-bras derrière sa tête et étirait tout son corps.

— Les costumes d'Halloween, expliquai-je derrière lui tandis qu'Hannah sautillait devant son père avant de prendre la pose.

Ce fut mignon de voir Frisquet miauler d'un air indigné et faire ses propres étirements avant de sauter du canapé. Il était clairement irrité d'avoir été réveillé pour un défilé de mode.

Sam s'éclaircit la gorge.

— Hum, je ne suis pas sûr.

Hannah tenait toujours sa tête inclinée, les bras vers l'avant, le dos cambré, en une pause lui ordonnant de l'idolâtrer. Je supposais que c'était sa version d'une pose de mannequin. Ce n'était pas sa faute si elle ressemblait plutôt à Frankenstein sur le point d'arracher la tête de quelqu'un.

Je me penchai près de son oreille et chuchotai :

— Une fée ninja.

Il grogna et hocha la tête.

— Bon, ça explique les ailes fuchsia, la tenue brillante de ninja, la baguette magique et les *saï*.

— Les quoi ?

— Les couteaux, là, dit-il en inclinant la tête. Comme ceux que porte Elektra.

— Fan d'Elektra, hein ?

J'apprenais quelque chose sur cet homme tous les jours.

— Tu plaisantes ? me demanda-t-il comme si j'étais stupide.

— Est-ce que je devrais m'inquiéter que tu aies un fétiche pour les femmes sexy portant du cuir rouge ?

— En fait, je pense que c'était Daredevil qui portait du cuir rouge.

Il sourit paresseusement, malicieux, penchant la tête vers l'arrière pour pouvoir me voir.

— Mais si tu veux porter n'importe quelle sorte de cuir pour moi, j'en serais plus que ravi.

— Arrête de flirter avec moi. Ta fille va avoir une crampe.

Il ricana quand il reporta son attention vers Hannah, l'étudiant.

— D'accord, donc tu jettes des couteaux tranchants sur les gens, et s'ils sont blessés, tu agites ta baguette magique et tu les guéris ?

Elle reprit vie et tourna de grands yeux et un sourire plus gigantesque encore vers son père.

— Oui !

De toute évidence, il était génial, et la façon dont elle se jeta sur lui, croisant ses couteaux et une baguette brillante derrière son cou en le serrant contre elle, le lui confirma. Je ne pus m'empêcher de soupirer quand il la serra contre lui et l'embrassa.

Il la posa sur ses genoux quand Kola arriva en courant et se figea au même endroit qu'Hannah, sur le tapis devant la cheminée.

— J'aime ton coutelas, dit Sam à son fils.

— Je suis un pirate.

— Je vois ça, répondit-il en se tournant pour me regarder, un sourcil relevé.

— Quoi ?

— C'est le pirate le plus mignon que j'aie jamais vu.

— Quoi ?

Je fus sur la défensive avant même de gémir.

— Non, il fait peur, continuai-je.

— Je pense qu'il pourrait débarquer sur une scène de Broadway et être à sa place.

— Non, il est diabolique.

— Il pourrait être pirate chantant.

— Sam !

— C'est un pirate des « Pirates de Penzance [7] ».

— Non, il...

— Il faut qu'on te trouve un cache-œil, mon grand, lui dit Sam. Et nous pourrons te dessiner des cicatrices, et peut-être déchirer la manche de ton manteau et...

— La *déchirer* ? l'interrompis-je.

— Oooh, ouais ! rétorqua Kola, excité. Est-ce qu'on peut aussi me mettre du faux sang ?

— Là, on parle, acquiesça Sam en indiquant à son fils de venir vers lui. Et il faut te trouver des dents abîmées, parce que les pirates avaient le scorbut.

— C'est quoi ?

— C'est une maladie que tu attrapes si tu n'as pas assez de vitamine C, tes dents tombent et le reste devient marron et dégoûtant.

— Génial, souffla Kola.

— Pas génial, grommelai-je en retournant vers la cuisine pour vérifier la cuisson du pain de viande que nous allions manger au dîner.

La purée de pommes de terre était prête sur la cuisinière ; il ne me restait plus qu'à mélanger la salade et finir de faire cuire les brocolis à la vapeur. Enfin, ce n'était pas comme si je pouvais imposer des légumes à qui que ce soit à la maison, mais j'y travaillais. Sam était aussi terrible que les enfants quand on en venait aux fibres.

En posant la salade sur la table, des bras s'enroulèrent soudain autour de moi et on m'attira vers l'arrière, contre le mur de muscles durs qu'était Sam.

— Oui, le tueur de costume ?

---

7 « *The Pirates of Penzance ; or, The Slave of Duty* » (Les pirates de Penzance, ou l'esclave du devoir) est un opéra-comique britannique en deux actes composé par Arthur Sullivan sur un libretto de W. S. Gilbert.

Il m'embrassa derrière l'oreille et contre la nuque, et c'était incroyable, donc je penchai la tête de côté pour qu'il puisse continuer.

— Je m'améliore, je ne tue pas, et j'ai passé une trop belle journée à la maison pour me disputer avec toi sur quoi que ce soit, donc si tu ne veux pas que je…

— Non, répondis-je, mon sourire se transformant rapidement en rire quand il me fit tourner entre ses bras et basculer vers l'arrière. Kola et toi pouvez l'arranger, et… tu vas bien ?

— Je ne peux pas danser avec l'homme que j'aime ?

Nous ne dansions jamais, mais quand les enfants revinrent en pyjama, nous nous balancions autour de la table du dîner. L'orage de l'après-midi avait tout recouvert et il pleuvait encore dehors à dix-huit heures.

— Qu'est-ce que vous faites ? demanda Kola en commençant à poser les assiettes et les serviettes sur la table, comme il le faisait tous les soirs.

Hannah s'occupait des couverts.

— Je danse avec Pa, dit Sam en me pressant contre lui, sa main au bas de mon dos. Qu'est-ce qu'on a l'air de faire ?

Kola haussa les épaules. Apparemment, nous étions bien trop bizarres pour lui, mais Hannah sourit et hocha la tête.

— Après, c'est mon tour !

— Oui, m'dame, acquiesça Sam avant de me faire tournoyer dans le salon, puis de me soulever de terre. Enroule tes jambes autour de moi.

— Tu te rends compte qu'il y a des enfants juste là, lui rappelai-je en m'exécutant, glissant mes jambes contre ses cuisses, jusque sur ses hanches tandis que ses mains glissaient sous mes fesses, me maintenant contre lui.

— J'ai aimé passer la journée au lit avec toi, dit-il d'une voix basse et rauque. Plus serré.

Je me rapprochai, mon aine pressée contre son ventre dur.

— Nous avons parlé aussi, lui rappelai-je, incapable de retenir le soupir profond et satisfait qui m'échappa en voyant mon homme me regarder de ses yeux doux, sa lèvre étirée en un sourire sexy. Nous avons parlé de tout.

— Ouais, en effet.

Et cela avait été le cas. Sam m'avait expliqué qu'Andrew Turner et le Docteur Kevin Dwyer, ou Christian Salcedo – quel que soit le nom que vous préfériez – allaient tous les deux être envoyés en prison fédérale pendant très longtemps. Mon cœur se serra pour Kevin/Christian, parce que si j'avais perdu Sam, moi aussi j'aurais eu le cœur brisé.

« Ça n'a jamais été de l'amour, » m'avait-il dit quand nous étions allongés ensemble sur les draps trempés de sueur, mon corps drapé sur le sien, tandis qu'il s'assurait que je ne pouvais pas bouger. « Tu es le seul, J, tu le sais. Il n'y a que toi. »

Il n'y a que moi.

— Hey.

Je me rendis compte que mes pensées s'étaient égarées.

— Pardon, quoi ?

Il ricana en se penchant pour m'embrasser.

— Nous avons déjà parlé de ça, nous dit Kola.

— J'aime bien ça, gloussa Hannah. Ils s'aiment.

— Ouais, mais Tata Dyl et Oncle Chris ne s'embrassent pas tout le temps.

— Mais Oncle Dane et Tata Aja, oui.

— Alors peut-être que c'est parce qu'Oncle Dane est le frère de Pa qu'ils embrassent ceux à qui ils sont mariés, offrit Kola sagement.

Hannah acquiesça.

— Comme ils sont frères, ils sont pareils.

— Comme toi et moi.

— Nous ne sommes pas frères.

— Ouais, mais nous sommes une famille.

— Ouais, acquiesça-t-il. Nous sommes une famille.

Je ne pus retenir mes larmes et Sam les essuya avant de m'embrasser.

— Tu as le cœur si tendre.

Pour lui et mes enfants, oui, je l'avais.

MARY CALMES

QUESTION DE TEMPS

TOME 1

Jory Keyes mène une vie normale comme assistant d'un architecte jusqu'à ce qu'il soit témoin d'un assassinat brutal. Bien qu'initialement sauvé par l'inspecteur de police Sam Kage, Jory refuse la détention préventive – il a une vie qu'il aime et à laquelle il ne renoncera pas, peu importe qui est après lui. Mais la vie de Jory est réellement en danger, surtout après qu'il accepte de témoigner à propos de ce qu'il a vu.

Alors qu'il jongle avec les tentatives de meurtre dont il est l'objet, des amis bien intentionnés qui veulent le voir heureux, un patron trop protecteur et un mystère qui se dévoile lentement et qui est beaucoup plus sinistre que ce qu'il aurait pu imaginer, le jeune homosexuel se retrouve impliqué avec Sam, l'inspecteur en conflit avec lui-même et dans le placard. Et si Jory a une chance de survivre au danger, il ne peut pas survivre à un cœur brisé.

www.dreamspinner-fr.com

MARY CALMES

QUESTION
TEMPS DE

TOME 2

Trois ans plus tôt, Jory Harcourt change de nom et referme la porte d'un passé chargé de douleur dans le but de devenir plus fort. Il a une nouvelle carrière, une associée formidable, et une vie satisfaisante – mis à part le trou béant dans sa poitrine que lui laissé l'inspecteur Sam Kage lorsqu'il est parti en emportant son cœur.

Maintenant, Sam est de retour et il sait ce qu'il veut... et ce qu'il veut, c'est Jory. Jory, qui ne sait pas s'il peut survivre à une nouvelle rupture – ou à la perte de Sam durant l'une de ses missions dangereuses – résiste à retomber dans les bras du seul homme qu'il a jamais vraiment aimé. Mais lorsqu'un tueur en série avec un compte à régler prend Jory pour cible, il devra décider si l'amour vaut le danger alors qu'il tente de résoudre l'affaire et de protéger Sam.

www.dreamspinner-fr.com

À toute
épreuve

MARY CALMES

Suite de *Question de temps, tomes 1 et 2*

Jory Harcourt n'a pas besoin de chercher des ennuis. Où qu'il aille, ceux-ci semblent le trouver, en particulier quand son partenaire, Sam Kage, travaille sous couverture pour une équipe d'intervention fédérale.

Après avoir été forcé à mettre la clef sous la porte par la récession, Jory est embauché comme entremetteur et organisateur d'événements. Ce n'est plus qu'une question de temps avant que sa grande bouche et son attitude trop franche le jettent entre les pattes d'un riche héritier et d'un magnat de la drogue, qui veulent tous les deux le conquérir. Puis, comme si cette situation n'était pas déjà assez délicate, Jory retrouve la trace de son amant sous couverture, aux ordres du trafiquant.

Entre les hommes qui ont envie de lui et ce qui veulent simplement sa mort, Chicago devient un peu trop dangereux pour Jory, et sur le conseil de son frère, de son petit ami et du FBI, il se rend à Hawaï… où un grave accident menace le restant de ses jours. Est-ce que Sam et Jory garderont la foi et prouveront que leur relation est vraiment à toute épreuve ?

www.dreamspiner-fr.com

LES JOURS
BLEUS

Mary Calmes

MANGROVE
Stories

Histoires de mangrove

Tomber amoureux d'un collègue est rarement une bonne idée, surtout pour un homme qui obtient une dernière chance de sauver sa carrière. Mais dès l'instant où Dwyer Knolls rencontre le beau Takeo Hiroyuki, socialement inadapté, il semble destiné à ne prendre que de mauvaises décisions.

La vie de Takeo est une série d'échecs pour tenter de plaire à son père, un Japonais très conservateur. Malheureusement, prendre sa succession dans les affaires s'avère aussi difficile pour Takeo que de devenir hétéro. En fait, il n'excelle que dans un domaine : remarquer Dwyer Knolls.

Quand Dwyer et Takeo se rendent à Mangrove, en Floride, pour un voyage d'affaires en vue d'acheter un domaine, leur amitié hésitante s'enflamme et prend une tout autre dimension. Leur soudaine connexion sera-t-elle suffisamment solide pour jouer leur futur, ou devraient-ils mettre cela sur le compte d'un étourdissement inspiré par la brise bleue de l'océan ?

www.dreamspinner-fr.com

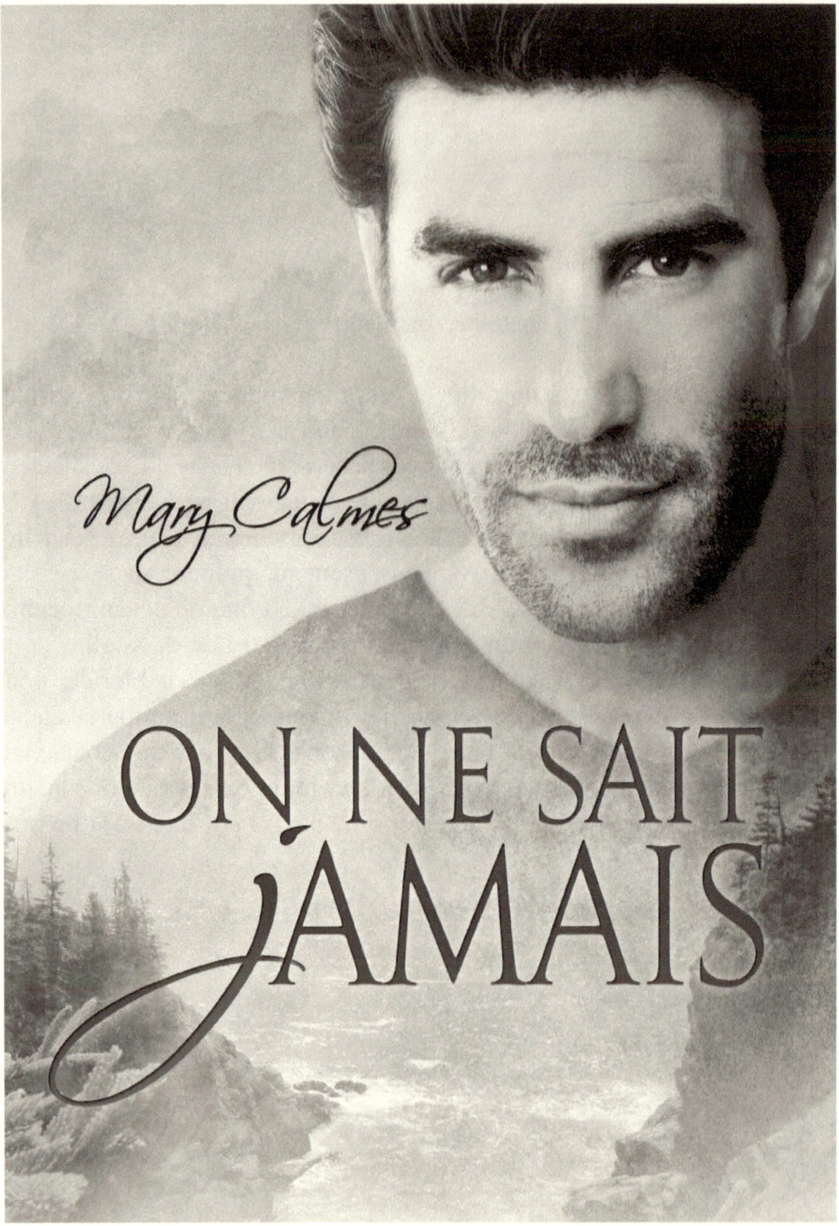
Mary Calmes
ON NE SAIT
JAMAIS

Hagen Wylie a tout prévu. Il va retourner vivre dans sa ville natale, être ami avec tout le monde, faire de nouvelles rencontres et reconstruire sa vie après les horreurs qu'il a vécu pendant la guerre. Ni problème ni agitation, voilà le programme. Tout se passe bien jusqu'à ce qu'il découvre que son premier amour est lui aussi rentré à la maison. Hagen a beau dire que ce n'est rien, une rencontre inattendue avec les deux adorables fils de Mitch Thayer va le mettre face à face avec le seul homme qu'il n'a jamais réussi à oublier.

Mitch est revenu pour trois raisons : élever ses fils là où il a grandi, installer et développer son entreprise de déménagement, et reconquérir Hagen. Les années écoulées lui ont clairement fait comprendre que le jeune homme qu'il avait aimé au lycée est le seul qui compte pour lui. Le problème ? Il a quitté la ville et ils ne se sont plus parlé depuis.

Pour que Hagen lui fasse à nouveau confiance, Mitch va devoir lui prouver qu'il a mûri et qu'il ne va pas l'abandonner. Ils pourraient avoir une nouvelle chance de s'aimer…. mais Hagen persiste à ne pas vouloir recommencer une histoire avec Mitch. Mais là encore, on ne peut jamais savoir.

www.dreamspinner-fr.com

MARY CALMES croit en la romance, aux fins heureuses et à la foi qu'il faut à ses personnages afin qu'ils y parviennent. Du café coule dans ses veines, elle pense que le chocolat devrait être son propre groupe alimentaire, et elle vit actuellement au Kentucky avec un ninja poilu de trois kilos qui la protège des oiseaux, des araignées et des chiens du voisin.

Afin de ne rien rater de ses méditations et de son pandémonium (ainsi que des aventures du ninja), suivez-la sur Twitter @MaryCalmes, connectez-vous ave celle sur Facebook et abonnez-vous à sa newsletter de la clique de Mary.

Par MARY CALMES

Publié par DREAMSPINNER PRESS
www.dreamspinner-fr.com